तात्कालिक संदर्भों को उकेरती
हृदयस्पर्शी गाथा

नीरज त्रिपाठी

अंजुमन प्रकाशन

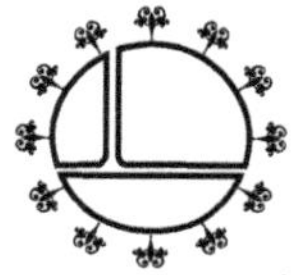

अंजुमन प्रकाशन
942, मुठ्ठीगंज, प्रयागराज - 211003
उत्तर प्रदेश, भारत
website : anjumanpublication.com
E-mail : anjumanprakashan@gmail.com

मूल्य : 150.00

प्रथम संस्करण अंजुमन प्रकाशन द्वारा 2019 में प्रकाशित

आवरण व टाइप सेटिंग : अंजुमन प्रकाशन
भारत में मुद्रित व जिल्दबंद

ISBN : 978-93-88556-29-3

लेखकीय

आपके अनुभवों और विचारों से जब शब्दों की माला बन जाए, तो उसी को कहानी और उपन्यास कहते हैं। हृदय की आवाज को जब आप शब्दों से सजाते हैं तभी वह आवाज मूर्त्तरूप धारण कर लेती हैं। इसी क्रम में मैं आपके समक्ष अपनी पाँचवी कृति उपन्यास के रूप में रख रहा हूँ। जिसका नाम 'सुलेखा' है।

सुलेखा का अर्थ है - सू-लेख। अर्थात् जिसको सुन्दर ढंग से लिखा गया हो। उपन्यास में सुलेखा एक चरित्र का नाम है, जो पूरे घटनाक्रम में केन्द्रीय रूप से विद्यमान है।

सुलेखा, चार पुत्रों की जननी है। यह तथ्य भारतीय समाज में एक स्त्री के लिए गौरव की बात रही है। वर्तमान समय में भी मैं शिक्षित समाज के लोगों को पुत्र के लिए व्यथित होते देख रहा हूँ। पुत्र का होना भारतीय जनमानस में प्रारम्भ से ही एक आदर्श प्रतीक रहा है और है भी।

मैंने स्वयं भी अपने जीवन-काल में कभी किसी दम्पत्ति को किसी तीर्थ पर पुत्री रत्न की मनोकामना माँगते नही देखा है। हाँ, अलबत्ता पुत्रों की मनोकामना के लिए लोग अल्ट्रसाउण्ड केन्द्रों और तीर्थ-स्थल तक धरने पर बैठे दिखायी दे जाते हैं। समाज सुधार पर लम्बे-चौड़े भाषण मंचों से सुनने को मिल जाते हैं परन्तु यथार्थ में वह सभी आदर्श और आन्दोलन रसातल में ही दिखायी देते हैं।

'ईमान' शब्द तो वर्तमान में 'बेईमान' शब्द का पर्यायवाची बन गया है। जो जितना बड़ा बेईमान है, वह ईमान और ईमानदारी शब्द को सदैव जुबान पर रखता है। आज के समाज की यही विडम्बना है।

समाज के ढेर सारे पहलुओं को मैंने 'सुलेखा' के माध्यम से स्पर्श करने का प्रयास किया है। गँवई जीवन का भ्रष्टाचार, उपन्यास का एक अलग पहलू है। जिसे आज की पीढ़ी जानती ही नहीं है।

इसी क्रम में पशुपति भाई नामक चरित्र के माध्यम से गाँव की जीवन शैली को इंगित किया गया है। सुलेखा के पति और सास-ससुर ने बेईमानी-धोखाधड़ी, झूठ-फरेब की नींव पर खड़ी एक इमारत को सुलेखा को सौंप दिया था। उस इमारत को सुलेखा ने कैसे-कैसे रंगों से सजाया और सँवारा? इस वृतान्त को आप उपन्यास के माध्यम से ही जान पाएँगे।

सुलेखा के चार पुत्रों का जीवन-चरित्र आज वर्तमान का सजीव-चित्रण है। हमारे निजी शिक्षण संस्थान निम्न गुणवत्ता के साथ हमारे देश को किस प्रकार खोखला करते जा रहे हैं, इस तथ्य की सत्यता से आपको रूबरू कराना भी मेरा उद्देश्य रहा है।

कुल मिला-जुलाकर 'सुलेखा' नामक उपन्यास आज के भारतीय समाज की असलियत से रूबरू कराने वाली कृति है। जब कहानी-किस्सों की घटनाएँ क्रमबद्धता बनाए रखती है तो साहित्य, पाठक के समक्ष एक चलचित्र की भाँति दिखायी देता है। पात्रों का चयन, उनका काल एवं उनकी सामाजिक स्थिति की वास्तविक छटा बेहद महत्वपूर्ण है। समाज के विविध पहलुओं और चरित्र को उसके मूल रूप में प्रस्तुत करने की चेष्टा के साथ 'सुलेखा' नामक उपन्यास को सजाया गया है।

दिनांक 04.07.2019

नीरज त्रिपाठी
70 सिधारीपुर, गोरखपुर-273015
(निरंकारी भवन के पीछे)
फोन - 9935347408

राम सजीवन भइया अपने पिता की इकलौती सन्तान थे। पढ़-लिखकर ब्लॉक कार्यालय में ए.डी.ओ. के पद पर नौकरी पा गये। यह बात सन् 1962 ई0 की है। उनका विवाह अपने क्षेत्र में ही एक कृषक परिवार में हुआ था। उनकी पत्नी थीं तो अनपढ़, परन्तु ज़मीन-जायदाद के संचय एवं विस्तार के प्रति बहुत जागरूक महिला थीं... सो, ज़मीन को कैसे हड़पा जाय, इस सन्दर्भ में भी उनका ज्ञान उच्चकोटि का था। वह गाँव के कुछ सम्भ्रान्त पढ़े-लिखे लोगों के सम्पर्क में रहती थीं उनका नाम कौशिल्या देवी था। कौशिल्या देवी गठीले, मध्यम क़द और साँवले रंग की महिला थीं। उनके अन्दर सामाजिक चातुर्य के सभी गुण विद्यमान थे। वह कर्मठी गृहिणी थीं, सो उनके सास-ससुर भी उनसे प्रसन्न रहते थे। राम सजीवन जी को तो उन्होंने अपने रूप और यौवन के माधुर्य में ऐसे समेट लिया था कि राम सजीवन तो उनके समक्ष एक अबोध बालक की भाँति क्रीड़ा करते रहते थे। राम सजीवन अपने पूरे महीने की पूरी कमाई और घूस की कमाई पत्नी कौशिल्या के हाथों में रख देते थे। कौशिल्या देवी विवाह के प्रथम वर्ष मे ही एक पुत्र की माँ बन गयीं। माँ बनने के बाद उनका यौवन और भी निखर गया। कौशिल्या देवी साँवले वर्ण की थीं, परन्तु उनके वक्ष उभरे हुए थे। कौशिल्या देवी कर्मठ और राजनीतिज्ञ महिला थी।

सास-ससुर के प्रति सेवा-भाव लिए हुए कौशिल्या देवी पूरे गाँव में भी

चर्चा का विषय थीं। गाँव में ब्राह्मणों के तीन घर थे। तीनों ब्राह्मण घरों के लोग पढ़े-लिखे और उच्च पदासीन थे और उक्त घरों के अधिकांश लोग शहरों में रहते थे। उन्हीं परिवारों में एक व्यक्ति थे, जिनका नाम पशुपति पाण्डेय था। गाँव भर उन्हें पशुपति भाई कहता था। पशुपति भाई उस ज़माने के स्नातक थे। नौकरी तो कई विभागों में लगी, परन्तु उन्होंने नौकरी नही किया। पशुपति भाई को ईश्वर का वरदान था। शरीर छह फुट लम्बा, गोरा रंग, सीना छत्तीस इंच और वाणी ऐसी कि जैसे मेघ गरज रहे हों। सो पशुपति भाई कई सरकारी विभागों में ठेकेदारी का काम प्रारम्भ कर दिये। पशुपति भाई थाना, ब्लाक, तहसील से लगायत ज़िला मुख्यालय तक छाए हुए थे। पशुपति भाई रसिक मिज़ाजी व्यक्ति थे, सो गाँव का कोई दरवाज़ा उनके दस्तक से खाली नही था। पशुपति भाई का विवाह भी हुआ, परन्तु पत्नी कुरूप मिल गयी, सो पशुपति भाई का वैवाहिक जीवन चल नहीं पाया और दो वर्ष बाद उनकी पत्नी अपने मायके वापस चली गयी। इस अवधि में पशुपति भाई का उनसे कोई सम्पर्क भी नहीं रहा क्योंकि पशुपति भाई को तो गाँव-जवार में चरने-खाने से फुरसत ही नहीं थी। उस ज़माने में पशुपति भाई, इलाक़े में इकलौते व्यक्ति थे जिनके पास बुलेट मोटर साइकिल थी। पशुपति भाई को देखकर थानेदार भी कुर्सी छोड़ देता था। पशुपति भाई की कमाई बेतहाशा थी, इसके बावजूद उन्होंने मांस-मछली को कभी भी हाथ नहीं लगाया; हाँ अलबत्ता कभी-कभार मदिरा अवश्य ग्रहण कर लेते थे।

एक दिन पशुपति भाई पैदल ही रामसजीवन भइया के दरवाज़े के सामने से जा रहे थे तभी उनकी निगाह झाड़ू लगाती हुई कौशिल्या देवी के ऊपर पड़ गयी। कौशिल्या देवी आगे की ओर झुकी हुई थीं और उनके उभरे हुए वक्ष पशुपति भाई के नेत्रदर्शन के लिये उपलब्ध थे। फिर क्या था, आज पहली बार पशुपति भाई ने भौजी को नमस्कार दाग दिया। कौशिल्या देवी भी मुस्कुराते हुए सिर को ऊपर कीं। आँखें चार हो गयीं और दोनों में प्रेम बढ़ता चला गया।

अब तो पशुपति भइया सुबह की चाय कौशिल्या भौजी के हाथ से ही पीते थे। राम सजीवन भइया का स्थानान्तरण दूसरे जनपद में हो गया था, सो वह केवल छुट्टी के दिन ही आ पाते। कौशिल्या देवी गाँव में कुछ ग़रीब परिवारों को सूद पर पैसा भी बाँटती थीं। उन ग़रीब परिवारों के पास कुछ छोटे-छोटे खेत के टुकड़े भी थे सो कौशिल्या देवी की निगाह उन्हीं खेतों पर थी, इसी बात को ध्यान मे रखकर एक दिन उन्होंने पशुपति भाई से विचार-विमर्श किया। पशुपति भाई तो अब घर के आदमी हो गये थे, सो पशुपति भाई ने भी हामी भरते हुए

कौशिल्या देवी को बाँहों में भर लिया।

गाँव में सरकार द्वारा ग़रीब परिवारों के लिए हैण्डपम्प की योजना आयी सो फार्म पर सभी लाभार्थियों के अँगूठा का निशान लगना था सो पशुपति भाई ने कौशिल्या भौजी को प्रसन्न करने के लिए लाभार्थियों से बैनामा पेपर पर भी अँगूठे का निशान लगवा लिया। उस समय रजिस्ट्री अँगूठे के निशान पर ही हो जाती थी। कौशिल्या देवी के क़र्ज़दार व ग़रीब मज़दूर परिवारों के खेत रामसजीवन भइया के नाम हो गये। यह बात गाँव में किसी को मालूम नहीं थी।

वे ग़रीब मज़दूर परिवार ही अपने खेतों को जोतते-बोते रहे। उनको तो यह मालूम ही नहीं था कि वे भूमिहीन हो चुके थे।

भ्रम तो तब टूटा जब सन् 1976 ई0 में गाँव में चकबन्दी आयी। उन मज़दूर किसानों के खेत अपने-आप ही राम सजीवन भइया के चक में जुड़ गये। वे ग़रीब मज़दूर किसान, पशुपति भाई, लेखपाल और गाँव के प्रधान से गुहार लगाते ही रह गये, परन्तु कोई हल नहीं निकला। बाद में पशुपति भाई ने कौशिल्या देवी से कहकर उन ग़रीब मज़दूर परिवारों को बँटाई पर फसल बोने के लिए कुछ खेत दिलवा दिया। अब तो गरीब परिवार अपने ही खेत पर बटाईदार हो गये थे। परन्तु कौशिल्या देवी अति चतुर महिला थी। वह अब भी स्वयं द्वारा दिये हुए क़र्ज़ को उन ग़रीब मज़दूरों से माँगती रहती थी। पशुपति भाई इस महापाप में बराबर के हिस्सेदार बने रहे। मज़दूर किसान परिवार अपना सर्वस्व खोने के बावजूद कौशिल्या देवी से लिए हुए क़र्ज़ के बोझ तले दबे रहे।

इसी बीच कौशिल्या देवी के दो पुत्रियाँ पैदा हो गयीं। अब तो पशुपति भाई शाम को भी अपनी बुलेट मोटरसाइकिल रामसजीवन भइया के द्वार पर ही खड़ी करते। कौशिल्या देवी ने अब अपने बूढ़े सास-ससुर का आसन घर के बाहर वाले कमरे में लगा दिया था, क्योंकि पशुपति भाई घर के भीतर जाने में असहज महसूस करते थे। पशुपति भाई के सहयोग से कौशिल्या देवी ने कई खेत ख़रीदे। सन् 1980 ई0 की सर्दी में रामसजीवन भइया के माता-पिता गुज़र गये। राम सजीवन भइया का बड़ा लड़का इण्टर की परीक्षा पास करके बी0एस0सी0 (जीव विज्ञान वर्ग) का अन्तिम वर्ष का विद्यार्थी था। बालक मेधावी था। उसका नाम रविन्द्र प्रसाद था। स्नातक पास करने के बाद उसने फार्मेसी में प्रवेश लिया और कानपुर मेडिकल कॉलेज से सन् 1983 ई0 में फार्मेसिस्ट का डिप्लोमा प्राप्त कर लिया। उसके छह महीने के भीतर ही उसकी

नौकरी उत्तराखण्ड के अल्मोड़ा ज़िले में लग गयी। तब अल्मोड़ा उत्तर-प्रदेश का ही एक ज़िला था।

रविन्द्र बहुत मेहनती और माता-पिता का आज्ञाकारी था। वह पशुपति भाई को भी पारिवारिक सदस्य की भाँति ही सम्मान देता था। अब कौशिल्या देवी की कमाई दोगुनी हो गयी थी। कौशिल्या देवी को बस पता चलना चाहिए था कि फलाँ का खेत बिक रहा है तो वह तुरन्त उसे दो-चार हजार दे देती थी और जब रामसजीवन और रविन्द्र आते तो उनको खेत ख़रीदने का आदेश दे देती। दोनों ही युवक कंजूसी कर-करके पैसा बचाते और कौशिल्या देवी के सपनो को मूर्त रूप देते। इस तरह रामसजीवन भइया कुल सोलह एकड़ खेत के मालिक बन गये। सन् 1985 ई0 में रविन्द्र का विवाह हो गया। बहू के घर में आने के तुरन्त बाद ही कौशिल्या देवी ने बहू से अपनी इच्छा ज़ाहिर कर दिया कि उन्हें पाँच नाती चाहिए, एक-दो नाती से काम नहीं चलेगा।

राम सजीवन भइया तो विवाह के चार दिनों के बाद ही अपनी नौकरी पर चले गये और रविन्द्र प्रसाद विवाह के बाद सोलहवें दिन अल्मोड़ा चला गया। अब घर में केवल कौशिल्या देवी और उनकी बहू सुलेखा भर थीं। अभिभावक के तौर पर पशुपति भाई थे ही।

अब पशुपति भाई बहू के प्रति आकर्षित रहने लगे। जब कौशिल्या देवी और पशुपति भाई बैठे होते तो बहू सुलेखा ही पानी चाय लेकर आती और पशुपति भाई का चरण-स्पर्श भी करती, परन्तु पशुपति भाई को उसका चरण-स्पर्श करना अच्छा नहीं लगता और उसे मना करते, साथ ही साथ बग़ल में बैठने का आग्रह करते। परन्तु बहू सुलेखा लोक-लज्जा वाली संस्कारी महिला थी और वह वहाँ से बिना कुछ बोले चली जाती। अब पशुपति भाई उसे चरण-स्पर्श करने से मना नही करते। हाँ एक कार्य अवश्य करते जब सुलेखा उनका चरण छूने के लिए झुकती तो वह उसकी बाँह पकड़ लेते और उसकी पीठ को दूसरे हाथ से काफी देर तक सहलाते रहते।

एक दिन राम सजीवन छुट्टी में घर आये अभी वह घर के भीतर पैर ही रखे थे कि पशुपति भाई को बहू के साथ पीठ सहलाने की मुद्रा में देख लिये। सामने ही कौशिल्या देवी भी बैठी हुई थीं। राज सजीवन को देखते ही पशुपति भाई ने बहू का हाथ छोड़ दिया और खड़े होकर राम सजीवन भइया से बोले क्यों भाई ड्यूटी पर मन नहीं लग रहा है।

खैर राम सजीवन वहीं बैठ गये और बहू घर के भीतर जाकर पानी लेकर आयी। अब पशुपति भाई चलने के लिए खड़े हो गये थे। तभी राम सजीवन भइया की निगाह कमरे में टँगी हुई दो नाली बन्दूक पर पड़ गयी तो उन्होंने पशुपति भाई से आग्रह किया कि वे अपनी बन्दूक को लेते जाएँ। पशुपति भाई मुस्कुराते हुए बोले कि रविन्द्र की शादी में मैंने पैंतीस फायर किया था और बन्दूक कन्धे पर टाँग लिये, फिर बिदा लिये। रामसजीवन पशुपति भाई के जाने के बाद कौशिल्या देवी पर बिफर पड़े और उन्हें भला-बुरा कहने लगे। कौशिल्या देवी केवल सफाई देती रहीं; फिर कठवत में पानी लाकर पति का पैर दबाने लगीं। खैर थोड़ी देर बाद सुलेखा चाय भी लेकर आ गयी। रामसजीवन भइया अब थोड़े ठण्ढे हो गये थे। राम सजीवन भइया दो दिन बाद वापस ड्यूटी पर लौट गये। इसके बाद जल्द ही रविन्द्र भी घर आ गया। पता चला कि वह लखनऊ आया था अपने स्थानान्तरण के लिए। चार दिन घर रहने के बाद वह भी वापस अल्मोड़ा चला गया। बाद में सुलेखा ने कौशिल्या देवी को अपने गर्भवती होने की सूचना दी।

छह महीने बाद रविन्द्र का स्थानान्तरण वाराणसी जनपद के चिरई गाँव ब्लाक में हो गया। चिरई गाँव के सरकारी अस्पताल पर एक डॉक्टर शैलेन्द्र प्रधान पोस्टेड थे। वह सर्जन थे और कर्मठी होने के साथ-साथ सेवाभाव और विनम्रता उनमें कूट-कूटकर भरा हुआ था।

डॉक्टर शैलेन्द्र ने अस्पताल पर ऑपरेशन का कार्य प्रारम्भ कर दिया और रविन्द्र फार्मेसिस्ट उनके असिस्टेन्ट के रूप में कार्य करने लगे। अस्पताल पर डॉ0 शैलेन्द्र बवासीर, भगन्दर, हाइड्रोसील और हार्निया का ऑपरेशन कर देते थे, परन्तु इसके ऊपर के ऑपरेशन वह वाराणसी शहर में स्थित एक नर्सिंग होम में ही करते थे। रविन्द्र फार्मेसिस्ट वहाँ भी साथ ही रहते थे। रविन्द्र फार्मेसिस्ट बहुत मेहनती और समय के पाबन्द थे। सीखने की इच्छा उनमें बहुत थी। चिरई गाँव अस्पताल पर भीड़ बढ़ती ही चली गयी। अस्पताल के बाक़ी, सभी स्टाफ तो वाराणसी से आते-जाते थे। रात्रि निवास केवल रविन्द्र प्रसाद फार्मेसिस्ट करते थे क्योंकि, वे देवरिया ज़िला के रहने वाले थे।

अब तो रविन्द्र फार्मेसिस्ट साइकिल से चिरई गाँव के आसपास में भी जाकर बोतल, सुई लगाने लगे थे। रात्रि में तो अस्पताल मरीज़ों से भरा ही रहता था, क्योंकि दिन में जो ऑपरेशन किये जाते थे, वे मरीज भर्ती रहते थे। सुबह

डॉक्टर प्रधान के आने के बाद ही मरीज़ों को डिस्चार्ज किया जाता था और पैसा वसूलने का काम रविन्द्र प्रसाद के ज़िम्मे था।

इसी बीच रविन्द्र प्रसाद के घर पुत्र पैदा हो गया और राम सजीवन भइया का स्थानान्तरण भी गाँव से पचास किलोमीटर दूर रुद्रपुर में हो गया। रुद्रपुर में राम सजीवन भइया की कमाई बहुत थी, सो वह कमाने में लग गये क्योंकि नौकरी भी अब केवल पाँच वर्ष ही बची थी। रुद्रपुर नदी के किनारे बसा था। राम सजीवन भइया सरकारी आवास में ही रहते थे। उन्होंने खाना बनाने के लिए एक औरत को दो सौ रुपया मासिक पर रख लिया था। वह औरत विधवा थी और एक पुत्र की माँ भी थी। राम सजीवन भइया अब अपनी पत्नी कौशिल्या देवी के व्यवहार से बहुत क्षुब्ध रहते थे।

पशुपति भाई तो उनके घर के भीतर तक ऐसी पैठ बना लिये थे कि रामसजीवन अपने ही घर में स्वयं को मेहमान समझने लगे थे। इसी पीड़ा ने उन्हें उस विधवा औरत के और निकट ला दिया। उसका भी इस दुनिया में कोई और न था। इसी क्रम में राम सजीवन भइया ने रुद्रपुर में आठ एकड़ खेत भी खरीद लिया। उस ज़माने में वहाँ पर खेत बहुत सस्ता था। उसी आठ एकड़ जमीन में उन्होंने एक घर भी बनवा दिया। अब वह विधवा औरत और उसका पुत्र उसी मकान में रहने लगे। राम सजीवन भइया भी उन दोनों का हरसम्भव ख़्याल रखते।

करते-करते पाँच वर्ष व्यतीत हो गये और राम सजीवन भइया अवकाश प्राप्त हो गये। इसी बीच रविन्द्र प्रसाद चार पुत्रों के पिता बन गये। अब तक कौशिल्या देवी का जुनून कम हो गया था और अपने नातियों में ही व्यस्त रहने लगी थीं। पशुपति भाई भी अब कम ही आते थे। रविन्द्र प्रसाद भी छह वर्ष तक चिरई गाँव ब्लाक में रहने के बाद अपने गृह-जनपद में स्थानान्तरण करा लिये। अब रविन्द्र प्रसाद की कमाई बढ़ती चली गयी। रविन्द्र प्रसाद अस्पताल पर ही हाइड्रोसील, हार्निया, भगन्दर, बवासीर आदि का ऑपरेशन स्वयं करने लगे। ख्याति चारों ओर बढ़ने लगी। अब पत्नी सुलेखा चारों बच्चों के साथ रविन्द्र प्रसाद के सरकारी आवास में रहने लगी। कौशिल्या देवी गाँव पर ही थीं। गाँव की खेती भी अब रविन्द्र प्रसाद ही सँभाल रहे थे। तीन वर्ष बाद उन्होंने अपने गाँव से तीन किलोमीटर दूर एक नये प्राथमिक स्वास्थ्य केन्द्र पर स्थानान्तरण करा लिया। वहाँ पर एक आयुर्वेद के डॉक्टर और एक स्वीपर भर पोस्टेड थे।

अस्पताल सूना-सा पड़ा था। मरीज़ के नाम पर एक-दो मरीज़ रोज़ाना आ जाते। हाँ, कभी -कभार मेडिको लीगल का केस आ जाता तो डॉक्टर साहब सौ-पचास पा जाते थे। रविन्द्र प्रसाद के आने के बाद अस्पताल की सूरत बदलने लगी। रविन्द्र प्रसाद रात्रि में भी अस्पताल पर ही निवास करने लगे और रात्रि में भी इमरजेन्सी केस देखने लगे। छह महीने में ही रविन्द्र प्रसाद फार्मेसिस्ट का जादू चल गया और अस्पताल मरीज़ों से भर गया। आयुर्वेद वाले डॉक्टर साहब यह सब देखकर अचम्भित थे। अब वे हफ़्ते में तीन दिन ही आते थे।

रविन्द्र प्रसाद डॉक्टर साहब के टर्न पर मेडिको लीगल का केस सहेजकर रखते, जिससे कि डॉक्टर साहब को कम से कम पाँच सौ रुपया मिल जाय। अस्पताल का स्वीपर तो अब बहुत प्रसन्न रहता। उसकी कमाई बहुत बढ़ गयी थी। रविन्द्र प्रसाद के साथ वह भी दिन भर व्यस्त रहता।

धीरे-धीरे गाँव-जवार के कुछ लड़के डॉक्टरी सीखने के नाम पर रविन्द्र प्रसाद के साथ लग गये। रविन्द्र प्रसाद ने अस्पताल परिसर से तीन सौ मीटर की दूरी पर एक मेडिकल स्टोर भी खोल लिया। अब वे अस्पताल से पर्चा लिखते और मेडिकल स्टोर से दवा बिकती। मेडिकल स्टोर पर भी दो लड़कों की ड्यूटी लगायी गयी थी। लड़कों को पारिश्रमिक के नाम पर ऑपरेशन होने पर पचास रुपया मिलता था। जिस दिन ऑपरेशन नहीं होता उस दिन पारिश्रामिक नहीं दिया जाता। अब रविन्द्र प्रसाद फार्मेसिस्ट रविन्द्र डॉक्टर कहलाने लगे थे। अस्पताल का समय सुबह आठ बजे से दोपहर दो बजे तक ही होता था, उसके बाद रविन्द्र डॉक्टर भोजन करके चार बजे दुकान पर बैठ जाते और वहीं मरीज़ भी देखते। शाम को दुकान का हिसाब करने के बाद पुनः अपने आवास पर चले जाते।

रविन्द्र डॉक्टर के बच्चे अब बड़े हो रहे थे। राम सजीवन जी रिटायरमेण्ट के बाद रुद्रपुर ही रहते थे। एक-दो महीने के अन्तराल पर वे गाँव आते और पत्नी कौशिल्या देवी को कुछ पैसा देकर चले जाते। इधर रविन्द्र डॉक्टर भी प्रत्येक दो-तीन दिन पर गाँव चले जाते और सारी व्यवस्था को देख-समझ लेते। कौशिल्या देवी घर में अकेले ही रहती थीं और प्रसन्न भी रहती थीं। उन्हें स्वतन्त्रता पसन्द थी। पूरे गाँव में उनके कई मुँह बोले देवर थे जिनसे वे अश्लील मज़ाक़ भी कर लेती थीं। पर्याप्त मनोरंजन था। सब कुछ सुचारु रूप से चल रहा था। तभी एक दिन कौशिल्या देवी घर के भीतर मृत पायी गयीं। सुबह जब बग़ल

के घर की लड़की उनके घर आटा चालने की चलनी माँगने गयी, तब बहुत आवाज देने पर भी घर का दरवाज़ा नहीं खुला तो गाँव के लोग दरवाज़ा तोड़ दिये, तब उस हादसे का पता चला।

दरअसल कौशिल्या देवी घर के भीतर आँगन मे लगे हैण्डपम्प के पास गिरी पड़ी थीं। सभी लोग बस कयास भर लगा रहे थे, परन्तु वास्तविक कारण किसी को भी पता नहीं था। खैर रुद्रपुर से रामसजीवन भी आ गये। श्राद्धकर्म भी कर दिया गया। अब विकट समस्या गाँव पर रहने की थी सो यह तय हुआ कि रविन्द्र डॉक्टर का परिवार गाँव पर ही रहेगा। बच्चे अभी छोटे ही थे। बच्चे जिस स्कूल में पढ़ रहे थे उसकी बस उनके गाँव तक भी जाती थी। सो बच्चों की शिक्षा पर कोई दुष्प्रभाव नहीं पड़ेगा। रही बात रविन्द्र प्रसाद की, तो दोपहर का भोजन तो अस्पताल पर ही चेले बना देंगे और शाम को घर भी आ सकते हैं या गाँव से कोई व्यक्ति खाना अस्पताल पहुँचा देगा। इस प्रकार यह निश्चित हो गया कि अब रविन्द्र प्रसाद का परिवार गाँव में निवास करेगा।

पूरा परिवार गाँव में शिफ्ट हो गया। रविन्द्र डॉक्टर अपनी नौकरी में रम गये थे। क्षेत्र के लोगों के लिए किसी संजीवनी बूटी से कम नहीं थे। रविन्द्र डॉक्टर के भीतर सेवा भाव भी कूट-कूटकर भरा था। वह रात्रि के दो बजे भी जागकर इमरजेन्सी केस देख लेते थे। डॉ0 शैलेन्द्र प्रधान ने उन्हें डॉक्टरी पेशे को भगवान से जोड़कर समझाया था। इस डॉक्टरी और भगवान के सम्बन्ध के बीच में मांसाहार की आज्ञा थी क्योंकि वह लोग तो स्वयं ही भगवान के रूप में मरीज़ों की सेवा कर रहे थे। हाँ शराब को वर्जित बताया गया था, साथ ही साथ स्त्री जाति के साथ सम्मानित व्यवहार भी अपरिहार्य था। घटियागिरी की थोड़ी भी आज्ञा नहीं थी। कुल मिला-जुलाकर डॉ0 शैलेन्द्र प्रधान ने रविन्द्र डॉक्टर को जिस जीवन-चर्या को समझाकर और निभाकर तैयार किया था, उस जीवनचर्या को रविन्द्र डॉक्टर आज भी आत्मसात किये हुए थे।

अब रविन्द्र डॉक्टर की पत्नी सुलेखा गाँव पर ही चार बच्चों के साथ विराजमान थी। गाँव के लोगों से सुलेखा का मेलजोल कम ही रहता था। बस बग़ल वाले दो घरों से ही आना-जाना था। पशुपति भाई भी कभी-कभार उधर से जाते समय सुलेखा बहू से हाल-चाल ले लेते परन्तु सुलेखा ने कभी भी उन्हें बैठने के लिए भी नहीं कहा। रविन्द्र डॉक्टर दिन का भोजन तो अस्पताल पर ही कर लेते और शाम को हफ़्ते में तीन दिन गाँव रात्रि-विश्राम के लिए भी आ जाते

थे। रविन्द्र डॉक्टर दोनों हाथ से पैसा बटोर रहे थे। खेती भी भरपूर थी सो केवल गन्ने की खेती से ही वर्ष में चार लाख रुपया पा जाते थे।

राम सजीवन रुद्रपुर में अपनी नयी गृहस्थी के साथ आनन्द मना रहे थे। राम सजीवन अब महीने में एक बार अहिरौली (उनके गाँव का नाम) आते थे और नातियों के साथ तीन दिन बिताते। सुलेखा भी अपने ससुर जी का पूरा ख़याल रखती।

इसी क्रम में पूरे सात वर्ष बीत गये। रविन्द्र डॉक्टर का बड़ा लड़का कक्षा आठ पास कर गया, तब रविन्द्र डॉक्टर अपने बच्चों के भविष्य के प्रति सोचने लगे। सुलेखा अब गाँव की ज़िन्दगी में रम गयी थी। केवल चार लड़कों की माता कहलाना वैसे भी भारतीय समाज में गौरव की बात होती है। सुलेखा भी अब भारतीय परम्परा के अनुसार कई व्रत-उपवास करने लगी थी। अस्पताल पर नियुक्त वार्ड ब्वाय ने गोरखपुर शहर में एक छोटी-सी ज़मीन ख़रीद ली। यह बात जब रविन्द्र डॉक्टर को पता चली तो वे वार्डब्वाय से पूछताछ करने लगे। इसी क्रम में उन्हें पता चला कि वार्ड ब्वाय अपने परिवार को शहर में रखना चाहता है ताकि उसके बच्चे सुचारु रूप से उच्च-शिक्षा ग्रहण कर सकें।

रविन्द्र डॉक्टर ने जब वार्डब्वाय की ज़मीन की चर्चा अपने अस्पताल पर नियुक्त चिकित्साधिकारी से किया तो उन्होंने भी इस कार्य को बुद्धिमत्तापूर्ण कार्य की संज्ञा दिया। अब रविन्द्र डॉक्टर रविवार को गोरखपुर शहर में जाकर ज़मीन तलाशने लगे। गोरखपुर शहर उनके गाँव से पैंतीस किलोमीटर दूर था। उनके क्षेत्र के सभी गणमान्य लोग गोरखपुर शहर में ही ज़मीन ख़रीदकर मकान बनवा लिए थे या बनवा रहे थे। इसी क्रम में रविन्द्र डॉक्टर ने भी एक सस्ती गड्ढे की आठ डेसिमल ज़मीन ख़रीद लिया। उस समय उस ज़मीन पर बरसात के बाद भी छह महीने तक घुटने तक पानी जमा रहता था और पानी अप्रैल मास में ही जाकर सूखता था। रविन्द्र डॉक्टर ने जिस व्यक्ति से ज़मीन ख़रीदा था वह घनघोर दारूबाज़ था सो उसको भी नहीं पता था कि उसने किस-किस व्यक्ति को ज़मीन बेचा है। इसीलिए रविन्द्र डॉक्टर ने भी आठ डिसमिल ज़मीन के स्थान पर बाईस डिसमिल ज़मीन की चारदीवारी बनवा लिया। दरअसल बाक़ी ज़मीन एक व्यक्ति ने बहुत पहले ख़रीद रखा था, परन्तु वह उसकी चहारदिवारी भी नहीं बनवाया था। सो रविन्द्र डॉक्टर अपनी माता जी से पाये गुणों का इस्तेमाल कर बैठे और सदर तहसील में फ़र्ज़ी काग़ज़ भी तैयार करवा लिये।

इसी क्रम में दो वर्ष व्यतीत हो गये। रविन्द्र डॉक्टर का बड़ा लड़का कुलभूषण हाईस्कूल की बोर्ड परीक्षा देने वाला था। पढ़ने में तो वह भी बहुत होशियार था, ऐसी पूरे गाँव में मान्यता थी, परन्तु जब हाईस्कूल की परीक्षा का परिणाम आया तो वह अनुत्तीर्ण था। छह विषयों की परीक्षा में वह पाँच विषय में अनुत्तीर्ण था। इस परिणाम से तो रविन्द्र डॉक्टर के होश ही उड़ गये। अब वह अपने लड़के का पिछला रिकार्ड खँगालने लगे। धीरे-धीरे उन्हें तमाम बातें पता चलने लगीं... जैसे कुलभूषण के पास सदैव बहुत पैसा रहता था जिससे वह नित्य होटलबाज़ी, पिक्चरबाज़ी और लड़कियों के लिए गिफ़्ट ख़रीदता था। गाँव में ही उसकी कई लड़कियों से दोस्ती थी। वह स्कूल तो कभी-कभी ही जाता था आदि-आदि।

अब रविन्द्र डॉक्टर लड़के को अपने मेडिकल स्टोर पर बुलाना बन्द कर दिये क्योंकि कुलभूषण के आय का मुख्य स्रोत मेडिकल स्टोर ही था जहाँ वह कभी-कभी आता और गल्ले में से मोटी रकम निकाल लेता था। अब कुलभूषण माँ सुलेखा पर ही निर्भर था सो सुलेखा उसे भरपूर पैसा देती रही। रविन्द्र डॉक्टर अपने होनहार पुत्र के रवैये को भाँप चुके थे और उसके उज्ज्वल भविष्य के लिए कई लोगों से विचार-विमर्श करना प्रारम्भ कर दिये थे।

इसी विचार-विमर्श के दौरान एक व्यक्ति मिल गया जिसका नाम ज्ञान प्रकाश था। जिसका मुख्य धन्धा विद्यार्थियों को दूर-दराज़ के स्कूलों में बोर्ड परीक्षा का फार्म भरवाकर नक़ल द्वारा उत्तीर्ण कराने का था। सो रविन्द्र डॉक्टर ने उसकी सलाह को मान लिया और उसे पाँच हज़ार रुपया भी दे दिये और कुलभूषण का फार्म भरवा दिये परन्तु इस बात को न तो वह पत्नी सुलेखा को बताए और न ही कुलभूषण को। सो कुलभूषण पुनः अपने पूर्व के स्कूल में नियमित जाता रहा।

अगले वर्ष कुलभूषण को ज्ञान प्रकाश ने प्रथम श्रेणी में हाईस्कूल में पास करा दिया। बोर्ड परीक्षा के पहले ही कुलभूषण को असली बात पता चल गयी थी सो उसने अपने स्कूल वाली बोर्ड परीक्षा छोड़ दिया था।

अब कुलभूषण प्रथम श्रेणी की मार्कशीट सबको दिखाता फिर रहा था। हालाँकि कई लड़के ज्ञान प्रकाश की मदद से हाईस्कूल पास हो गये थे। उन्हीं मे से दो विद्यार्थी द्वितीय श्रेणी में पास हुए थे, जिसके कारण ज्ञान प्रकाश उनके अभिभावकों से क्षमा भी माँग रहा था इस आश्वासन के साथ कि इण्टर में आपका

बच्चा प्रथम श्रेणी में ही पास होगा। अभिभावक भी उसकी बात पर सहमति जता देते थे। कुछ अन्य अभिभावक उन असन्तुष्ट अभिभावकों को सान्त्वना देते हुए समझाते कि ज्ञान प्रकाश का काम बहुत अच्छा है, उसने क्षेत्र के हज़ारों विद्यार्थियों को पास कराया है, कहीं चूक हो गयी होगी; जब वह कह रहा है कि इन्टर प्रथम श्रेणी में पास कराएगा तो निःसन्देह कराएगा।

उसी सन्दर्भ में एक सज्जन ने ज्ञान प्रकाश के विषय में एक बात और बतायी-उनका लड़का तो इण्टर में फेल हो गया था। फार्म ज्ञान प्रकाश ने ही भरवाया था। लड़का परीक्षा भी दिया था। तब ज्ञान प्रकाश ने बाद में बोर्ड के मुख्य कार्यालय से पास की मार्कशीट ही निकलवा लाया वह भी अस्सी प्रतिशत के अंकों के साथ। आज मेरा लड़का रोडवेज में ड्राइवर है। ज्ञान प्रकाश प्रतापी व्यक्ति है और ज़ुबान का पक्का। वहाँ खड़े सभी लोग आत्मविभोर से मुस्कुराने लगे।

रविन्द्र डॉक्टर का दूसरा लड़का चन्द्रभूषण कक्षा सात का विद्यार्थी था। उसको सीधा माना जाता था। उसके बाद दो पुत्र और थे जिनका नाम रमापति और सभापति था।

समय बीतता जा रहा था। रविन्द्र डॉक्टर की प्रैक्टिस अपने चरमोत्कर्ष पर थी। रविन्द्र डॉक्टर ज़िला अस्पताल के स्टोर से ढेर सारी दवा लाते, उसके एवज में वह पाँच सौ रुपया स्टाफ पर ख़र्च कर देते थे। उससे स्टोर का स्टाफ भी प्रसन्न रहता था। सारी दवा, बोतल आदि सरकारी गाड़ी से अस्पताल पर पहुँच जाती थी। ज़िला अस्पताल पर भी रविन्द्र डॉक्टर के नया प्राथमिक स्वास्थ्य केन्द्र पाण्डेपुर का बहुत हल्ला था। सभी लोग यही मानते थे कि रविन्द्र फार्मेसिस्ट बहुत कमा रहे हैं। तब स्टोर के इन्चार्ज अशोक प्रजापति सभी लोगों को समझाने की मुद्रा में बोलते कि अरे भाई, वही एक आदमी है जो अस्पताल पर रात्रि-निवास करता है नही तो पूरे जनपद में किसी भी नये प्राथमिक स्वास्थ्य-केन्द्र पर कोई रात्रि-विश्राम भला करता है!

सभी स्टाफ को यह भी पता था कि रविन्द्र फार्मेसिस्ट छोटे-मोटे ऑपरेशन भी करते हैं, इसीलिए पूरे स्टाफ में उनका सम्मान भी था। इसके बावजूद वह अस्पताल में पूरी ईमानदारी से मरीज़ों का इलाज करते रहते। उनके अस्पताल पर आठ बेड थे जो हमेशा भरे रहते थे।

एक दिन नवागत मुख्य चिकित्साधिकारी डॉ0 आर0पी0 तिवारी कई सामुदायिक स्वास्थ्य-केन्द्र, प्राथमिक स्वास्थ्य केन्द्रों का निरीक्षण करते-करते नया प्राथमिक स्वास्थ्य केन्द्र पाण्डेपुर पर पहुँच गये। समय अपराह्न तीन बजकर तीस मिनट हो रहा था। पूरा अस्पताल मरीज़ों से भरा पड़ा था। आठों बेड पर मरीज़ थे, जिनमें चार को ड्रिप चढ़ रहा था। बाक़ी चार का हाइड्रोसील और बवासीर का ऑपरेशन हुआ था। रविन्द्र डॉक्टर मरीज़ों से घिरे पड़े थे। बाक़ी स्टाफ दो बजे अस्पताल से जा चुका था क्योंकि अस्पताल का कार्यकाल सुबह आठ बजे से दोपहर दो बजे तक का ही होता था।

जब डॉ0 तिवारी ने पाण्डेपुर अस्पताल की भीड़ को देखा तो हतप्रभ रह गये, क्योंकि रास्ते में वे किसी भी अस्पताल पर इतनी भीड़ नही देखे थे और फिर वे तो यह मानकर आये थे कि अस्पताल बन्द हो चुका होगा; परन्तु यहाँ तो नज़ारा देखने लायक था। ऐसा सरकारी अस्पताल तो डॉ0 तिवारी ने अपने पूरी नौकरी में कदाचित् ही देखा था। रविन्द्र डॉक्टर सी0एम0ओ0 साहब को देखते ही अपनी कुर्सी छोड़ दिये थे। यह देखकर सी0एम0ओ0 डा0 तिवारी स्वयं रविन्द्र फार्मेसिस्ट के पास गये। देखे तो पूरा स्टोर दवा से भरा पड़ा था। यह सब देखकर वह इतना प्रसन्न हुए कि उन्होंने रविन्द्र डॉक्टर की पीठ थपथपा दिया और इसी तरह काम में लगे रहो, कहते हुए हाजिरी रजिस्टर माँग बैठे। वार्डब्वाय संगम तुरन्त रजिस्टर लेकर आ गया। तभी कस्बे से चाय वाला हाथ में केतली और शीशे का गिलास लिये चला आया। पीछे उसका लड़का दो पालिथीन लेकर खड़ा था। रविन्द्र डॉक्टर ने तुरन्त उसे चाय टेबल पर रखने का आदेश दिया और सी0एम0ओ0 साहब को साथ लेकर चिकितसाधिकारी के कमरे की ओर चल दिये। पीछे-पीछे संगम भी रजिस्टर लेकर चल रहा था।

अब सी0एम0ओ0 साहब के सामने चाय समोसा और नमकीन भी रखा जा चुका था, सो सी0एम0ओ0 साहब केवल चाय भर पीये और साथ ही साथ हाज़िरी रजिस्टर में देखते रहे। थोड़ी देर बाद सी0एम0ओ0 साहब ने सिर ऊपर उठाकर पूछा डॉ0 विजेन्द्र रोज आते हैं? सी0एम0ओ0 साहब के इस प्रश्न पर रविन्द्र डॉक्टर सकपका से गये और चुप ही रहे। संगम वहाँ से तुरन्त खिसक लिया। उसके बाद सी0एम0ओ0 साहब रविन्द्र फार्मेसिस्ट की ओर मुख़ातिब होते हुए बोले डॉ0 विजेन्द्र से कहिएगा कि वे रोज़ अस्पताल पर आयें।

फार्मेसिस्ट हाँ सर हाँ सर कहते हुए खड़े ही रहे। इसके बाद

सी0एम0ओ0 साहब बाहर निकलकर गाड़ी में बैठ गये। जाते समय उन्होंने रविन्द्र फार्मेसिस्ट और संगम को बुलाकर आश्वस्त किया कि इसी तरह काम करते रहो, मेरे रहते किसी बात की चिन्ता मत करना, मेरा फुल सपोर्ट रहेगा।

दूसरे दिन सी0एस0ओ0 साहब ने अपने कार्यालय पहुँचकर सभी मातहत अधिकारियों से पाण्डेपुर नया प्राथमिक स्वास्थ्य-केन्द्र का ऐसा बखान बतियाया कि कई डिप्टी सी0एम0ओ0 और एडिशनल सी0एम0ओ0 की भृकुटि तन गयी।

अब तो रविन्द्र डॉक्टर और भी मेहनत करने लगे। रविन्द्र डॉक्टर की ख्याति और धन दिन-दूनी रात चौगुनी बढ़ने लगी। करते-कराते दो वर्ष का समय बीत गया। डॉ0 तिवारी (सी0एम0ओ0) रिटायर हो गये और अपने गृह-जनपद को चले गये। उनके जाने के बाद डिप्टी सी0एम0ओ0 डॉ0 नासिर अली सी0एम0ओ0 का चार्ज ले लिये थे। डॉ0 नासिर अली भी अब फुल सी0एम0ओ0 के चार्ज के लिए लखनऊ की दौड़ लगाने लगे थे, परन्तु पच्चीस लाख की रक़म का प्रबन्ध नहीं कर पा रहे थे। वे सचिवालय के अधिकारी से चार महीने का समय माँग लिये थे। इस बीच उन्होंने एड़ी-चोटी का दम लगा दिया, स्वास्थ्य-विभाग के कई ठेकेदारों से भी सम्पर्क साधा परन्तु काम नहीं बन रहा था।

दरअसल डॉ0 नासिर अली की पुरानी छवि थोड़ी ईमानदार व्यक्ति के रूप में थी। वे नियम-क़ानून से चलने वाले व्यक्ति थे, इसीलिए कोई विभागीय ठेकेदार उनके ऊपर पैसा लगाना नहीं चाहता था, क्योंकि पता नहीं कब डॉ0 नासिर अली को नियम-क़ानून याद आ जाए और ठेकेदार का पैसा भी न निकल पाये। इसी उधेड़बुन में डॉ0 नासिर अली घूमते रह गये तभी एक दिन कार्यालय में लखनऊ से नये मुख्य चिकित्साधिकारी की तैनाती की सूचना आ गयी। सो पूरा कार्यालय स्टाफ यह जानने में व्यस्त हो गया कि नये साहब कहाँ से आ रहे हैं और व्यवहार के कैसे हैं। तीन दिन बाद नये साहब का आगमन भी हो गया।

नये साहब का नाम डॉ0 अशोक गहलोत था। डॉ0 गहलोत की नौकरी अभी मात्र अठारह महीने ही शेष थी और वे ललितपुर से आये थे। डॉ0 गहलोत ने कार्यालय पहुँचते ही पहले दिन ही पूरे कार्यालय स्टाफ को बारी-बारी अपने कमरे में बुलाया और सभी से अकेले में बात किये फिर शाम को कार्यालय प्रांगण में ही पूरे स्टाफ के साथ चाय भी पिये।

कार्यालय स्टाफ़ नये साहब के इस सौम्य व्यवहार से बहुत प्रसन्न था, परन्तु स्टेनो बाबू चिन्तित थे, क्योंकि उनका पुराना अनुभव यह कह रहा था कि ऐसे सौम्य व्यवहार वाले साहब लोग टॉप लेबल के भ्रष्ट और लालची होते हैं। हुआ भी ऐसा ही। डॉ0 गहलोत ने दूसरे दिन ही स्टेनो बाबू को अपने कमरे में बुलाया और जायज़ा लिया। उसके बाद स्टोर बाबू को बुलाये ओर दवा की ख़रीद-फ़रोख़्त आदि के विषय में जानकारी लिये और शाम को जिला मलेरिया अधिकारी को तलब कर लिये ताकि पता चल सके कि मलेरिया विभाग की ख़रीद-फ़रोख़्त और बाक़ी फ़ण्ड का क्या हाल है।

नये सी0एम0ओ0 साहब (डॉ0 गहलोत) के इस सुकृत्य से सभी के कान खड़े हो गये थे। चार दिनों तक उन्होंने पूरे स्टाफ़ और कार्यालय की प्रत्येक फ़ाइल को ठीक से पढ़ा और सप्ताह में दो दिन जनपद के अस्पतालों के निरीक्षण के लिए निकल पड़े। सी0एम0ओ0 साहब का ड्राइवर सर्वप्रथम उन्हें एक नये बने सामुदायिक स्वास्थ्य-केन्द्र पर ले गया। उस अस्पताल पर पाँच डॉक्टर एक फार्मेसिस्ट और बाक़ी अन्य स्टाफ़ पोस्टेड थे, परन्तु उस दिन वहाँ केवल डॉक्टर फार्मेसिस्ट और वार्ड ब्याय ही उपस्थित थे। डॉ0 गहलोत की गाड़ी रुकते ही अस्पताल का पूरा स्टाफ़ स्वागत में खड़ा हो गया। मरीज़ के नाम पर चार-पाँच लोग थे। अस्पताल एक वीरान और सुनसान जगह पर बना था। सी0एम0ओ0 साहब चिकित्साधिकारी-कक्ष में जाकर बैठ गये और सभी से परिचय प्राप्त करने लगे, फिर अन्य स्टाफ के अनुपस्थित होने का कारण पूछ बैठे तो पता चला कि दो चिकित्साधिकारी लखनऊ से आते-जाते हैं और वे हफ़्ते मे दो ही दिन आते हैं। अस्पताल का संचालन अभी निकट के ही दूसरे सामुदायिक स्वास्थ्य-केन्द्र के अधीक्षक देख रहे हैं। अभी तक यही सब चल रहा था कि वार्ड ब्याय चाय, समोसा, बर्फी लेकर आ गया। डॉ0 गहलोत पानी स्वयं के बोतल मे लेकर आये थे सो उनका ड्राइवर पानी की बोतल लाकर दे गया और फिर ड्राइवर और वार्ड ब्वाय बाहर बरामदे मे बैठकर बात में मशग़ूल हो गये। तभी डॉ0 गहलोत कमरे के भीतर से चिल्लाकर बोले मैं भी लूँगा।

इस आवाज को सुनते ही ड्राइवर और वार्डब्वाय सी0एम0ओ0 साहब के पास पहुँच गये। तब डॉ0 गहलोत हँसते हुए वार्ड ब्वाय से बोले कि मैं खैनी (सुर्ती) की बात कर रहा था। दरअसल सी0एम0ओ0 साहब ने कमरे के भीतर से वार्ड ब्वाय को सुर्ती मलते हुए देख लिया था। सी0एम0ओ0 साहब को

हसरत भरी निगाह से देखते हुए बाहर चले आये। पाँच मिनट बाद वार्ड ब्वाय सुर्ती लेकर उनके पास पहुँचा और अपनी हथेली उनके सामने खोल दिया। डॉ0 गहलोत तब तक चाय पी लिये थे और चुटकी की सुर्ती होंठो में दबाते हुए बोले कि जब मैं बलिया में पोस्टेड था तभी मुझे बिहारी सुर्ती की आदत पड़ गयी थी, परन्तु ललितपुर में तो यह सुर्ती मिलती ही नहीं है। कहते हुए दोनों चिकित्साधिकारियों और फार्मेसिस्ट को कर्त्तव्य-परायणता और सेवाभाव पर प्रवचन देने लगे। उसके बाद उन्होंने हाज़िरी रजिस्टर मँगाकर सभी अनुपस्थित कर्मचारियों के आगे लाल पेन से घेरा लगा दिया। चलते समय उन्होंने वरिष्ठ चिकित्सक को आश्वासन देते हुए कहा कि तुम अधीक्षक का चार्ज ले लो और अस्पताल को ठीक से चलाओ, मेरे रहते तुमको कोई समस्या नहीं होगी। इसके बाद वे गाड़ी में बैठ गये। तभी वार्डब्वाय एक काग़ज की पुड़िया उन्हें देते हुए चरण-स्पर्श करने लगा। तब डॉ0 गहलोत उसे दुलारते हुए डाँटे कि तुम्हारी हरकत बहुत बढ़ गयी है, मन से काम करो और काग़ज की पुड़िया रख लिये। दरअसल सी0एम0ओ0 साहब समझ गये थे कि वार्डब्वाय ने बाक़ी सुर्ती पुड़ियाकर उन्हें दिया है।

इसी क्रम में वह रविन्द्र डॉक्टर के पाण्डेपुर नया प्राथमिक स्वास्थ्य-केन्द्र पर भी पहुँच गये। उस दिन भी रविन्द्र डॉक्टर मरीज़ों की सेवा में लगे थे और चिकित्साधिकारी डा0 विजेन्द्र अनुपस्थित थे। सी0एम0ओ0 साहब कुर्सी पर बैठते ही ग़ुस्से से लाल-पीले होने लगे। थोड़ी देर बाद जब सी0एम0ओ0 साहब शान्त हुए तो रविन्द्र डॉक्टर ने उनके समक्ष जलपान परोसा। सी0एम0ओ0 साहब ने रविन्द्र डॉक्टर से तुरन्त चिकित्साधिकारी से बात कराने को कहा और डॉक्टर का मोबाइल अपने हाथ में लेते हुए चिकित्साधिकारी साहब का नम्बर डायल कर दिये। थोड़ी देर बाद दूसरी ओर से आवाज़ आयी, बोलिए रविन्द्र बाबू... फिर क्या था, डॉ0 गहलोत शुरू हो गये– मैं सी0एम0ओ0 डॉ0 गहलोत बोल रहा हूँ, तुम्हारे अस्पताल पर ही बैठा हूँ समझे; तुम लोग नौकरी कर रहे हो कि मज़ाक़ कर रहे हो... फार्मेसिस्ट के भरोसे अस्पताल छोड़कर घर पर बच्चा खिला रहे हो। कहते हुए फोन रख दिये। उसके बाद रविन्द्र फार्मेसिस्ट की ओर मुख़ातिब होते हुए पूछ बैठे कि कितने मरीज़ भर्ती किये हो? इस प्रश्न पर रविन्द्र डॉक्टर चुप ही रहे। तब डा0 गहलोत उठे और भर्ती मरीजों के पास पहुँच गये और मरीज़ों से हालचाल लेने की मुद्रा में एक बेड पर लेटे मरीज़ से पूछ बैठे कि क्या परेशानी है?

मरीज़ का परिजन बोल पड़ा– साहब हाइड्रोसील का ऑपरेशन हुआ है।

तब डॉ0 गहलोत पुनः पूछे कि कौन किया है? तब परिजन ने उँगली से रविन्द्र डॉक्टर की ओर इशारा भर कर दिया और चुप हो गया। तब सी0एम0ओ0 डॉ0 गहलोत पुनः पूछ बैठे कितना दिये हो? परिजन धीरे से बोला पाँच सौं। उसके बाद डॉ0 गहलोत उससे दवा के विषय में पूछने लगे तो पता चला कि दो दवा बाहर से ख़रीदना पड़ा, वह भी रविन्द्र डॉक्टर की दुकान से। इसके बाद सी0एम0ओ0 साहब वापस चिकित्साधिकारी-कक्ष में आकर बैठ गये।

रविन्द्र डॉक्टर डॉ0 गहलोत के सामने क्षमा-मुद्रा में खड़े थे और कुछ बोल नहीं पा रहे थे। तभी एक बार डॉ0 गहलोत पुनः गरजने के अन्दाज़ में बोले रविन्द्र जी! यह सरकारी अस्पताल है घर की खेती नहीं है; आपको ऑपरेशन करने का अधिकार किसने दिया है? अस्पताल को मज़ाक़ बना दिये हैं। इसके बाद सी0एम0ओ0 साहब अस्पताल के लगभग सभी रजिस्टर गाड़ी में रखकर चल दिये।

अब ईमानदारी और परिश्रम का रूप बदल गया था। अधिकारी बदल गया तो कार्य प्रणाली भी बदलनी तय मानिये। पैसा कमाने का अपना-अपना टारगेट होता है। पूर्व सी0एम0ओ0 डॉ0 तिवारी पिछले पाँच वर्षों से सी0एम0ओ0 थे और अभी नौकरी भी तीन वर्ष बची थी इसीलिए थोड़ा संतृप्त थे। अब नये सी0एम0ओ0 डॉ0 गहलोत पहली बार सी0एम0ओ0 का चार्ज पाये थे और नौकरी भी मात्र अठारह महीने ही बची थी और पैसा बटोरने का टारगेट भी बहुत बड़ा था, सो परिश्रम भी ज्यादा करना था। इसीलिए वे नीबू का रस निकालने के बाद छिलका भी बटोरकर रख लेते थे ताकि उसमें हल्दी नमक मिलाकर अचार डाला जा सके।

पन्द्रह दिनों के लगातार भ्रमण के बाद अब सी0एम0ओ0 कार्यालय पर चिकित्साधिकारियों, फार्मेसिस्ट, नर्स आदि अन्य सरकारी कर्मचारियों की भीड़ इकट्ठा हो गयी थी। सभी अपनी-अपनी फरियाद लेकर स्टेनोबाबू से अपनी बारी की गुहार लगा रहे थे। अब सभी भगोड़े चिकित्साधिकारियों से नये सिरे से रेट तय किया जा रहा था जो स्वयं सी0एम0ओ0 डॉ0 गहलोत ही कर रहे थे और सभी को यह समझा रहे थे कि आप लोग किसी भी काम के लिये सीधे मुझसे सम्पर्क करें, किसी को भी बीच में माध्यम बनाने की आवश्यकता नहीं है।

इसी क्रम मे रविन्द्र डॉक्टर की बारी आ गयी। रविन्द्र डॉक्टर को सी0एम0ओ0 साहब ने सामने कुर्सी पर बिठाया और बड़े ही इत्मीनान से मुस्कुराते हुए हाल-चाल पूछते हुए बोल पड़े, बहुत कमा रहे हैं आप, सब आप ही मत रख लीजिए, ऐसा नहीं चलेगा; कमाना है तो कमाइये मेरा सपोर्ट है और रहेगा किन्तु मिल-बाँटकर।

इसके बाद रविन्द्र डॉक्टर स्थिति की नज़ाकत को भाँपते हुए पूछ बैठे कि साहब, हमारे लिए क्या आदेश है? इस बात पर सी0एम0ओ0 साहब ने एक पर्ची पर पाँच लिखकर रविन्द्र फार्मेसिस्ट की ओर बढ़ा दिया। रविन्द्र फार्मेसिस्ट ने बात की गम्भीरता को समझते हुए अपने पॉकेट से पाँच हज़ार रुपया निकालकर सी0एम0ओ0 साहब की ओर बढ़ा दिये और अपने अस्पताल का रजिस्टर माँग बैठे। तब डॉ0 गहलोत ने एक किनारे रखे रजिस्टरों में अपना रजिस्टर छाँटने के लिए कहा। अब डॉ0 गहलोत मुस्कुरा रहे थे। तभी एक दूसरे चिकित्साधिकारी कमरे में प्रविष्ट हुए। तब तक रविन्द्र फार्मेसिस्ट अपने अस्पताल का चारों रजिस्टर हाथ में ले चुके थे और कमरे के बाहर निकलने वाले ही थे कि सी0एम0ओ0 साहब ने उन्हें टोकते हुए कहा कि हाज़िरी रजिस्टर छोड़ दीजिए, कल डा0 विजेन्द्र आयेंगे तो उन्हीं के हाथों भिजवा दूँगा।

इसके बाद रविन्द्र फार्मेसिस्ट तीन रजिस्टर के साथ रुमाल से माथे का पसीना पोंछते हुए कमरे से बाहर निकल आये और अपने पूर्व परिचित स्टेनो बाबू के पास बैठ गये। आज न तो स्टेनो बाबू ही कुछ बोल रहे थे और न ही रविन्द्र फार्मेसिस्ट। बस दस मिनट की बैठकी के बाद रविन्द्र फार्मेसिस्ट नमस्कार करके अपने अस्पताल पर आ गये।

हाँ अब एक बात अवश्य हो गयी थी कि रविन्द्र डॉक्टर अपनी डॉक्टरी के प्रति निश्चिन्त हो गये थे। वे सी0एम0ओ0 साहब वाला पाँच हज़ार पहले इकट्ठा कर लेते और उसे ठीक महीने की तीस तारीख़ को उनके आवास पर पहुँचा देते थे। डॉ0 विजेन्द्र का महीना दस हज़ार था सो वे सैलरी आने के ठीक तीसरे दिन सी0एम0ओ0 आवास पर जाते थे।

इसी क्रम में तीन वर्ष व्यतीत हो गये। रविन्द्र डॉक्टर ने ढेर सारा धन भी संचय कर लिया। इस बीच नये सी0एम0ओ0 आते और जाते रहे, भ्रष्टाचार नयी ऊँचाइयों की ओर बढ़ता रहा और रविन्द्र डॉक्टर इसी बीच भ्रष्टाचार रूपी नदी में अपनी नाव खेते हुए आगे बढ़ते रहे।

इसी बीच कुलभूषण ने इण्टर की परीक्षा भी पास कर लिया। माता सुलेखा भी अपने इस बड़े सुपुत्र के इस पराक्रम पर गदगद थीं और उसके प्रथम श्रेणी में पास होने की ख़ुशी में गाँव भर में लड्डू बँटवायी थीं।

रविन्द्र डॉक्टर ने अब आगे की पढ़ाई के लिए कुलभूषण को समझाना प्रारम्भ कर दिया था, क्योंकि अब ज्ञान प्रकाश जैसा सारथी आगे नहीं मिलेगा। ज्ञान प्रकाश हाईस्कूल और इण्टरमीडिएट तक का ही शिक्षा ठेकेदार था। सो डॉक्टर ने कुलभूषण को पाँच हजार रुपया दिया और वह स्नातक में प्रवेश लेने के लिए हाभी भी भर दिया। पुत्र के इस हाँ पर माता सुलेखा भी प्रसन्न थीं और रविन्द्र डॉक्टर को समझाने की मुद्रा में बोली कि आप न समझ रहे हैं कि कुलभूषण बेकार है परन्तु आप देख लीजिएगा कि आपका यही लड़का हम लोगों का नाम रोशन करेगा।

पत्नी के इस वक्तव्य पर रविन्द्र डॉक्टर हाथ जोड़कर सभी को प्रणाम कर लिये और अस्पताल के लिए चल पड़े।

करते-कराते छह महीने का समय व्यतीत हो गया, परन्तु रविन्द्र डॉक्टर ने कभी भी कुलभूषण को विद्यालय जाते नहीं देखा। हाँ जब रविन्द्र डॉक्टर घर पर रुकते तो कुलभूषण को ख़ाली हाथ सुबह सात बजे जाते और दस बजे वापस आते अवश्य देखते थे। यह सिलसिला जब छह महीने तक चलता रहा तो एक दिन रविन्द्र डॉक्टर अपनी पत्नी सुलेखा से पूछ बैठे कि कुलभूषण कहाँ और किस विद्यालय में प्रवेश लिये है? इस पर सुलेखा मुस्कुराते हुए रविन्द्र डॉक्टर से बोली कि बाबू जिम में एडमीशन लिये हैं कह रहे थे कि बी0ए0 की पढ़ाई में क्या रखा है, बहुत बी0ए0 पास बेकार घूम रहे हैं। इसके बाद सुलेखा ज़ोरदार ठहाका लगाकर हँसने लगीं।

पत्नी के इस वक्तव्य को सुनने के बाद तो रविन्द्र डॉक्टर के पैर के नीचे की ज़मीन ही खिसक गयी। समझ ही नही पा रहे थे कि किसको डाँटें और किसको समझायें सो अपने मुकद्दर को ही दोष देते हुए पुनः अस्पताल चले आये।

इधर राम सजीवन जी रुद्रपुर में ही रह रहे थे और थोड़ा अस्वस्थ भी रहने लगे थे। सो एक दिन रविन्द्र डॉक्टर कुलभूषण के साथ मोटरसाइकिल पर बैठकर रुद्रपुर चले गये। राम सजीवन जी बरामदे में ही बैठे थे और उनकी पत्नी स्वरूपा वह स्त्री, जिसका नाम सुमन था वह भी उनके बग़ल में ही बैठी थी।

रविन्द्र डॉक्टर के पहुँचते ही वह स्त्री (सुमन) भीतर गयी और दो कुर्सी और लायी उसके बाद गुड़ और पानी। प्रारम्भिक हालचाल के बाद रविन्द्र डॉक्टर अकेले ही चौराहे पर चले गये। वहाँ पर रामसजीवन जी के साथ में काम करने वाले जगजीवन चचा मिल गये। बातों ही बातों में उन्होंने रविन्द्र डॉक्टर को यह बता दिया कि रामसजीवन जी ने रुद्रपुर की आधी सम्पत्ति उसी सुमन नामक स्त्री के नाम कर दिया है और सचेत करते हुए यह भी समझाये कि तुमको रुद्रपुर आते रहना चाहिए नहीं तो बाकी चार एकड़ भी उसी को लिख देंगे।

इसके बाद रविन्द्र डॉक्टर लौट आये और पिता राम सजीवन जी के पास बैठ गये। तीन घण्टे के वार्तालाप के बीच भोजन भी हुआ, सब हालचाल भी हुआ परन्तु रुद्रपुर की सम्पत्ति के विषय में कोई प्रसंग नहीं छिड़ा। सो शाम को रविन्द्र डॉक्टर और कुलभूषण वापस लौट आये। उस विधवा स्त्री सुमन का पुत्र भी ग्यारहवीं का छात्र था और पढ़ने में मेधावी था, साथ ही साथ वह अपनी माता और पिता सरीखे रामसजीवन जी के प्रत्येक आदेश का अक्षरशः पालन करता था। वह रात्रि में राम सजीवन जी का पैर दबाकर ही सोने जाता था इसीलिए राम सजीवन जी रुद्रपुर में ही रह गये थे।

घर पहुँचकर रविन्द्र डॉक्टर ने पत्नी सुलेखा को सारा वृत्तान्त सुनाया और यह भी बताया कि सुमन वाले हिस्से में पिताजी ने तीन वर्ष पहले ही दो सौ सागौन के पेड़ भी लगवा रखा है जो अब बड़े भी हो गये हैं।

सुलेखा, रविन्द्र डॉक्टर को समझाते हुए बोली कि बाबूजी को यहीं बुला लीजिए, नातियों में मन लग जाएगा; आखिर बाबूजी के पेन्शन का लाभ भी तो वही ले रही है।

रविन्द्र डॉक्टर निरुत्तर ही बने रहे और तमाम बिन्दुओं पर विचार करने लगे। कुलभूषण भी इस प्रकरण में यथासम्भव भागीदारी निभा रहा था।

दस दिन के विचार-विमर्श के बाद यह तय हुआ कि पिताजी को गाँव में ही साथ रखा जाए। सो एक दिन कुलभूषण अकेले ही अपनी माताजी की इच्छा के साथ रुद्रपुर पहुँच गया। कुलभूषण वहाँ दो दिन रहा और अपने दादाजी से अनुनय-विनय करता रहा, तब राम सजीवन उसके साथ गाँव चलने के लिए राजी हो गये। तीसरे दिन कुलभूषण दादाजी के साथ गाँव पहुँच गया। कुलभूषण के इस पराक्रम से माता सुलेखा प्रसन्न थीं तो पिता रविन्द्र डॉक्टर भाव विभोर।

राम सजीवन जी दो दिन तक तो नातियों के साथ ख़ूब चहलक़दमी करते रहे और सभी को सौ-सौ रुपया भी दिये। परन्तु तीसरे दिन वे रुद्रपुर वापस जाने के लिए व्यग्र हो गये। इस बात को बहू सुलेखा भी नहीं समझ पा रही थी क्योंकि उन्होंने इन दो दिनों में ही बाबूजी को प्रसन्न रखने के सभी यत्न कर दिये थे।

खैर रामसजीवन जी ने अपना बैग तैयार कर लिया और कुलभूषण से आग्रह करने लगे कि मुझे वापस छोड़ आओ। इस बात से कुलभूषण बहुत नाराज़ हो गया और मोटरसाइकिल लेकर गायब हो गया यह कहते हुए कि बहुत आवश्यक काम आन पड़ा है सो अभी थोड़ी देर में आते हैं। इसके बाद राम सजीवन जी भोजन के बाद बैग के साथ बरामदे में कुलभूषण की राह देखते, बैठे ही रहे और शाम हो गयी। जब शाम के छह बज गये तो कुलभूषण आया और यह कहते हुए घर के अन्दर चला गया कि अब कल देखा जाएगा, मोटरसाइकिल का सॉकर बैठ गया है।

कुलभूषण के इस वक्तव्य को सुनने के बाद राम सजीवन समझ गये कि यह बालक उन्हें कल भी वापस नहीं ले जाएगा। शाम को अस्पताल से रविन्द्र डॉक्टर भी गाँव आ गये। पत्नी सुलेखा, पहुँचते ही पति को सारा वृत्तान्त एक ही साँस में बता दी। इसके बाद रविन्द्र डॉक्टर बाहर आकर पिताजी के पास बैठ गये। रविन्द्र डॉक्टर पिताजी से लगभग एक घण्टे तक गाँव घर की बात करते रहे, परन्तु राम सजीवन जी चुप ही रहे। हाँ, जब रविन्द्र डॉक्टर उठकर शौच के लिए जाने लगे तो उन्होंने बेटे से सुबह रुद्रपुर पहुँचाने का आग्रह भर किया। इसके बाद रविन्द्र डॉक्टर कुलभूषण को बुलाकर दादाजी को वापस रुद्रपुर पहुँचाने का आदेश दे दिये। इसके बाद सुबह रविन्द्र डॉक्टर अस्पताल चले गये। नौ बजे रामसजीवन जी जब बरामदे में बैठकर भोजन कर रहे थे और कुलभूषण बाहर मोटरसाइकिल साफ कर रहा था तभी पशुपति भाई प्रणाम-प्रणाम कहते हुए रामसजीवन भइया के पास आकर खड़े हो गये। राम सजीवन भइया उनको देखकर निरुत्तर ही बने रहे। तभी कुलभूषण ने अन्दर से एक कुर्सी लाकर रख गया। पशुपति भाई अपना प्रवचन जारी किये हुए थे तभी उन्हें पता चला कि कुलभूषण उन्हें रुद्रपुर छोड़ने जा रहा है। चलते समय पशुपति भाई रामसजीवन भइया से बोले कि किसी दिन मैं कुलभूषण के साथ रुद्रपुर आऊँगा। इस बात पर राम सजीवन भइया चौंक से गये थे। खैर घर से निकलते समय वे कुलभूषण से रविन्द्र डॉक्टर के अस्पताल चलने के लिए कहे सो कुलभूषण उन्हें लेकर पापा के पास गया। रामसजीवन ने पुत्र को बाहर बुलाया और दूर ले जाकर

कान में बोले कि वो पशुपति मिले थे, रुद्रपुर आने के लिए कह रहे थे; उन्हें किसी भी हालत में रुद्रपुर आने मत देना, बहुत ख़राब आदमी हैं। इसके बाद वे कुलभूषण की मोटरसाईकिल पर बैठ गये।

रुद्रपुर पहुँचते ही सुमन का बेटा राम सजीवन जी की सेवा में लग गया। वह एक प्लास्टिक के टब में पानी लाकर राम सजीवन जी के पैरों को उसी में डालकर धोने लगा। इस लड़के का नाम हीरा था। हीरा के इस पूरे कार्यक्रम को कुलभूषण बहुत ध्यान से देख रहा था। सुमन भी हलुआ बनाकर ले आयी। हलुआ अभी समाप्त ही हुआ था कि चाय और पकौड़ी भी बनकर आ गयी। बस यों समझिए ये कि सुमन नामक स्त्री और उसका बेटा हीरा, राम सजीवन जी की सेवा में जी-जान से जुट पड़े थे। कुलभूषण यह सब देखकर चकित था। नाश्ता-पानी के बाद कुलभूषण वापस चलने के लिए खड़ा हो गया। तभी राम सजीवन जी हीरा से अपनी कमीज़ लाने को कहे। राम सजीवन जी ने अपनी कमीज़ के पॉकेट में से तीन सौ रुपया निकालकर कुलभूषण के हाथ में रख दिया। इसके बाद कुलभूषण वहाँ से चला आया।

राम सजीवन जी जीवन में धन तो बहुत कमाये परन्तु पूरे जीवन में वह स्वयं मानसिक और शारीरिक सुख से वंचित ही रहे। आज राम सजीवन जी स्वयं को संतुष्ट पाते हैं। पत्नी कौशिल्या देवी के जीते-जी राम सजीवन भइया कभी भी चैन से नहीं जी पाये। जीवनभर कौशिल्या देवी के निर्देशन में धोखा, बेईमानी में संलिप्तता बनी रही। पशुपति भाई जैसे किरदार भी कौशिल्या देवी के कारण ही घर में पैठ बना लिये। वे तो प्रतीकात्मक मालिक ही रहे। इन्हीं सब बातों के कारण रामसजीवन जी को इस मायावी जीवन से विरक्ति-सी हो गयी थी। राम सजीवन भइया को जीवन ही खोखला लगता था। एक उदासी, मायूसी और पश्चाताप के साथ वे रुद्रपुर में रह रहे थे।

उस विधवा स्त्री सुमन का सान्निध्य रामसजीवन जी के लिए संजीवनी के समान ही था। वह बेसहारा स्त्री, जिसका जीवन रामसजीवन के लिए समर्पित था, इस सहारे को पाकर राम सजीवन जी भी स्वयं को भाग्यशाली मानने लगे थे। उसका पुत्र हीरा तो वास्तव में हीरा ही था। इसीलिए अब रामसजीवन मोह-माया त्यागकर शान्तिपूर्वक जीवन व्यतीत करना चाहते थे। परन्तु अभी भी रविन्द्र डॉक्टर और सुलेखा उनके धन के प्रति आसक्ति बनाये हुए थे।

रविन्द्र डॉक्टर का दूसरा बेटा चन्द्रभूषण भी इसी वर्ष हाईस्कूल की परीक्षा

दे रहा था। वह नियमित विद्यार्थी था और उसके लिए रविन्द्र डॉक्टर को कोई भी प्रयोग नहीं करना पड़ा। वह हाईस्कूल द्वितीय श्रेणी से पास हो गया। इसके बाद वह विज्ञान वर्ग के गणित विषय के साथ इण्टर में प्रवेश पा गया।

समय चलता रहा। कुलभूषण अब पूरी तरह से सामाजिक आदमी बन चुका था। सभी तरह के तीन-पाँच, चुग़ली, झूठ-फ़रेब, मारपीट, दलाली आदि सभी प्रकार के सांसारिक गुण उसके पास विद्यमान थे। सो पुत्र के गुणों को देखते हुए रविन्द्र डॉक्टर और उनकी पत्नी कुलभूषण का विवाह कर देना चाहते थे। परन्तु समस्या यह थी कि कुलभूषण पूरे क्षेत्र, रिश्तेदारी में इतना नाम कमा चुका था कि कोई ग्राहक रविन्द्र डॉक्टर के चौखट पर चढ़ ही नहीं रहा था। कुलभूषण की माताजी तो पुत्र के विवाह के लिए व्याकुल-सी थीं, सो इसी क्रम में उन्होंने अपने भाइयों से भी कहा, परन्तु वहाँ से भी कोई सकारात्मक जवाब नहीं मिला क्योंकि पिछले वर्ष जब कुलभूषण अपने मामा के घर शादी में गया था तो वहाँ भी उसने एक लड़की का चुम्बन ले लिया था जिससे वहाँ बहुत बखेड़ा खड़ा हो गया था। इसीलिए कोई भी व्यक्ति कुलभूषण जैसे भूषण के लिए अपनी कन्या रूपी आभूषण सौंपने को तैयार नही था।

इधर सुलेखा जी कुलभूषण को महीने में दो बार रुद्रपुर भेज देती थीं ताकि रामसजीवन जी रूपी पिताजी का समाचार भी मिलता रहे। परन्तु रामसजीवन इस बात से प्रसन्न नहीं होते और कुलभूषण को यही समझाकर भेज देते कि तुम नौजवान हो अपने कैरियर पर ध्यान दो, मेरे पास आने से तुम्हारा समय नष्ट होता है। इस बात से कुलभूषण नाराज़ रहने लगा और एक दिन उसने सुमन और हीरा को बहुत भला-बुरा भी कह दिया। इस घटना के बाद रामसजीवन जी कुलभूषण से बातचीत भी बन्द कर दिये। अब कुलभूषण भी रुद्रपुर नहीं जाता था। हाँ कभी-कभार रविन्द्र डॉक्टर ही जाते थे, परन्तु राम सजीवन जी तो अपने गाँव पर आना बन्द ही कर दिये थे।

ठीक एक वर्ष बाद कुलभूषण के विवाह के लिए एक पार्टी आ ही गयी। दरअसल लड़की का बाप नहीं था, एक भाई और माँ भर थी। घर की आर्थिक स्थिति अच्छी नहीं थी। हाँ एक बात अवश्य थी कि लड़की स्नातक अन्तिम वर्ष की छात्रा थी, रंग-रूप भी अच्छा था। बस दहेज नही मिलना था। लड़की का एक भाई भी था जो इण्टर विज्ञान-वर्ग से पढ़ रहा था।

खैर, बहुत सोच-विचार के बाद सुलेखा और रविन्द्र डॉक्टर ने इस प्रस्ताव

को हाँ कर दिया। सुलेखा जी का एक ही तर्क था कि क्या होगा पैसा, हम लोगों के पास पैसे की कमी नही है, लड़की तो अच्छी है। कुल मिला-जुलाकर सभी लोगों ने विवाह के लिए हाँ कर दिया। कुलभूषण ने भी लड़की का फोटो सँभाल-कर अपनी डायरी में रख लिया था और छुप-छुपाकर अपने मित्रों को दिखाने भी लगा था।

विवाह की तारीख़ छह महीने बाद की रखी गयी, क्योंकि लड़की की बी0ए0 अन्तिम वर्ष की परीक्षा थी। सो लड़की देखने का कार्यक्रम गोरखनाथ मन्दिर (गोरखपुर) में निश्चित हुआ। वैसे भी लड़की की माँ ने एक लाख रुपया और पाँच भर सोना का सन्देश भिजवा दिया था। इस सन्देश के बाद रविन्द्र डॉक्टर और सुलेखा जी उत्साहित भी हो गये थे। निश्चित दिन रविन्द्र डॉक्टर एक बोलेरो गाड़ी भाड़े पर मँगाये और सपरिवार साथ में तीन परिचित व्यक्ति भी बोलेरो में बैठ गये और ठीक ग्यारह बजे दिन में गोरखनाथ मन्दिर पहुँच गये। कुलभूषण और पशुपति भाई मोटरसाइकिल से पहुँचे। गाँव से गोरखपुर की दूरी मात्र पैंतीस किलोमीटर ही थी सो आना-जाना कठिन कार्य नहीं था। मन्दिर प्रांगण में ही एक धर्मशाला भी था जिसमें एक कमरा और हाल पहले से आरक्षित कराया गया था। दोपहर का भोजन और नाश्ता पानी आदि सभी ख़र्चा लड़की पक्ष से था। रविन्द्र डॉक्टर पत्नी सुलेखा के निर्देशानुसार दस किलो सेब, पाँच दर्जन केला, दो किलो सन्तरा, पाँच किलो लड्डू, दो किलो बर्फी और लड़की के लिए दो साड़ी पूरे सेट के साथ ले गये थे। लड़की की अँगूठी सुलेखा जी अपने छोटे से बटुए में रखी थी जिसे वह अपने ब्लाऊज के बाँयी ओर खोंसकर रखती थीं।

लड़की-पक्ष के लोग पहले से ही उपस्थित थे सो रविन्द्र डॉक्टर के बोलेरो के रुकते ही लड़की-पक्ष का पूरा कुनबा जिसमें लड़की की माँ भी सम्मिलित थी, स्वागत के लिए आ गये। पशुपति भाई भी तुरन्त ही पहुँचे थे सो रविन्द्र डॉक्टर ने उन्हीं को सबसे आगे कर दिया। पशुपति भाई की क़ाबिलियत को रविन्द्र डॉक्टर भली-भाँति जानते थे सो पशुपति भाई को वह अपने सभी कार्यों में आगे ही रखते थे। बने को बिगाड़ना और बिगड़े को बनाना पशुपति भाई से अच्छा कोई नहीं जानता था, इस तथ्य को जानने के बाद भी सुलेखा जी पशुपति भाई से दूर ही रहती थीं।

खैर, सभी लोगों का आपस में आत्म-परिचय हो गया। उसके बाद सभी

लोग हाल में पहुँच गये, नाश्ता प्रारम्भ हो गया। कुलभूषण मन्दिर प्रांगण में ही अपना कपड़ा बदलने लगा। उसने इसी कार्यक्रम के लिए एक सूट सिलवाया था। कुलभूषण भी सज-धजकर आ गया और पशुपति भाई के बग़ल में बैठ गया। नाश्ते का कार्यक्रम जब अन्तिम दौर मे था, तभी लड़की लाल रंग की साड़ी में सिर पर पल्लू किये हॉल में दो औरतों के सहारे प्रवेश की। लड़की की सुन्दरता देखकर तो हॉल में उपस्थित सभी लोग आश्चर्यचकित रह गये। पशुपति भाई तो खड़े होकर कुलभूषण की पीठ ठोंकने लगे, इसके बाद रविन्द्र डॉक्टर की पीठ थपथपाए तभी बगल में बैठी सुलेखा जी उठकर लड़की के पास चली गयीं वह भली-भाँति जानती थी कि इसके बाद पशुपति भाई उन्हीं की पीठ थपथपाकर शाबासी देने वाले थे।

सुलेखा जी को देखते ही लड़की ने उनका चरण-स्पर्श कर लिया। इसके बाद सुलेखा जी स्वयं अपने होने वाली बहू कनकलता को साथ लेकर रविन्द्र डॉक्टर के पास गयी और सभी अग्रजों का चरण-स्पर्श कराने लगीं। इसी क्रम में पशुपति भाई भी आ गये। सुलेखा जी अपने पल्लू से अपना मुँह ढँकते हुए बहू को निर्देशित करने लगी। बहू ने उनका भी चरण-स्पर्श कर लिया, परन्तु इस बार पशुपति भाई बहू का पीठ नहीं थपथपा पाये। बस आदरणीय की भाँति दूर से ही आशीर्वाद देकर रह गये। कुलभूषण तो इतना प्रसन्न था कि अपनी मुस्कुराहट को छूपाने के लिए उसे बार-बार बाहर जाना पड़ रहा था। कुलभूषण के छोटे भाई भी नया-नया कपड़ा पहनकर इधर-उधर चहलक़दमी कर रहे थे।

थोड़ी देर बाद मन्दिर प्रांगण से एक ब्राह्मण को लाया गया और कुलभूषण और कनकलता को साथ बिठाकर एक संक्षिप्त मंत्रोच्चारण भी कराया गया। इसके बाद कुलभूषण ने अँगूठी लड़की के हाथ में पहना दिया। अब सभी लोग भोजन के लिए खड़े हो गये। तभी जोर-जोर से आवाज़ आने लगी। जब सभी लोग बाहर निकले तो देखे कि ब्राह्मण और लड़की के चाचा, मामा के साथ बहस हो रहा था। बात ब्राह्मण दक्षिणा की थी। वह ब्राह्मण चिल्ला-चिल्लाकर कह रहा था कि इक्कीस रुपये से काम नही चलेगा, मैं जा रहा हूँ अपना पैसा अपने पास रखिए, आपका धन आपको ही लगे; ब्राह्मण से पूजन करवाकर उसका अनादर करते हो, तुम्हारा नाश हो जाएगा।

इन शब्दों को सुनते ही रविन्द्र डॉक्टर पशुपति भाई के साथ गये और ब्राह्मण देवता को प्रणाम करते हुए सौ रुपया उसे दे दिये। ब्राह्मण अब मुस्कुराते

हुए बोला कि ब्राह्मण भोज का इक्यावन रुपया और होता है सो पशुपति भाई रविन्द्र डॉक्टर को हाँ का इशारा कर दिये। इसके बाद ब्राह्मण चला गया।

सभी लोग भोजन पर टूटे पड़े थे। लड़की की माँ सुलेखा समधिन को प्रसन्न करने में लगी हुई थी। वह कनकलता की प्रशंसा में लगातार बोले जा रही थी और सुलेखा जी सब कुछ मुस्कुरा-मुस्कुरा कर सुन रही थी। वह तो जानती ही थी कि उनके कुलभूषण में एक भी भूषण नहीं है। परन्तु यह तो कुलभूषण का भाग्य ही था कि उसे कनकलता जैसी कन्या मिल रही थी। सभी कार्यक्रम समाप्त हो गया। वर-विदाई भी हो गया। दोनों पक्ष अपनी-अपनी पीड़ा के साथ प्रसन्न थे।

इसके बाद रविन्द्र डॉक्टर बोलेरो के साथ अपनी शहर वाली ज़मीन पर गये। सभी लोगों ने पूरी ज़मीन पर भ्रमण किया और जमीन की अच्छाई पर अपना-अपना मत भी रखे। शाम को सभी लोग गाँव पहुँच गये। रविन्द्र डॉक्टर बरामदे में बैठे ही थे कि कुलभूषण भी पशुपति भाई के साथ पहुँच गया। पशुपति भाई बरामदे में रखी कुर्सी पर बैठते ही रविन्द्र डॉक्टर से बोल पड़े- क्यों डॉक्टर राम सजीवन कहाँ हैं? इस प्रश्न पर तो पूरे माहौल में सन्नाटा छा गया और रविन्द्र डॉक्टर पास ही बैठे कुलभूषण की ओर देखने लगे। तभी बरामदे के पीछे वाले दालान से स्त्री आवाज आयी कि बाबू की इच्छा नहीं थी इसीलिए बाबूजी नही आये। पशुपति भाई को समझते देर नहीं लगी और वे कड़े शब्दों में बोले- तब, अब बाबू ही सबको निर्देश देंगे?

तभी भीतर से चाय और पानी आ गया। अब पशुपति भाई एक अभिभावक की मुद्रा में आ गये थे और रविन्द्र डॉक्टर के साथ कुलभूषण को भी डाँटते हुए समझा रहे थे। दोनों पिता-पुत्र आज्ञाकारी शिष्य की भाँति चुपचाप सब सुन और सह रहे थे। चलते समय पशुपति भाई ने रविन्द्र डॉक्टर से यह कहते हुए विदा लिया कि इसी महीने मैं रुद्रपुर जाऊँगा। तभी कुलभूषण उन्हें मोटरसाइकिल से छोड़ने के लिए उठा परन्तु पशुपति भाई उसे बैठने का इशारा करते हुए पैदल ही चले गये।

ठीक बीस दिनों के बाद पशुपति ने कुलभूषण से रुद्रपुर चलने के लिए बोला। पशुपति भाई का आदेश पूरे परिवार के लिए शिरोधार्य था। सो रविन्द्र डॉक्टर ने कुलभूषण को पाँच सौ रुपया देते हुए पशुपति भाई को रुद्रपुर ले जाने के लिए कहा। दूसरे दिन सबेरे ही दोनों भद्रपुरुष रुद्रपुर के लिए चल दिये। ठीक

बारह बजे दिन में पशुपति भाई, राम सजीवन भइया के सामने थे। राम सजीवन भइया भोजन के बाद बरामदे में लेटे थे और सुमन बरामदे के दूसरी ओर गेहूँ साफ कर रही थी। पशुपति भाई की पारखी निगाहें भेड़िए की तरह सुमन की ओर टिक गयी थीं। तभी राम सजीवन भइया ने हीरा को आवाज़ लगाया और लड़का कमरे के भीतर से आया और सभी लोगों का चरण-स्पर्श करके खड़ा हो गया। उसके बाद वह दो कुर्सी लाया उसके बाद सुमन अन्दर चली गयी। चाय पानी के बाद पशुपति भाई पूरा हालचाल पूछने लगे। इस बीच कुलभूषण शान्त ही बना रहा। न ही राम सजीवन ने उससे एक शब्द ही बोला। बातों ही बातों में पशुपति भइया ने कुलभूषण के विवाह का प्रसंग छेड़ दिया और यह भी कह दिया कि आपको विवाह के दस दिन पहले ही आना होगा क्योंकि आप ही हम लोगों के श्रेष्ठ है। पशुपति के इस वक्तव्य पर भी राम सजीवन भइया निरुत्तर ही रहे। वास्तव में राम सजीवन भइया का अपने परिवार और गाँव से मोहभंग हो चुका था। जब शाम को तीन बज गये तो पशुपति भाई यह कहते हुए खड़े हो गये कि आप तो रुकने के लिए कहेंगे नहीं, इसलिए अब हम लोगों को आज्ञा दीजिए। कुलभूषण भी मोटरसाइकिल स्टार्ट करने लगा। पशुपति भाई प्रणाम करते-करते मोटरसाइकिल पर बैठ गये, परन्तु राम सजीवन भइया ने एक शब्द भी नही बोला। पशुपति भाई यह समझ ही नही पा रहे थे कि राम सजीवन भइया इतना निष्ठुर कैसे हो गये।

इस घटनाक्रम के बाद भी पशुपति भाई रविन्द्र डॉक्टर के साथ दो बार रात्रि-विश्राम की नीयत से रुद्रपुर गये परन्तु राम सजीवन भइया ने कभी उन्हें रात्रि-विश्राम के लिए कहा ही नहीं। समय व्यतीत होता चला गया। राम सजीवन जी ने सुमन से न्यायालय में विवाह भी कर लिया था ताकि उनके न रहने पर सुमन को वह सभी अधिकार प्राप्त हो जाए जो वह स्वयं सुमन को देना चाहते थे। इसीलिए उन्होंने एक रजिस्टर्ड वसीयत भी बनवा लिया था जिसमें उनके मूल निवास अहिरौली की सभी सम्पत्ति रविन्द्र डॉक्टर को और रुद्रपुर की सारी सम्पत्ति सुमन को मिलना तय लिखा था। राम सजीवन जी ने फेमिली पेंशन के लिए भी सुमन को ही नामित किया था। इस प्रकार से उन्होंने अपने भविष्य को पूरी तरह से निश्चित कर दिया था। राम सजीवन जी अपने पूर्व के जीवन को सोचकर ही अवसाद से भर जाते थे इसीलिए वे सुमन के साथ ही स्वयं को संतुष्ट पाते थे।

सुमन का पूर्व का जीवन भी बेहद अवसादपूर्ण ही था। उसके पति के गुज़र

जाने के बाद उसे न तो अपने घर से और न ही अपने ससुराल से सहयोग मिला। सुमन, राम सजीवन जी को भगवान की तरह आदर देती थी और अपने पुत्र हीरा को भी ऐसा समझा रखी थी। हीरा सजग और मेधावी बालक था, वह सदैव रामसजीवन जी की छोटी-छोटी आवश्यकताओं पर भी ध्यान दिये रहता था। सुमन भी अपने बेटे को सदैव समझाती रहती थी।

कुलभूषण का विवाह निकट आ गया तो घर में हलचल बढ़ गयी। कुलभूषण प्रतिदिन माता सुलेखा से पैसा माँगता रहता। माता सुलेखा प्रत्येक तीसरे दिन कुलभूषण के साथ बाजार जाने लगीं। उत्साह चरम पर था। देखते ही देखते तिलक का दिन भी आ गया। रामसजीवन भइया तिलक के ही दिन आये। उनके आते ही गाँव के लोग उनको घेरकर खड़े हो गये। कई लोग उलाहना भी देने लगे कि बताइए आपके नाती का तिलक है और आप आज आ रहे हैं। राम सजीवन सबकी बात सुनते रहे और केवल मुस्कुराते रहे।

थोड़ी देर बाद पशुपति भाई भी आ गये तो पूरी महफिल ही जम गयी। पशुपति पाण्डेय रसिक मिज़ाजी और भद्र आदमी थे सो गाँव के क्या बुज़ुर्ग और क्या नौजवान सभी उनके पीछे ही रहते थे। शाम को लड़की-पक्ष के लोग भी आ गये। पशुपति भाई ने आज भी अपनी बन्दूक़ से आठ फायर किया।

सुबह जब रामसजीवन पुनः वापस रुद्रपुर जाने के लिए तैयार होने लगे तो पूरे घर में हड़कम्प मच गया। सभी लोग रामसजीवन भइया को मनाने में लग गये। गाँव की कुछ बुज़ुर्ग महिलाएँ रामसजीवन भइया से अभद्र मज़ाक़ भी करने लगीं, परन्तु राम सजीवन भइया कहाँ मानने वाले थे, सो अकेले ही वापस रुद्रपुर चले आए। हाँ उनके जाने के बाद सुलेखा ने भरी सभा में चिल्लाकर बोला कि बुढ़वा से हमारे लड़के का विवाह देखा नहीं जा रहा है, व्यभिचारी हो गया है। बुढ़ौती में जगहँसाई पर उतारू है। तभी रविन्द्र डॉक्टर उन्हें डाँटने के अन्दाज़ में चुप कराने लगे।

किसी प्रकार कुलभूषण का विवाह भी हो गया। बरात में भी राम सजीवन भइया बाहर ही बाहर आये थे और दूसरे दिन वहीं से रुद्रपुर वापस चले गये थे। विवाह के सुचारु रूप से सम्पन्न हो जाने से सुलेखा बहुत प्रसन्न थीं। बस एक ही बात का मलाल था कि बहू का दो वर्ष का गौना रखा गया था, क्योंकि लड़की-पक्ष को विवाह में विदाई सहती नहीं थी। इस विषय पर कुलभूषण की राय अलग थी। वह चाहता था कि विवाह के दो दिन बाद विदाई हो जाए।

ख़ाली भेद ही मिटाना था, परन्तु रविन्द्र डॉक्टर दूरदर्शी व्यक्ति थे। वह अपने पुत्र की क़ाबिलियत को जानते थे इसीलिए उन्होंने जानबूझकर दो साल का गौना रखा था।

विवाह के बाद रविन्द्र डॉक्टर ने कनकलता की माताजी से सम्पर्क साधा और कनकलता का दाख़िला लखनऊ के नर्सिंग कॉलेज में करा दिये और साथ ही साथ उन्होंने लड़की-पक्ष को यह भी आश्वासन दे दिया कि आज से कनकलता की पढ़ाई-लिखाई का ख़र्चा मेरा है। कनकलता जो अब उनकी बहू हो गयी थीं इस बात से सुलेखा भी प्रसन्न थी क्योंकि वह भी कुलभूषण के पराक्रम से भलीभाँति परिचित थी। कनकलता का नर्सिंग कॉलेज मे दाख़िला कराने रविन्द्र डॉक्टर स्वयं ही गये थे साथ में कुलभूषण भी गया था। बाद में कुलभूषण ने ही वहाँ रहने के लिए क्वार्टर भी खोजा था। कनकलता दो अन्य लड़कियों के साथ हजरतगंज के पास ही दो कमरे के मकान में किराये पर रहने लगी। रविन्द्र डॉक्टर कुलभूषण को नित्य कोसते कि तुम भी कोई कोर्स कर लो परन्तु कुलभूषण बहुत मोटी-चमड़ी का लड़का था, सो वह पिताजी की बात को अनसुना कर देता था।

एक दिन रविन्द्र डॉक्टर पशुपति भाई को लेकर रुद्रपुर गये। वहाँ पता चला कि सुमन का लड़का पुलिस-विभाग में भर्ती हो गया है और बरेली में ट्रेनिंग करने गया हैं। आज पशुपति भाई रात्रि-विश्राम की ठानकर आये थे सो रविन्द्र डॉक्टर को भी रुकना पड़ गया। रात्रि में सुमन ने ही सबका भोजन बनाया। सभी लोग साथ में बैठकर भोजन किये। रविन्द्र डॉक्टर और पशुपति भाई का आसन वही बरामदे में लग गया। राम सजीवन जी भीतर अपने कमरे में सोने चले गये।

सुबह जब सभी लोग बरामदे में बैठकर चाय पी रहे थे तभी पशुपति अपने पुराने रंग में आ गये और राम सजीवन भइया से मज़ाक़िया लहजे में बोल पड़े- भइया अभी भी आप कोठरी में सोना नही छोड़े हैं, बुढ़ापे में भी बढ़िया सामान खोजे हैं।

इन शब्दों को सुनना भर था कि राम सजीवन भइया खड़े हो गये और पशुपति भाई को तुरन्त वहाँ से जाने के लिए कहने लगे। पशुपति भाई ढीठ की तरह बैठे रहे और अभी भी मज़ाक़ के मूड में लग रहे थे। इसके बावजूद रामसजीवन स्पष्ट तौर पर उन्हें तुरन्त जाने के लिए कहते रहे और फिर कभी वहाँ नहीं आने के लिए कह रहे थे। दस मिनट के वाद-विवाद के बाद रविन्द्र डॉक्टर

और पशुपति भाई वहाँ से चल दिये। चलते समय राम सजीवन भइया ने दोनों लोगो से स्पष्ट तौर पर कह दिया कि तुम लोगों को हमारे यहाँ आने की कोई आवश्यकता नहीं है और न ही यहाँ की सम्पत्ति की ओर आँख उठाकर भी देखना।

रास्ते भर पशुपति भाई शान्त ही रहे और रामसजीवन जी के शब्दों पर मन्थन करते रहे। थोड़ी देर के बाद जब दोनों लोग चाय पीने के लिए एक देहाती होटल पर रुके तो पशुपति भाई स्वयं को रोक नहीं पाये और रविन्द्र डॉक्टर को सम्बोधित करते हुए बोले- डॉक्टर एक बात जान लो कि तुम्हारे बाप अब तुम्हारे नही रहे, उस औरत के फेर में पगला गये हैं। हमारे तो वह समौरिया (समान उम्र) रहे हैं और हमारा थोड़ा-सा मज़ाक़ भी उन्हें शूल की तरह लग रहा है। अब चुप नहीं रहना है। ज़मीन-जायदाद बेटे की होती है कि सबको बाँटने के लिए।

रविन्द्र डॉक्टर ध्यानपूर्वक पशुपति चाचा की बात सुनते रहे। उसके बाद रविन्द्र डॉक्टर दो जगह रसगुल्ला पैक कराकर पैसा दे दिये। दिन के दस बजे तक दोनों लोग गाँव अहिरौली पहुँच गये। रविन्द्र डॉक्टर मोटरसाइकिल खड़ा करके कुलभूषण को आवाज़ लगाने लगे परन्तु कुलभूषण की जगह चन्द्रभूषण बाहर आया। तभी रविन्द्र डॉक्टर रसगुल्ला का एक पैकेट चन्द्रभूषण को देते हुए पूछ बैठे कि भइया कहाँ हैं? इस पर चन्द्रभूषण ने कहा कि भइया कल ही लखनऊ गये हैं। चन्द्रभूषण की सूचना पर तो पशुपति भाई मुस्कुराते हुए चन्द्रभूषण से कुर्सी बाहर लाकर रखने के लिए कह दिये। अब दोनों लोग बाहर ही कुर्सी पर बैठ गये। तभी रविन्द्र डॉक्टर उठे और घर के भीतर चले गये। उनकी व्यग्रता साफ़ झलक रही थी। भीतर पहुँचते ही सुलेखा जी सारी बात एक साँस में बता गयीं। पता चला कि सचिवालय में चपरासी का पोस्ट निकला है उसी के लिए बात करने गये हैं। इसके बाद रविन्द्र डॉक्टर बाहर आ गये। पीछे ही चन्द्रभूषण गुड़-पानी लेकर आ गया। फिर उसके बाद चाय। सुलेखा जी अन्दर ही रहीं। वह पशुपति भाई से दूरी बनाकर ही रखती थीं। इसके बावजूद रविन्द्र डॉक्टर पशुपति भाई के महात्म्य को ठीक से समझते थे इसीलिए किसी भी गम्भीर विषय पर वे पशुपति भाई से मंत्रणा अवश्य करते थे।

रविन्द्र डॉक्टर की गम्भीरता को देखते हुए पशुपति भाई चुप नहीं रह पाये और बोले डॉक्टर कहों परेशान हो? जवान शादीशुदा लड़का है। लखनऊ तो ही तो गया है कहीं और तो नहीं गया, जवानी का नशा ही कुछ और होता है।

पशुपति भाई के इस वक्तव्य पर रविन्द्र डॉक्टर बोल पड़े- भइया दो साल की ही तो बात है; चाहता तो कुछ वह भी करता परन्तु वह लोफरों जैसा घूमेगा। अभी कुछ गड़बड़ हो जाएगा तो जगहँसाई अलग। पशुपति भाई पुनः बोल पड़े- आखिर कुलभूषण ख़र्चा कहाँ से पा रहे हैं? उनकी मम्मी को समझाइए। इस बात पर रविन्द्र डॉक्टर एक शब्द भी नहीं बोले। दस मिनट बाद ही पशुपति भाई चलने के लिए खड़े हो गये। तभी रविन्द्र डॉक्टर ने मोटरसाइकिल की डिक्की में से रसगुल्ला का दूसरा पैकेट निकालकर उन्हें पकड़ा दिया और उनके कुर्ते के ऊपर वाले पॉकेट में दो सौ रुपया डालते हुए चरण-स्पर्श भी कर लिये। इसके बाद रविन्द्र डॉक्टर घर के अन्दर जाकर सुलेखा से भिड़ गये। सुलेखा जी भी अपने पुत्र के पक्ष में खड़ी हो गयीं और चिल्ला-चिल्लाकर कहने लगीं कि लखनऊ ही न गया है, मान लीजिए कनकलता से भेंट कर भी लेगा तो कोई अपराध तो हो नहीं जाएगा। आखिर कनकलता पत्नी तो उसी की है। इस बात पर तो रविन्द्र डॉक्टर और भड़क गये और बोले कि तब दो साल का गौना रखने की क्या ज़रूरत थी। विदाई ही हो गयी होती। अपने तो लोफ़र की तरह घूमते रहता है। कनकलता पढ़ाई कर रही है तो उसको भी डिस्टर्ब करने पहुँच गया; कुछ ऊँच-नीच हो गया तो पूरे समाज मे मुँह दिखाने लायक नही रह जाएँगे हम लोग।

सुलेखा जी पति की इस बात पर खिल-खिलाकर हँसने लगीं और बोलीं कि बाबू कनकलता के पास थोड़े ही रुकता होगा, वहाँ दो लड़कियाँ और भी तो रहती हैं।

रविन्द्र डॉक्टर अपनी पत्नी के गँवारपन को देखकर और भी क्रोधित हो गये और डाँटते हुए बोले कि बाबू को और पैसा दो ताकि बाबू और बिगड़ जाए। देखना मेरी आशंका सही सिद्ध होगी। इसके बाद डॉक्टर नहा-धोकर अस्पताल चले गये।

तीन दिन बाद कुलभूषण वापस आ गया और अपनी माता जी से नौकरी का फार्म भरने के लिए पाँच हज़ार रुपया माँगने लगा। इस बार सुलेखा जी बिगड़ गयीं ओर बोलने लगीं कि जाकर अपने बाप से माँगो; तुम्हारे कारण हमको कितना सुनना पड़ रहा है।

इसके बाद कुलभूषण अपने पापा से मिलने अस्पताल पहुँच गया। रविन्द्र डॉक्टर जब उससे कुछ नहीं बोले तो वह बोला कि हमको पाँच हज़ार चाहिए।

तब रविन्द्र डॉक्टर पूछे वह किसलिए?

सिंचाई विभाग में चतुर्थ श्रेणी का पद निकला है उसी का फार्म भरना है। कुलभूषण नाराज़गी भरे लहजे में बोला।

रविन्द्र डॉक्टर बात की गम्भीरता को समझते हुए उसे अपनी मम्मी के पास जाने के लिए कहने लगे। तब कुलभूषण और नाराज़ होने लगा और सबके सामने ही रविन्द्र डॉक्टर से बोलने लगा कि पतोहू को हर महीने पाँच हज़ार दे सकते हैं और मुझे नौकरी का फार्म भरने के लिए पाँच हज़ार नहीं दे सकते हैं लड़के से अधिक अब बहू ही ज़्यादा प्रिय हो गयी है, मैं सब समझता हूँ..... कुलभूषण के इस प्रकार से बड़बड़ाने से रविन्द्र डॉक्टर इतने व्यथित हो गये कि उन्होंने उसे तुरन्त पाँच हज़ार रुपया दे दिया ताकि वह उनका पिण्ड छोड़ दे। दरअसल उसकी बातों को अस्पताल में उपस्थित सभी लोग सुन रहे थे।

आज शाम को रविन्द्र डॉक्टर गाँव आ गये थे। रात में भोजन के बाद उन्होंने माँ-बेटे को ख़ूब खरी खोटी सुनाया और आने वाले विपत्ति का उल्लेख भी किये, परन्तु दोनो माँ-बेटे पर कोई ख़ास असर नहीं था बल्कि तीनों अन्य पुत्र रविन्द्र डॉक्टर के प्रति अधिक संवेदनशील थे। चन्द्रभूषण इस वर्ष इण्टर फाइनल में था रमापति कक्षा नौ में और सभापति कक्षा छह का विद्यार्थी था। किसी तरह शाम को सभी लोग सो गये। सुबह सुलेखा हँसते हुए पति का चरण-स्पर्श करने लगी तो रविन्द्र डॉक्टर पुनः बिफर पड़े और बोलने लगे कि तुम समझ नही रही?

हम लोग भी पढ़े हैं, चपरासी का फार्म कहीं पाँच हज़ार में भराता है; अस्पताल में जाकर चार लोगों के बीच नालायकी बतिया रहा था।

सुलेखा जी समझाने और सांत्वना देने के अन्दाज में बोली कि जाने दीजिए, ग़ैर को नहीं न दिये हैं, आपका ही लड़का है धीरे-धीरे सब समझ जाएगा। विवाहित बच्चों को अधिक नहीं बोलना चाहिए। इसके बाद सुलेखा पुनः मुस्कुराने लगीं।

रविन्द्र डॉक्टर कुछ समझ नहीं पा रहे थे। उन्हें अब अपने बाक़ी बच्चों की चिन्ता सताने लगी थी, क्योंकि बड़े भइया का मार्गदर्शन तो बहुत चिंतानजनक था। चन्द्रभूषण उनके पुत्रों में सबसे अधिक समझदार और आज्ञाकारी था सो वह चाहते थे कि चन्द्रभूषण पर कुलभूषण की छाया न पड़े इसीलिए वे चन्द्रभूषण

को अपने अस्पताल वाले आवास पर बुला लिये और वह वहीं से अपने विद्यालय भी जाने लगा। एक तरह से चन्द्रभूषण अब अपने पिता के साथ रहता था और कभी-कभी गाँव भी आ जाता था।

चन्द्रभूषण गणित वर्ग का विद्यार्थी था सो वह बी0टेक0 की पढ़ाई करना चाहता था। अब वह कभी-कभी अपने मेडिकल स्टोर पर बैठ जाता था। मेडिकल स्टोर पर डॉक्टर ही उसे भेजते थे जिससे अब उसे भी पैसा चुराने की आदत पड़ गयी थी। परन्तु वह एक सीमा तक ही हाथ साफ़ करता, जो पिताजी को ग्राह्य था।

तीन महीने का समय ज्यों ही बीता, कुलभूषण ने अपनी नौकरी के लिए बीस हज़ार रुपया की माँग रख दी। इस बात को सुलेखा जी पति रविन्द्र डॉक्टर के सामने परोस भी दीं। जब रविन्द्र डॉक्टर बीस हज़ार की बात सुने तो आग-बबूला हो उठे और तुरन्त कुलभूषण को बुलाये। ग़ुस्से में तमतमाये रविन्द्र डॉक्टर ने कुलभूषण से पूछा कि नौकरी लगी नहीं, परीक्षा हुई नही तो ये पैसा किसको दोगे?

तब कुलभूषण ने बताया कि लखनऊ सचिवालय में बाबू है जगन लाल प्रसाद, लोग उनको जे0पी0 कहते हैं; वहीं कहे है कि दो लाख लगेगा परन्तु बीस हज़ार पहले देकर ही बात आगे बढ़ेगी, बाकी रक़म का आधा लिखित परीक्षा में पास होने के बाद शेष रकम ज्वाइनिंग के पहले। यह सारी बात कुलभूषण ने बहुत गम्भीरता के साथ धीमे स्वर में बोला था, जिससे कि बात की यथार्थता प्रमाणित हो जाए।

अब रविन्द्र डॉक्टर भी गम्भीर हो गये और कुलभूषण से पूछ बैठे कि जे0पी0 बाबू किस विभाग में हैं? तब कुलभूषण बोला कि स्वास्थ्य-विभाग में परन्तु उनका साला सिंचाई विभाग में स्टेनो बाबू है। इसके बाद रविन्द्र डॉक्टर पूछ बैठे कि तुम्हारा परिचय कैसे है? तब कुलभूषण बोला– जे0पी0 बाबू हमारे मित्र के फूफा हैं। तभी सुलेखा पूछ बैठी कौन मित्र? कुलभूषण ने बड़ी मासूमियत से बताया कि वही जो मेरे साथ हाईस्कूल पास किया था, राजमन।

सुलेखा जी पुनः पूछ बैठीं – राजमन कहाँ रहता है? कुलभूषण ने बताया कि वह तो दुबई में कमा रहा है। उसके बाद रविन्द्र डॉक्टर पूछे कि जब वह दुबई में है तो तुमसे कैसे मिलता है?

अब कुलभूषण गरम हो गया और तल्ख़ लहजे में बोला कि फोन से बात नहीं हो सकती है? इतना इण्टरव्यू तो नौकरी में नहीं होगा जितना आप लोग कर रहे हैं।

इसके बाद कुलभूषण रोने का स्वाँग करते हुए वहाँ से चला गया। सुलेखा जी की ममता पुनः पसीजने लगी थी और पति महोदय से बीस हज़ार दे देने की गुहार लगाने लगी। परन्तु रविन्द्र डॉक्टर कुलभूषण पर रत्ती भर भी विश्वास नहीं कर पा रहे थे। वह एक ही बात लगातार कहे जा रहे थे कि मैं बार-बार लखनऊ जोने से कुलभूषण को मना कर रहा हूँ, किन्तु अब उसका रोज़ एक नया काम लखनऊ में ही निकल जा रहा है, कुछ ऊँच-नीच हो गया तो सारी इज्जत मिट्टी में मिल जायेगी।

फिर अन्त में रविन्द्र डॉक्टर ने दो दिन बाद सुलेखा के हाथ में बीस हज़ार पाँच सौ रुपया पकड़ा दिया। पाँच सौ अतिरिक्त किराया-भाड़ा था। सो उसी दिन रात में वह ट्रेन पकड़कर कनकलता के पास सुबह ही पहुँच गया और पिताजी की नाराज़गी को देखते हुए कनकलता से गर्भपात कराने की गुज़ारिश करने लगा। परन्तु कनकलता इसके लिए बिलकुल तैयार नहीं थी। वह लगातार कह रही थी कि इसमें मेरी कोई ग़लती नही है और मेरा यह पहला बच्चा है सो मैं यह गलती नही करूँगी। आप ही तो ज़बरदस्ती हमारे क्वार्टर पर रुकने लगे थे और पापाजी का इतना ही डर था तो वह आपको यहाँ भेजते ही क्यों थे।

कुलभूषण के माथे पर पसीने की बूँदें निरन्तर गिर रही थीं। वह असहाय-सा कनकलता से केवल विनती भर कर रहा था, साथ में उसे ख़ुश करने के लिए एक महँगा गिफ्ट भी देने को कह रहा था।

कुलभूषण के इस वक्तव्य पर कनकलता ने दो टूक शब्दों में कह दिया कि आप अपना गिफ्ट अपने पास रखिए, मैं छह महीने बाद आपको सबसे महँगा गिफ्ट देने वाली हूँ। इसके बाद कनकलता खिलखिलाकर हँस दी।

दो दिन कुलभूषण कनकलता को प्रसन्न करता रहा। पिताजी के पैसे को वह दो दिन तक कनकलता पर लुटाता रहा परन्तु कनकलता सहमत नहीं हुई। हाँ दो दिन बाद कनकलता भी कुलभूषण के साथ वापस आयी और अपने घर चली आयी। कुलभूषण अपने घर अहिरौली चला आया। घर पहुँचकर कनकलता ने अपनी माताजी को सारी हकीक़त बता दिया। कनकलता जी की माताजी भी इस बात से बेसुध-सी हो गयीं और दूसरे दिन ही अपने भाई को बुलाकर उन्हें

अहिरौली इस सन्देशा के साथ भेजीं कि अमुक दिन समधिन जी (कुलभूषण की माताजी) गोरखनाथ मन्दिर में अवश्य उनसे भेंट करें। कनकलता दूसरे दिन ही लखनऊ वापस आ गयी। कुलभूषण गाँव पहुँचकर कुछ बेचैन-सा घूम रहा था। जब दो दिन बाद कनकलता के मामा अहिरौली पहुँचे तो सबसे पहले उनकी मुलाक़ात कुलभूषण से ही हुई। कुलभूषण को तो मानो काटो तो खून नहीं। वह तुरन्त भीतर गया और मम्मी को बुला लाया। मामाजी ने सुलेखा जी को अपना परिचय दिया और प्रणाम किया। इसके बाद वह सुलेखा जी के आग्रह पर कुर्सी पर बैठ गये। फिर हाल-चाल प्रारम्भ हो गया। जब मामाजी ने सुलेखा जी को अपनी बहन का सन्देश सुनाया तो सुलेखा जी चौंक गयीं। अब वह बाबू बाबू कहते हुए घर के भीतर गयी परन्तु कुलभूषण कहीं नहीं था। वह तुरन्त गाँव से बाहर निकल गया था। खैर सुलेखा जी स्वयं ही चाय-पानी पिलायीं और भोजन के लिए भी निवेदन करती रहीं परन्तु मामाजी हाथ जोड़कर खड़े हो गये और विदा लिये। सुलेखा जी अकस्मात कनकलता के मामाजी के आने से और समधिन जी के तुरन्त मिलने के आग्रह से व्याकुल और भयभीत हो गयी थीं। उनके मस्तिष्क में रविन्द्र डॉक्टर की बातें हिलोरें मारने लगी थीं। शाम को जब रमापति सभापति स्कूल से आये तो उन्होंने रमापति को तुरन्त अस्पताल भेजा और पापा को बुलाने के लिए कहा। रमापति तुरन्त लौट भी आया। अभी वह गाँव के बाहर ही था तो कुलभूषण भइया मिल गये और रमापति से पूछने लगे कि कहाँ से आ रहे हो? तो रमापति ने सब कुछ बता दिया। इस पर भी कुलभूषण का मन शान्त नहीं हुआ तो वह रमापति से पूछ बैठा कि घर पर कोई अन्य व्यक्ति भी बैठा है? इस पर रमापति ने न में सिर हिला दिया। तब जाकर कुलभूषण घर वापस आया। घर आते ही कुलभूषण अपनी माताजी के पास गया और मामाजी के विषय में पूछने लगा तो सुलेखा जी बिफर गयीं और कुलभूषण से पूछने लगीं कि तुम तुरन्त कहाँ ग़ायब हो गये थे?

तब कूलभूषण ने विनम्रता दिखाते हुए कहा कि जानती नहीं हो मम्मी! मामाजी जहाँ मिल जाते हैं तो तुरन्त विदाई देने लगते हैं; हमको यह सब अच्छा नहीं लगता है इसीलिए मैं तुरन्त हट गया था; वैसे क्यों आए थे?

पुत्र के इस वक्तव्य पर सुलेखा जी हँसते हुए बोलीं कि तुम्हारी नयी वाली मम्मी (सासू माँ) हमसे मिलने के लिए बहुत व्याकुल हैं, यही सन्देशा देने आए थे।

माताजी के मुख से यह सुनकर कुलभूषण ने गहरी साँस लिया और पुनः घर के बाहर अपने मित्रों में चला गया। रात आठ बजे रविन्द्र डॉक्टर भी घर चले आये। आते ही पत्नी पूरा रामायण ही लेकर बैठ गयीं। तभी रविन्द्र डॉक्टर बोले– अरे भाई पानी-वानी भी मिलेगा कि बस दिन-रात बवाल ही सुनते रहें।

इसके तुरन्त बाद सुलेखा जी उठीं और दौड़कर गुड़-पानी लेकर आयीं। उसके बाद चाय भी बना लायीं, परन्तु वह पति देव के पास ही बैठी रही अपनी उत्कण्ठा शान्त करने के लिए। जब चाय समाप्त हो गयी तो रविन्द्र डॉक्टर ने सुलेखा जी से कहा कि मैं आपको लेकर समधिन जी से मिलाने ले चलूँगा, आगे देखें क्या मसला है और उठकर शौच के लिए चले गये।

इसके बाद निश्चित दिन वह एक चार पहियाा गाड़ी मँगवाकर समधिन जी से मिलने की खातिर गोरखनाथ मन्दिर को चल दिये। वहाँ पहुँचने पर सुलेखा जी ने सर्वप्रथम प्रसाद ख़रीदकर दर्शन करना उचित समझा। सो वह पतिदेव जी के साथ मन्दिर में घूम-घूमकर दर्शन करने लगीं। जब वह अन्त में भीमताल से वापस लौटकर अपना चप्पल पहनने जा रही थीं तभी कनकलता की माताजी अपने बेटे के साथ दिखायी दीं। दोनों समधिन का मिलन हो गया। इसके बाद सभी लोग मन्दिर प्रांगण में ही एक सुनसान जगह पर आसन जमा दिये। प्रांरम्भिक हालचाल के बाद कनकलता की माताजी ने बेटे को बाहर से जलपान लाने के लिए भेज दिया और सुलेखा जी के कान में धीरे से कनकलता के गर्भ में पल रहे बच्चे की जानकारी दे दीं।

सुलेखा जी को सहसा विश्वास ही नहीं हुआ, परन्तु थोड़ी देर बाद ही वह समधिन जी से पूछ बैठीं कि कितने महीने का है? तब कनकलता की माताजी ने तीन उँगलियों को दिखाकर मुँह फेर लिया। रविन्द्र डॉक्टर थोड़ी दूर पर बैठकर दोनो स्त्रियों के वार्त्तालाप के भावार्थ को समझने का प्रयास कर रहे थे। वे जो आकलन कर रहे थे उससे उनके माथे पर पुनः पसीने की बूँदें विराजमान हो गयी थीं।

इस पूरे वार्तालाप में कनकलता की माताजी कुलभूषण के कृत्य पर बहुत नाराज़ थीं। अब वह रविन्द्र डॉक्टर के पास जाकर कहने लगीं कि आप ही लोग हमारे सब कुछ हैं, मेरे आगे-पीछे कौन है; यह बात किसी को बताने लायक़ भी तो नहीं है पूरा जगहँसाई हो जाएगा। इसी बीच लड़का जलपान लेकर आ गया। सभी लोग अनमने ढंग से जलपान ग्रहण किये और वापस चलने के लिए खड़े

हो गये। चलते समय कनकलता की माताजी ने बेटे को सौ-सौ रुपया देकर दोनों लोगों का चरण-स्पर्श कराया, परन्तु रविन्द्र डॉक्टर चलते समय इस बच्चे के हाथ में पाँच सौ पकड़ा दिये और गाड़ी में बैठ गये। रास्ते भर दोनों पति-पत्नी शान्त ही बने रहे क्योंकि एक तीसरा व्यक्ति ड्राइवर के रूप में गाड़ी चला रहा था जो गाँव का ही था। परन्तु घर के भीतर घुसते ही दोनों पति-पत्नी आपस में एक-दूसरे पर आरोप लगाने लगे। तभी कुलभूषण भी आ गया। रविन्द्र डॉक्टर ने आँगन में ही पड़ी मुगड़ी (जिससे कपड़ा पीट-पीटकर साफ़ किया जाता था) उठाकर कुलभूषण की ओर दौड़े परन्तु सुलेखा जी बीच में आकर खड़ी हो गयीं। रविन्द्र डॉक्टर बदहवास से इधर-उधर टहल रहे थे और लगातार बड़बड़ाये जा रहे थे कि मैंने पहले मना किया था कि कनकलता को पढ़ाई पूरी करने दो, लखनऊ मत जाओ, आखिर मेरी शंका सही हो गयी।

एक घण्टे की उथल-पुथल के बाद सभी लोग अपनी दिनचर्या में व्यवस्थित होने लगे। शाम को रविन्द्र डॉक्टर स्वयं ही पशुपति भाई के घर गये किन्तु पशुपति घर पर नही थें वह कही बाहर गये हुए थे। इसके बाद रविन्द्र डॉक्टर अपना संदेशा छोड़कर चले आये।

दूसरे दिन रविन्द्र डॉक्टर सुबह ही अस्पताल चले गये। मरीज़ों की भीड़ बहुत थी। चिकित्साधिकारी महोदय भी आज नहीं आये थे सो रविन्द्र डॉक्टर जल्दी-जल्दी मरीज़ों को निपटाने लगे।

दिन में क़रीब बारह बजे पशुपति भाई भी अस्पताल पर पहुँच गये। परन्तु भीड़ देखकर यह कहते हुए चल दिये कि डॉक्टर शाम को घर पर ही भेंट होगी।

इसके बाद रविन्द्र डॉक्टर पुनः मरीज़ों में व्यस्त हो गये। रास्ते में जब पशुपति भाई लौट रहे थे तो रविन्द्र डॉक्टर के मेडिकल स्टोर पर दर्द की दवा लेने गये तो देखे कि वहाँ चन्द्रभूषण भी दुकान पर बैठा है। यह देखकर पशुपति भाई चन्द्रभूषण से पूछ बैठ– तुम स्कूल नही गये हो? इस बात पर चन्द्रभूषण सफ़ाई देते हुए बोला-आज अस्पताल पर भीड़ अधिक थी, इसीलिए दुकान पर आना पड़ा।

इसके बाद पशुपति भाई चल दिये।

शाम को रविन्द्र डॉक्टर गाँव पहुँचे तो पशुपति भाई भी आ गये। आज रविन्द्र डॉक्टर पशुपति भाई को लेकर बरामदे के बग़ल वाली कोठरी में गये और

पशुपति भाई से बिस्तर पर आराम से बैठने के लिए आग्रह किये, सुलेखा जी भी गुड़-पानी पहले ही कोठरी में रख दी थीं और कोठरी में दरवाज़े की आड़ लेकर बैठ गयीं। आज रविन्द्र डॉक्टर ने भारी गले से बोलना प्रारम्भ किया- चाचा जी आप तो मेरे पिता समान आदरणीय हैं, मेरे प्रत्येक सुख-दुःख में एक आप ही सदैव खड़े रहे हैं। एक बहुत बड़ी समस्या आ खड़ी हो गयी है। पशुपति भाई बिस्तर पर लेटते हुए बोले- कौन सी समस्या? तब रविन्द्र डॉक्टर पुनः बोले- कहते हुए भी साहस जुटाना पड़ रहा है; कुलभूषण पिछले दिनों नौकरी का बहाना कर, पैसा लेकर लखनऊ जाने लगा। मैं तो मना करता रहा परन्तु ख़बर आयी है कि बहू तीन महीने के गर्भ से है।

पशुपति भाई तो जैसे नींद से जाग गये हों। इसके बाद उठकर बैठ गये और दोनों पति-पत्नी से पूछ बैठे कि उसका तो दो साल का गौना है?

यही तो समस्या है। सुलेखा जी दरवाजे की आड़ में से बोलीं। इसके बाद पशुपति भाई बरामदे में झाँकने लगे। तभी उन्हें कुलभूषण घर में जाते हुए दिखायी दे गया। उन्होंने कुलभूषण को आवाज़ लगाकर बुला लिया ओर कुलभूषण को समझाने के बाद बोले क्यों बेटा, काम तो तुमने बिगाड़ दिया; थोड़ा सबर किये होते... तुम्हारे माँ-बाप तुम्हारे लिए बहुत करते हैं परन्तु तुम नयी मुसीबत डाल दिये हो। हम लोग भी जवानी देखे हैं, परन्तु गाँव में इज़्ज़त आबरू बचाकर ही रहे, कोई गाँव में कह नही सकता...। यह व्याख्यान चलता रहा और सुलेखा जी उठकर घर के भीतर चली गयीं।

थोड़ी देर बाद चाय भी आ गयी परन्तु सुलेखा जी नहीं आयीं। कुलभूषण भी वहाँ से जा चुका था। अब कोठरी मे केवल रविन्द्र डॉक्टर और पशुपति भाई भर ही थे। सो रविन्द्र डॉक्टर पूछ बैठे कि अब आगे क्या किया जाए? थोड़ी चुप्पी के बाद पशुपति भाई बोले- गोरखनाथ वाली ज़मीन पर तीन कमरा बनवा दीजिए और उसी के गृह-प्रवेश के बहाने कनकलता की विदाई हो जाएगी। सबसे कह दीजिएगा कि लड़के की माँ बग़ैर बहू के गृह-प्रवेश नही करेंगी। मैं जाकर लड़की के घर कह आऊँगा और दिन भी निश्चित कर दूँगा।

रविन्द्र डॉक्टर तुरन्त उठकर घर के भीतर गये और पत्नी सुलेखा को पशुपति भाई के इस वक्तव्य से अवगत करा दिये। सुलेखा जी के इस सन्दर्भ में स्वयं के कोई विचार नही थे सो उन्हें सब कुछ ग्राह्य था।

इसके बाद रविन्द्र डॉक्टर जब वापस आये तो पशुपति भाई शिकायती

अन्दाज़ में बोले कि डॉक्टर आप भी दोनों हाथ से केवल पैसा ही बटोर रहे हैं; कल चन्द्रभूषण दिन में दुकान पर बैठा था। रविन्द्र डॉक्टर इस उलाहना पर सफ़ाई देने लगे। चलते समय पशुपति भाई ने रविन्द्र डॉक्टर से रुद्रपुर के विषय में भी ढिलाई न बरतने की सलाह देते हुए विदा लिया।

दूसरे दिन रविन्द्र डॉक्टर अपने अस्पताल के पास ही बिल्डिंग मैटेरियल के दुकानदार मनोहर सेठ से सम्पर्क किये। मनोहर सेठ ने उन्हें आश्वस्त किया कि मैं यही से सारा समान गोरखपुर भिजवा दूँगा, बस आपको सीमेण्ट गोरखपुर से ही लेना होगा। आप केवल लेबर चार्ज और सीमेण्ट के पैसे का प्रबन्ध कीजिए मेरा पैसा जब आपको सुविधा होगी तब दीजिएगा। उसी दिन रविन्द्र डॉक्टर ने अपने गाँव के ही राजमिस्त्री भोलई चौहान से भी सम्पर्क किया। भोलई चौहान ने एक हफ्ते बाद अपनी पूरी टीम लेकर पहुँचने का वादा कर दिया। सुलेखा जी ने भी तुरन्त गेहूँ धोकर फैला दिया और उसे चक्की में पिसवाकर रखवा दिया। निश्चित दिन ट्रैक्टर पर आटा, चावल, दाल, आलू, प्याज, तेल आदि सम्मान भी रखवा दिया गया और भोलई पूरी टीम के साथ पहुँच गये। पीछे-पीछे रविन्द्र डॉक्टर और पशुपति भाई भी मोटर साइकिल से पहुँच गये। भोलई चौहान ने सबके परामर्श से बैठकर एक नक्शा खींच दिया और कार्यक्रम प्रारम्भ करा दिया। रविन्द्र डॉक्टर ने एक किलो लड्डू और अगरबत्ती जलाकर जमीन के ईशान कोण पर गाड़ दिया और लड्डू सभी को वितरित करा दिया। चलते समय रविन्द्र डॉक्टर ने भोलई के हाथ में पाँच सौ रुपया भी ख़र्चा के लिए दे दिया।

सीमेण्ट के लिए भी रविन्द्र डॉक्टर ने पास के एक दुकानदार को पाँच हज़ार एडवान्स कर दिया और भोलई से परिचय भी करा दिये। उसके बाद दोनों लोग वापस आ गये। दूसरे दिन से काम देखने की ज़िम्मेदारी कुलभूषण को सौंप दी गयी। सीमेण्ट और लेबर का पैसा देने रविन्द्र डॉक्टर समय निकालकर स्वयं जाते। भोलई को पशुपति ने चार महीने का ही समय दिया था, सो भोलई ने अपने साथ एक मिस्त्री को और बढ़ा लिया था। काम ज़ोरों पर था।

एक दिन सीमेण्ट वाले दुकानदार का सुबह ही पैसे के लिए फोन आ गया। दरअसल वह चालीस बोरी सीमेण्ट दे चुका था, जिसका पैसा बकाया था। उसके फ़ोन पर रविन्द्र डॉक्टर अचम्भित रह गये क्योंकि एक दिन पहले ही उन्होंने कुलभूषण के हाथ से दस हज़ार रुपया भिजवाया था सो वे कुलभूषण से पूछ बैठे। लेकिन कुलभूषण तो पूरी ढिठाई से पैसा सीमेण्ट दुकानदार को देने की

बात कर रहा था। अब रविन्द्र डॉक्टर के माथे पर फिर बल पड़ गये। वह कुलभूषण से लगातार कह रहे थे कि कोई दुकानदार इस तरह झूठ नहीं बोल सकता, परन्तु कुलभूषण लगातार दुकानदार को झूठा बता रहा था। सो रविन्द्र डॉक्टर कुलभूषण को साथ लेकर दुकानदार के पास गये और कुलभूषण से दुकानदार के सामने ही पूछ बैठे। तब भी कुलभूषण ने पुनः पैसा दुकानदार को देने की बात दोहरायी। दुकानदार तो अवाक़-सा कुलभूषण का मुँह ही ताक रहा था और बार-बार रविन्द्र डॉक्टर से अपनी सफ़ाई में यही कह रहा था कि कुलभूषण भइया से तो पिछले चार दिनों से मुलाक़ात ही नही हुई है। इसके बावजूद कुलभूषण पूरी दृढ़ता से अपनी बात पर अडिग था। दुकानदार भी अपने पूरे व्यावसायिक जीवन में पहली बार ही इस प्रकार की परिस्थिति का सामना कर रहा था सो वह हाथ जोड़कर रविन्द्र डॉक्टर के सामने खड़ा हो गया और कहने लगा कि विश्वास कीजिए डॉक्टर साहब, यदि आज मुझे पार्टी का पेमेण्ट नहीं करना होता तो मैं आपको फोन भी नहीं करता। किन्तु आगे से आप स्वयं ही अपने हाथ से पेमेण्ट कीजिएगा, भले ही चार दिन लेट ही हो जाए। रविन्द्र डॉक्टर अपने पुत्र की प्रतिभा और एक दुकानदार के व्यावसायिक धर्म को ठीक से समझते थे सो उन्होंने दुकानदार को दस हज़ार रुपया दे दिया और आगे भी सीमेण्ट भिजवाते रहने का आग्रह भी किये। चलते समय उन्होंने दुकानदार को एक दस हज़ार का चेक एडवांस के रूप में दे दिया।

इसके बाद वे अस्पताल लौट आये। मरीज़ों से अस्पताल खचाखच भरा था। दो हाइड्रोसील का ऑपरेशन भी था सो रविन्द्र डॉक्टर दिन का भोजन भी नहीं कर पाये। शाम को जब रविन्द्र डॉक्टर घर आये और सुलेखा को सारी बात बताये तो सुलेखा जी अपने कुलभूषण के पक्ष में ही खड़ी हो गयी और रविन्द्र डॉक्टर से बोलीं कि आपको केवल अपने लड़के में ही खोट दिखायी देता है दुकानदार झूठ नहीं बोल सकता है? आपको जो समझना, कहना है कहिए समझिए, मेरा बेटा सोना है सोना।

पत्नी के इन शब्दों को सुनने के बाद किंकर्त्तव्यविमूढ़ रविन्द्र डॉक्टर रात में भोजन कर पुनः रात में ही अस्पताल चले आये। अस्पताल पर पूरे स्टाफ ने चिकन बनाया था सो दो बोटी वहाँ भी चन्द्रभूषण के साथ ले लिये।

रविन्द्र डॉक्टर की कमाई तो बहुत थी सो अब आज्ञाकारी चन्द्रभूषण का भी पर्स सदैव भरा रहता था। चन्द्रभूषण भाईयों में सबसे गोरा और सुन्दर था। वह

मृदुभाषी होने के साथ ही अपने माता-पिता का सबसे आज्ञाकारी बेटा था।

इधर पशुपति भाई रामसजीवन भइया से मिले अपमान को भूल नहीं पा रहे थे, सो इसी सन्दर्भ में वे एक दिन कुलभूषण को बुलाये और उसके कन्धे पर हाथ रखते हुए बोले कि बेटा तुमको मैं बहुत जल्द ही एक बड़ी ज़िम्मेदारी देने वाला हूँ।

इस प्रेम को कुलभूषण समझ नहीं पाया तो पशुपति भाई से पूछ बैठा कि बाबा, क्या काम है?

पशुपति भाई मुस्कुराते हुए बोले- तुम्हारे रुद्रपुर वाले बाबा उस औरत के फेर में पगला गये हैं और वहाँ की सारी सम्पत्ति और पैसा उसी को देने पर आमादा हैं, यदि समय रहते तुम्हारे पापा और तुम लोग नहीं चेते तो समझो सब कुछ हाथ से निकल जाएगा। मेरी बात आनी माता जी से भी चर्चा कर लेना; मेरे रहते यदि यह सब हो जाएगा तो समझो मेरा जीवन धिक्कार है, मैं तो प्रारम्भ से ही तुम्हारे परिवार के लिए समर्पित रहा हूँ।

इसके बाद कुलभूषण उनका चरण-स्पर्श करके घर चला गया। घर पहुँचकर कुलभूषण ने माता सुलेखा से पशुपति बाबा की सभी बातें अक्षरशः बयान कर दिया। कुलभूषण की बातों से वह बहुत चिन्तित हो गयीं। जब दो दिन बाद रविन्द्र डॉक्टर घर आये तो उन्होंने उनसे इस विषय पर विचार-विमर्श किया और मामले को तुरन्त संज्ञान में लेने का आग्रह करने लगीं। रविन्द्र डॉक्टर के प्रमुख सलाहकर पशुपति भाई ही थे। सो वे स्वयं उनके घर चले गये परन्तु पशुपति भाई नही मिले। जब वे वापस घर आ गये तो थोड़ी देर बाद वे कुलभूषण के साथ रविन्द्र डॉक्टर के घर पर पहुँच गये। प्रारम्भिक अभिवादन के बाद रविन्द्र डॉक्टर ने अपनी चिन्ता और सुलेखा जी की पीड़ा को बयान कर दिया। फिर क्या था, पशुपति भाई जाग गये और तुरन्त रामसजीवन भइया पर एक मुक़दमा ठोकने का निर्णय सुना दिये। साथ ही साथ सभी लोगों को उपदेशात्मक लहजे में यह भी समझाये कि ज़मीन-जायदाद झगड़ा झंझट से नहीं मिलता है, इसके लिए बुद्धि का प्रयोग करना पड़ता है। सो रविन्द्र डॉक्टर ने इस पूरे कार्यक्रम की ज़िम्मेदारी पशुपति भाई को सौंप दिया। चलते समय रविन्द्र डॉक्टर ने पशुपति भाई के हाथ में ख़र्चापानी के मद में दो हज़ार रुपया भी रख दिया ताकि काम में शिथिलता न आये।

चूँकि पशुपति पाण्डेय खुराफ़ात संहिता के पुराने मर्मज्ञ थे सो अब

रामसजीवन भइया की सुख-शान्ति छीनने में लग गये। सो एक मशहूर वकील से सलाह-मशविरा किये और रामसजीवन भइया के पास एक सम्मन पहुँच गया। राम सजीवन भइया जब सम्मन पाए तो तुरन्त अपने बेटे रविन्द्र डॉक्टर को फोन मिलाये और पूछे कि यह सम्मन तुमने भिजवाया है? इस प्रश्न पर रविन्द्र डॉक्टर निरुत्तर बने रहे। तब राम सजीवन जी ने पुनः सचेत करते हुए कहा कि तुम उस पशुपति पाण्डेय के फेर में पड़कर मुझे परेशान कर रहे हो, तुम्हारा भी वह नाश कर देगा। इसके बाद वह फोन काट दिये।

इसके बाद मुक़दमा क़ायम हो गया और दोनों पक्ष कचहरी दौड़ने लगे। मुक़दमा की तारीख़ पर रविन्द्र डॉक्टर, पशुपति चाचा और कुलभूषण को साथ ही भेजते थे। तारीख़ के दिन रविन्द्र डॉक्टर दो सौ पेट्रोल, सौ रुपया नाश्ता-पानी और एक हज़ार कचहरी का ख़र्चा जोड़कर दे देते थे। इस रक़म में से लगभग आधा बच जाता था जिसे पशुपति भाई और कुलभूषण आपस में बाँट लेते थे।

रामसजीवन जी भी स्वयं ही कचहरी आते परन्तु वे पशुपति पाण्डेय और कुलभूषण से बात नहीं करते थे। इसके बावजूद पशुपति भाई उनके पास जाकर ज़ोरदार नमस्कार करते थे। पशुपति धीरे-धीरे कुलभूषण को अपने रंग में ढालने लगे थे। कुलभूषण भी पशुपति भाई का अनन्य सेवक बन गया था।

इधर गोरखपुर का मकान भी लगभग बन गया था, अब बस छत लगने की तैयारी हो रही थी। सो अब कनकलता के गौना का समय निर्धारित करना था। रविन्द्र डॉक्टर ने इसका भी कार्यभार पशुपति भाई को सौंप दिया। सो एक दिन पशुपति भाई अकेले ही कुलभूषण की ससुराल पहुँच गये। वहाँ पर सबसे पहले कनकलता के चाचाजी से मिले सो पशुपति भाई ने अपना प्रथम परिचय उन्हें बताया। इसके बाद चाचाजी ने उनसे बैठने का आग्रह करते हुए पूछा कि और सब कुशल-मंगल है न?

पशुपति भाई मुस्कुराते हुए हाथ जोड़कर बोले कि आपके आशीर्वाद से सब आनन्द से है। डॉक्टर साहब गोरखपुर शहर में एक भव्य मकान बनवा रहे हैं इसी सन्दर्भ में मैं आया था।

कनकलता के चाचाजी पशुपति भाई के इन शब्दों का अर्थ समझने की चेष्टा कर ही रहे थे कि कनकलता का भाई मिठाई और पानी लेकर आ गया। जल-ग्रहण करने के बाद पशुपति भाई मूल विषय पर आ गये और बोले-मेरे यहाँ

आने का मूल उद्देश्य सर्वप्रथम तो आपको गृह-प्रवेश में आमन्त्रित करने का है। दरअसल कुलभूषण की माताजी ने डॉक्टर साहब को एक धर्मसंकट में डाल दिया है, जिसका निवारण भी आप ही कर सकते है।

इन शब्दों को सुनते ही चाचाजी पूछ बैठे-आप बताइए महाराज! हम तो डॉक्टर साहब के लिए सदैव खड़े ही है।

अब पशुपति भाई निश्चिन्तता का भाव लिये बोले– कुलभूषण की माताजी की प्रबल इच्छा है कि नये मकान में गृह-प्रवेश के दिन ही उनकी बहू के पाँव भी उस मकान में पड़ें अर्थात् वह चाहती हैं कि कनकलता की विदाई भी उसी दिन हो जाए।

इस बात को सुनते ही चाचाजी आगबबूला हो गये और बोले कि आपके कहने से विदाई तो हो नहीं जाएगी; जब दो वर्ष का समय निर्धारित था तो यह सब बीच में बखेड़ा खड़ा करने की क्या आवश्यकता है।

इसके बाद पशुपति भाई उन्हें शान्त करते हुए बोले कि आप विदाई जैसे सुन्दर शब्द को बखेड़ा मत कहिए... आखिर एक दिन कनकलता को तो उस घर में ही जाना है।

चाचाजी पुनः बोल पड़े- भाई साहब, हम लोगों की भी समाज में थोड़ी-बहुत प्रतिष्ठा है; हम ग़रीब अवश्य हैं परन्तु अपने सामाजिक रीति-रिवाज के बाहर तो चले नहीं जाएँगे। फिर आप ही बताइए, विदाई ख़ाली हाथ तो हो नहीं जाएगी हम लोगों को भी तैयारी का समय चाहिए।

इन वाक्यों से पशुपति भाई का आत्मविश्वास पुनः जाग गया और समझाते हुए बोले कि आपकी सभी समस्या के निवारण के लिए हम लोग खड़े हैं आप मन बनाइए, घर में भी विचार-विमर्श कर लीजिए मैं एक सप्ताह बाद पुनः आऊँगा। यह कहते हुए पशुपति भाई प्रणाम कहते हुए आसन से उठ गये और विदा लिये।

जब पशुपति भाई चले गये तो कनकलता के घर में तो हंगामा खड़ा हो गया। घर के सभी सदस्य विरोध में ही थे सिवाय कनकलता की माताजी के। दो दिन का समय बीत गया, तब कनकलता की माताजी धीरे-धीरे विदाई के प्रसंग को आगे बढ़ाना प्रारम्भ कर दीं। वह सभी को यही समझा रही थीं कि यदि रविन्द्र डॉक्टर को विदाई की बहुत जल्दी पड़ी है तो विदाई करा लें लेकिन हम लोगों

की प्रतिष्ठा उन्हीं को रखनी पड़ेगी। यदि यह सब उन्हें मंज़ूर है तो विदाई करा लें आखिर कनकलता तो अब उन्हीं के घर की है।

धीरे-धीरे घर के सभी लोग उनकी बातों से सहमति भी जताने लगे सिवाय कनकलता के चाचाजी के।

दस दिन बाद पशुपति भाई पुनः कनकलता के चाचाजी के घर आये। इस बार वे ढेर सारा फल और मिठाई के साथ पहुँचे थे क्योंकि यह सेमीफाइनल राउण्ड की वार्ता थी। चाचाजी ने समझदारी का परिचय दिया और बोले कि जब परिवार के सभी लोग सहमत हैं तो मैं क्या कर सकता हूँ।

पशुपति भाई को जैसे लगा कि वे बाज़ी जीत चुके हैं, सो तुरन्त चाचा को सांत्वना देते हुए बोले कि आप तनिक भी चिन्ता न करें विदाई का सारा सामान आपके दरवाज़े पर चार दिन पहले ही आ जाएगा, बस आप लड़के पक्ष के लिए रात्रि में विश्राम करने और भोजन की व्यवस्था कर दीजिएगा।

चाचाजी इस बात पर बिगड़ते हुए बोले कि आप भी भाई साहब... छोटी-छोटी बातें करते हैं। हम इतने भी गरीब नही हैं। इसके बाद भीतर से सन्देशा आया कि कनकलता की माताजी भी दो मिनट पशुपति भाई से बात करना चाहती हैं सो चाचाजी पशुपति भाई को लेकर दलान की चौखट तक ले गये और उसी की आड़ में खड़ी समधिन जी ने प्रारम्भिक हालचाल से वार्ता प्रारम्भ कर दिया। इसी दरम्यान पशुपति भाई ने रविन्द्र डॉक्टर की प्रतिष्ठा में दस-बीस क़सींदे भी कह दिया और यह आश्वासन देते हुए विदा लिये कि ससुराल में कनकलता महारानी बनकर रहेगी।

चलते समय पशुपति भाई ने चाचाजी को बाहों में भर लिया। पशुपति भाई की इस आत्मीयता से चाचाजी पसीज गये थे। सो चलते समय उन्होंने पशुपति भाई से बोला कि मैं अपनों की इच्छा के विपरीत थोड़े ही जाऊँगा।

इसके बाद पशुपति भाई विदा ले लिये।

गाँव पहुँचकर वे सीधे रविन्द्र डॉक्टर के घर गये। वहाँ सुलेखा जी बाहर ही बैठी थीं। जब वे पशुपति भाई को देखीं तो घर के भीतर चली गयी। पशुपति भाई बरामदे में बैठते ही ज़ोर की आवाज में बोले कि आपकी समधिन से मिलकर आ रहा हूँ। परन्तु सुलेखा जी ने कोई प्रत्युत्तर नहीं दिया और सभापति के हाथों गुड़-पानी भिजवा दीं। सुलेखा जी पशुपति भाई से दूर ही रहती थीं। थोड़ी देर बाद

पशुपति भाई ये कहते हुए चले गये कि शाम को डॉक्टर से मुलाक़ात होगी।

शाम को रविन्द्र डॉक्टर भी गाँव आ गये। पशुपति भाई भी आ गये। आज रविन्द्र डॉक्टर ने पशुपति भाई का भोजन अपने ही घर में बनवाया था। पशुपति भाई के पहुँचते ही रविन्द्र डॉक्टर ने पशुपति भाई का चरण-स्पर्श किया और उन्हें भोजन के कार्यक्रम से अवगत भी करा दिये। तभी पशुपति भाई बोले कि ख़ाली-ख़ाली भोजन? और कुलभूषण को आवाज़ लगाने लगे। कुलभूषण आ गया तब उसे निर्देश देते हुए बोले कि पापा से पैसा ले लो और पाण्डेपुर चौराहा से एक अद्धा व्हिस्की लेकर आओ और थोड़ा नथुनियाँ वाली के यहाँ से ताज़ा पकौड़ा भी ले आना। मेरा नाम बता देना वह समझ जाएगी। कुलभूषण चला गया।

इसके बाद पशुपति भाई रविन्द्र डॉक्टर के पैर पर ज़ोरदार हाथ मारते हुए बोले कि बुढ़वा को बड़ी मुश्किल से क़ाबू करना पड़ा। पीछे से समधिन भी ज़ोर मार दी। मैं तो उनसे भेंट करके भी आ रहा हूँ। समधिन अभी जवान है डॉक्टर! इसके बाद पुनः रविन्द्र डॉक्टर के पैर पर हाथ मारकर चाय का कप उठा लिये। इसके बाद बतकही प्रारम्भ हो गयी। सुलेखा जी दरवाज़े की ओट में आकर खड़ी हो गयीं। पशुपति भाई ने बड़ा काम कर दिया था। आज रविन्द्र डॉक्टर और सुलेखा जी भी पशुपति भाई के पराक्रम से गद्‌गद थे।

थोड़ी देर बाद कुलभूषण भी आ गया। पशुपति भाई आधी शीशी ही पीये। रविन्द्र डॉक्टर तो बस पकौड़ी खाकर रह गये। इसके बाद भोजन करके जब पशुपति भाई चलने लगे तो रविन्द्र डॉक्टर ने बची हुई व्हिस्की उनको देते हुए विदा किया।

इधर मकान का काम तेज़ी पकड़ लिया था। भोलई चौहान अब छत ढालने वाले ही थे। तभी एक दिन सुलेखा जी मकान का काम देखने कुलभूषण के साथ गोरखपुर गयीं तो पूरा निरीक्षण कीं लेकिन शौचालय का निर्माण कहीं नहीं देखी तो भोलई से पूछ बैठी कि शौचालय कहाँ बना है? सुलेखा जी के इस प्रश्न पर भोलई उन्हीं से पूछ बैठे कि शौचालय भी बनेगा? डॉक्टर साहब तो कह रहे थे कि बहुत ख़ाली ज़मीन है इसी में लोग घूम-टहल लेंगे। सुलेखा जी को इतना सुनना भर था कि वह भोलई से उलाहना देती हुए बोलीं कि जैसे आप वैसे ही डॉक्टर साहब, नया ज़माना आ गया और आप लोग वहीं है। गाँव का मकान थोड़े ही है, शहर में किस घर की औरत बाहर जाती है।

इसके बाद सुलेखा जी वापस गाँव आ गयीं और शाम को रविन्द्र डॉक्टर को बुलाकर ख़ूब सुनाई और यह भी कहीं कि आप गँवार के गँवार ही रह गये। खैर इसके बाद भोलई चौहान ने एक शौचालय भी बना दिया। तीन महीने में मकान का छत भी लग गया। अब बस प्लास्टर और दरवाज़ा भर लगना था। सो रविन्द्र डॉक्टर के खेत में ही दो शीशम के पेड़ थे, उन्हीं को कटवा दिया गया और गाँव पर ही सारा सामान भी तैयार हो गया। साथ में कनकलता की विदाई के लिए पलँग, सोफा और श्रृंगारदान भी सुलेखा जी की पसन्द से तैयार हो गया। जनवरी में मकर संक्रान्ति के तीसरे दिन गृह-प्रवेश का शुभ मुहूर्त रखा गया और उसी दिन कनकलता की विदाई भी थी। सो मकरसंक्रान्ति के दिन ही रविन्द्र डॉक्टर ने सारा सामान एक ट्रैक्टर से कनकलता के घर भिजवा दिया। कनकलता भी उस दिन अपने माताजी के पास ही थी।

गृह-प्रवेश के एक दिन पहले ही कुलभूषण, चन्द्रभूषण, सभापति एवं रमापति एक गाड़ी से और दूसरी गाड़ी में पशुपति भाई और दो अन्य लोगों के साथ विदाई के लिए शाम को कनकलता के घर पहुँच गये। चाचाजी ने बग़ल के ही घर में सभी लोगों का आसन लगवाया था। विदाई सुबह सूर्योदय के समय ही हो गयी। सभी लोग नौ बजे तक गोरखपुर वाले नये आवास पर पहुँच गये। सुलेखा जी ने बहू को सप्रेम घर में दाख़िल कराया। इसके बाद पंडित जी आ गये और गृह-प्रवेश का कार्यक्रम प्रारम्भ हो गया। इस कार्यक्रम मे कनकलता के परिवार के लोग भी आमंत्रित थें सो सायं चार बजे कनकलता का भाई अपने चाचा के साथ आ गया। सभी कार्यक्रम सुचारु रूप से सम्पन्न हुआ। कनकलता भी दो दिन बाद लखनऊ चली गयी। मकान में गाँव के दो विद्यार्थियों को देखरेख के लिए रख दिया गया और पूरा परिवार वापस गाँव आ गया।

मार्च में ही कनकलता की डेट थी और उसी महीने चन्द्रभूषण की इण्टर फाइनल की बोर्ड परीक्षा भी थी। सो समस्या बहुत विकट थी। सब सुलेखा जी को ही सँभालना था। सुलेखा जी ने अपने मायके से अपनी भतीजी को बुलवा लिया जो गृहकार्य में दक्ष बालिका थी। इसी बीच रविन्द्र डॉक्टर लखनऊ गये और नर्सिंग कॉलेज की प्रधानाचार्या से तालमेल बिठा आये। मार्च के दूसरे सप्ताह में कनकलता आ गयी और उसके आने के ठीक चौथे दिन उसे एक पुत्री पैदा हुई। सभी लोग चैन की साँस लिये। इधर चन्द्रभूषण की परीक्षा चल ही रही थी।

जब इस घटना की जानकारी कनकलता के घरवालों को हुई तो वे सभी हतप्रभ से रह गये। कनकलता के चाचाजी तो बस यही कह रहे थे कि डॉक्टर ने हम लोगों की इज़्ज़त बचा लिया। पशुपति भाई भी अब उनके लिए आदरणीय बन चुके थे, क्योंकि वह भी धन्यवाद के पात्र थे।

किसी तरह कनकलता अपनी बच्ची को बीस दिन ही स्तनपान करा पायी। उसके बाद उसे वापस लखनऊ जाना पड़ा। बच्ची के पालन-पोषण की ज़िम्मेदारी सुलेखा जी ने सँभाल लिया। अब कनकलता एक दिन की भी छुट्टी में तुरन्त गाँव आ जाती। रविन्द्र डॉक्टर कनकलता की परेशानी को देखते हुए अब पूरे परिवार को गोरखपुर शिफ्ट कर देना चाहते थे। बच्चों की शिक्षा भी इसमें एक प्रमुख कारण था।

इसीलिए जब चन्द्रभूषण की परीक्षा समाप्त हो गयी तो पूरा परिवार मई में गोरखपुर आ गया। गाँव के मकान पर ताला लग गया। चन्द्रभूषण को इंजीनियरिंग में प्रवेश लेना था इसलिए उसने परीक्षा तो दिया परन्तु रैंक बहुत पीछे था सो उसने एक साल कोचिंग करने का निर्णय ले लिया। रमापति और सभापति का भी नाम शहर के ही एक स्कूल में लिख गया। कुलभूषण गाँव से गोरखपुर के बीच में टहलता रहता था।

करते-कराते एक वर्ष का समय व्यतीत हो गया। कनकलता का भी कोर्स पूरा ही होने वाला था।

रविन्द्र डॉक्टर पाण्डेपुर अस्पताल पर खूब पैसा कमा रहे थे। उनका छुरा क़ैंची हमेशा गरम ही रहता था ताकि कब कोई ऑपरेशन करना पड़ जाए। सरकारी अस्पताल की सुविधा को वे अपनी प्रतिभा से खूब भुना रहे थे। इसी बीच चन्द्रभूषण का इण्टर बोर्ड परीक्षा का परिणाम भी आ गया। वह द्वितीय श्रेणी में अच्छे नम्बरों से पास हो गया था। उसके ठीक पाँचवें दिन ही इंजीनियरिंग प्रवेश-परीक्षा का भी परिणाम आ गया। चन्द्रभूषण का रैंक पच्चीस हज़ार के आसपास था। यह रैंक भी रविन्द्र डॉक्टर के लिए उत्साहजनक था क्योंकि इस रैंक पर भी चन्द्रभूषण को बी0टेक0 में प्रवेश मिल जाने की प्रबल सम्भावना थी। इसी क्रम में उसे जौनपुर के एक प्राइवेट बी0टेक0 कॉलेज में प्रवेश मिल गया। रविन्द्र डॉक्टर पुराने विचारों और पुरातन संस्कारों से अभिभूत व्यक्ति थे सो उन्होंने चन्द्रभूषण को इलेक्ट्रिकल ट्रेड में प्रवेश दिलाया। तमाम लोग उन्हें समझाते रहे कि अब कम्प्यूटर का ज़माना है, परन्तु रविन्द्र डॉक्टर

अपनी बात पर अड़े रहे और सबसे यही कहते रहे कि इलेक्ट्रिकल इंजीनियरिंग की डिमाण्ड कभी कम नहीं हो सकती, आखिर इलेक्ट्रिक पर ही सब कुछ टिका है; जब इलेक्ट्रिक ही नहीं रहेगा तो कम्प्यूटर कैसे चलेगा। इसके बाद वह सभी सलाहकारों को समझाते हुए ज़ोरदार ठहाका लगा देते। इस प्रकार चन्द्रभूषण इलेक्ट्रिक ट्रेड से बी0टेक0 करने जौनपुर चला गया।

रविन्द्र डॉक्टर और सुलेखा जी का वह प्रिय बेटा था। दोनों लोगों को उससे बहुत आस थी। रविन्द्र डॉक्टर अपने बेटे को उसकी माँग से ज़्यादा पैसा देते थे। चन्द्रभूषण भी अब पैसे के मर्म को समझने लगा था। जौनपुर में वह कॉलेज के धनाढ्य विद्यार्थियों में गिना जाता था क्योंकि उसके पास सदैव ख़र्च से अधिक पैसा जमा रहता था। यदि वह फोन से रविन्द्र डॉक्टर से इशारा भी कर देता था तो उसके पिता तुरन्त उसके खाते में पैसा डाल देते थे। यह पैसा चन्द्रभूषण को बाह्य वातावरण की ओर ले जाने लगा। प्रथम वर्ष की परीक्षा में तो चन्द्रभूषण अच्छे अंकों से पास हो गया, परन्तु अब वह सिगरेट पीने लगा था।

खैर इसी क्रम में वह दूसरे वर्ष की परीक्षा भी पास कर गया। हालाँकि इस वर्ष उसके नम्बर संतोषजनक नही थे। रविन्द्र डॉक्टर ने इस तथ्य को समझने का प्रयास तो किया किन्तु चन्द्रभूषण ने उन्हें यह समझाते हुए शान्त करर दिया कि बाहर का एक्जामिनर आ गया था, उसी ने पूरे कॉलेज का रिजल्ट ख़राब कर दिया। तीसरे वर्ष में चन्द्रभूषण ने बीयर पीना प्रारम्भ कर दिया था। धीरे-धीरे वह रम, व्हिस्की भी पीने लगा था। कॉलेज में उसका एक गोल बन गया था, जिसमें पाँच-छह लड़के थे। तीसरे वर्ष में जब वह अनुत्तीर्ण हो गया तो पता चला कि चन्द्रभूषण उस समय बीमार हो गया था। यह बहाना रविन्द्र डॉक्टर को हज़्म तो नहीं हुआ सो इस बात की सत्यता जानने के लिए वह स्वयं जौनपुर गये। वहाँ पता चला कि पूरे वर्ष में चन्द्रभूषण क्लास ही कम किया था। जब रविन्द्र डॉक्टर चन्द्रभूषण के कमरे पर गये तो उनकी निगाह काने में फेंकी गयी दारू की बोतलों पर पड़ गयी। दरअसल चन्द्रभूषण को यह आभास ही नहीं था कि पापा जौनपुर तक आ जाएँगे।

रविन्द्र डॉक्टर कुछ बोले तो नहीं और स्वयं को समझाते रहे कि बी0टेक0 के छात्र तो कभी-कभार शराब पी ही लेते हैं, तो कोई बड़ी बात नहीं है। चन्द्रभूषण तो स्वयं ही समझदार बालक है।

इसी उधेड़बुन में वे दो दिन जौनपुर मे रहे और अन्त में कॉलेज प्रबन्धन ने

चन्द्रभूषण को उत्तीर्ण करने के एवज में पचास हज़ार रुपया डोनेशन का प्रस्ताव रख दिया। रविन्द्र डॉक्टर ने चेक से उसका पेमेन्ट भी कर दिया और चलते समय उन्होंने चन्द्रभूषण से बस इतना कहा कि तुम्हारी हाज़िरी बहुत कम है, रेगुलर क्लास किया करो।

उसके बाद चन्द्रभूषण ने आदर्श बालक की भाँति उनका चरण-स्पर्श करते हुए विदा किया।

रविन्द्र डॉक्टर वापस पाण्डेपुर आ गये परन्तु जौनपुर के पूरे प्रकरण का ज़िक्र किसी से नही किये यहाँ तक कि वे सुलेखा जी से भी कुछ नही बोले। रविन्द्र डॉक्टर अब चन्द्रभूषण के प्रति भी संदेहास्पद तो हो ही गये थे। खैर वे कर भी क्या कर सकते थे। अपने चन्द्रभूषण को भूषण बनाने में तो वे लगे ही हुए थे।

जिस वर्ष चन्द्रभूषण का एडमिशन जौनपुर में हुआ था उसी वर्ष कनकलता भी नर्सिंग का डिप्लोमा लेकर घर आ गयी थी। तब रविन्द्र डॉक्टर ने कनकलता को अपने ही विभाग में संविदा पर रखवा दिया था। वह काम भी बहुत दुरूह था। उस समय सी0एम0ओ0 साहब रविन्द्र डॉक्टर के काफी नज़दीकी बन गये थे। दरअसल ज़िले के तीन सामुदायिक स्वास्थ्य केन्द्रों के लिए तीन स्टाफ नर्स की संविदा की भर्ती आयी थी। तीनों ही पद के लिए भारी-भारी लोग अपने-अपने अभ्यर्थियों के लिए कह चुके थे। उनमें एक तो स्वास्थ्य-मंत्री की ही कैंडिडेट थी, दूसरा स्वास्थ्य सचिव का और तीसरा वहाँ के लोकल विधायक जी का था। सी0एम0ओ0 साहब बहुत प्रेशर में थे। उनकी भी नहीं चल पा रही थी सो उन्होंने रविन्द्र डॉक्टर के आग्रह पर हाथ जोड़ लिया था। रविन्द्र डॉक्टर बहुत व्यथा में थे। वे बहू को घर में नही बिठाना चाहते थे। सो इस समस्या के निदान के लिए सी0एम0ओ0 ऑफिस में नियुक्त अपने सबसे पुराने साथी रिपुदमन भइया से सम्पर्क साधे।

रिपुदमन भइया सदैव कुर्ता पैजामा पहनते थे और प्रारम्भ से ही सी0एम0ओ0 ऑफिस में कार्यालय सहायक के पद पर विराजमान थे। रिपुदमन भइया बिगड़े काम को बनाने वालों में गिने जाते थे सो रिपुदमन भइया समझाते हुए बोले कि शनीचर की शाम को ही सी0एम0ओ0 साहब के आवास पर चलेंगे। सी0एम0ओ0 साहब का आवास भी गोरखपुर में ही था। रीपुदमन भइया ने रविन्द्र डॉक्टर को समझाते हुए कहा कि पचास हज़ार रुपया, दो किलो

छेने की मिठाई और पाँच किलो सेब लेकर साहब के आवास पर चला जाएगा। यह भी तय हुआ कि शनीचर को दोपहर में ही रीपूदमन भइया पाण्डेपुर आ जाएँगे, फिर साथ ही दोनों लोग गोरखपुर चलेंगे। निश्चित दिन रविन्द्र डॉक्टर और रीपूदमन भइया गोरखपुर आ गये। इस शुभ कार्य के लिये रविन्द्र डॉक्टर बैंक से एक पाँच सौ की नयी गड्डी वो भी सीलबन्द मँगवाए थे। सर्वप्रथम दोनों लोग रविन्द्र डॉक्टर के आवास पर आये। वहाँ नाश्ता-पानी के बाद दोनों भद्रजन सी0एम0ओ0 साहब के आवास के लिए निकल पड़े। रास्ते में रिपुदमन भइया के निर्देशानुसार बाक़ी मिठाई व फल भी ख़रीद लिया गया।

सायंकाल, सात बजकर चासील मिनट हो रहे थे, तभी दोनों भद्रजन सी0एम0ओ0 साहब के दरवाज़े पर दस्तक दिये। सी0एम0ओ0 साहब ने स्वयं ही दरवाज़ा खोला। रविन्द्र डॉक्टर झुककर चरण-स्पर्श कर लिए और रीपुदमन भइया हाथ जोड़े प्रणाम-प्रणाम कहते हुए कमरे में दाख़िल हो गये। रीपूदमन भइया तो तुरन्त सोफे पर पसर गये। उन्होंने सी0एम0ओ0 साहब के आदेश को नही सुना परन्तु रविन्द्र डॉक्टर मिठाई, फल रखकर विनम्र भाव से खड़े रहे। जब साहब ने उन्हें बैठने के लिए कहा तब जाकर वह सोफे पर बैठे।

तभी भीतर से एक लड़का मिठाई और जल लेकर आ गया। सी0एम0ओ0 साहब ने जल-ग्रहण करने का आग्रह करते हुए दोनों भद्रजनों से अकस्मात् पधारने का मन्तव्य पूछा। इस बात पर रीपुदमन भइया नाराज़गी का स्वाँग भरते हुए बोले कि आप हमारे साहब हैं और हम आपके सेवक है। सेवक तो मालिक के पास कभी भी जा सकता है और देने वाले आप हैं तो जाएँगे कहाँ।

रीपुदमन भइया के इन वाक्यों पर सी0एम0ओ0 साहब सान्त्वना देते हुए बोले कि क्यों नहीं क्यों नहीं, आप लोगों का ही पहला हक़ है।

इसके बाद रीपुदमन भइया मूल विषय पर आ गये और बोले कि साहब यही रविन्द्र जी का एक बहुत आवश्यक काम है। रविन्द्र जी मेरे अनुज की तरह हैं और कर्मठी भी हैं। तभी सी0एम0ओ0 साहब बीच में ही बात काटते हुए बोले कि मैं जानता हूँ रविन्द्र जी को; पाण्डेपुर नया अस्पताल पूरे जनपद में अपनी कार्यकुशलता और यूजर चार्ज के लिए प्रसिद्ध है। मैं स्वयं अक्सर मीटिंग में पाण्डेपुर अस्पताल का उदाहरण पेश करता हूँ। रविन्द्र जी समय के भी बहुत पाबन्द हैं। (दरअसल सी0एम0ओ0 साहब का पाँच हज़ार महीना, महीने की तीन तारीख के भीतर ही पहुँचा दिया जाता था) इसीलिए रविन्द्र डॉक्टर की

प्रतिष्ठा बनी हुई थी।

अब रविन्द्र डॉक्टर की बारी थी सो वह बोले- साहब, मेरी बहू नर्सिंग में डिप्लोमा करके घर बैठी है। संविदा की भर्ती निकली है मैं चाहता था कि उसका चयन भी हो जाए।

इतना सुनना भर था कि सी0एम0ओ0 साहब चौंक गये और बोले कि आप अच्छी तरह से जान लीजिए कि यदि स्वयं मुझे अपनी बहू का भी करना होता तो मैं नहीं कर पाता। स्वास्थ्य-मंत्री पहले ही तीन नाम लखनऊ से भेज चुके हैं मैं क्या कर सकता हूँ... इसी बात को लेकर मेरे साले साहब भी नाराज़ हो गये है।

रीपुदमन भइया बात के भावार्थ को समझते हुए बोले कि सर हम लोग आपसे नाराज़ हो ही नहीं सकते, अपनी बात अपनी समस्या आपसे नहीं कहेंगे तो किससे कहेंगे। आप चाहेंगे तो सब ठीक-ठाक हो जाएगा। इस बात को समाप्त करते-करते रीपुदमन भइया बग़ल में बैठे रविन्द्र डॉक्टर को उँगली से खोद दिये। इसके बाद रविन्द्र डॉक्टर तुरन्त पाँच सौ की गड्डी निकाले और सी0एम0ओ0 साहब के हाथ में देने लगे। परन्तु सी0एम0ओ0 साहब गड्डी पकड़े नहीं। तब रिपुदमन भइया स्वयं गड्डी को अपने हाथ में लेकर सी0एम0ओ0 साहब के सामने टेबिल पर रख दिये और बोले कि साहब, यह आपके नाम पर निकल चुका है हम इसे वापस नहीं ले जाएँगे, अब आपको ही निर्णय करना है।

इसके बाद रीपुदमन भइया चलने का स्वाँग करने लगे। तभी सी0एम0ओ0 साहब बोले कि रीपुदमन! तुम मुझे गम्भीर धर्मसंकट में डाल रहे हो, तुम बात की गम्भीरता को समझ ही नहीं रहे हो। परन्तु रीपुदमन भइया तो कुछ सुनने को तैयार ही नही थे। सो वे यह कहते हुए खड़े हो गये कि सर मैं किसी बाहरी आदमी के लिए नही कह रहा हूँ विभागीय व्यक्ति की सिफ़ारिश कर रहा हूँ अब आप आशीर्वाद दीजिए। उसके बाद दोनों लोग रविन्द्र डॉक्टर के गोरखपुर आवास पर आ गये। सुलेखा जी ने पहले से मुर्ग़ा बना रखा था। सो भोजन करने के बाद दोनों लोग एक ही कमरे में विश्राम किये।

सुबह सात वजते ही दोनों भद्रजन नहा-धोकर तैयार हो गये। रविन्द्र डॉक्टर को तो पाण्डेपुर जाना था परन्तु रीपुदमन भइया को गोरखपुर शहर में ही अपने किसी परिचित से मिलकर जाना था सो रीपुदमन भइया रविन्द्र डॉक्टर से

उस जगह का पता पूछने लगे। इस पर रविन्द्र डॉक्टर कुलभूषण को बुलाये और उस पते पर रीपुदमन भइया को मोटरसाइकिल से छोड़ने के लिए बोले। जब रीपुदमन भइया कुलभूषण की मोटसाईकिल पर बैठ ही रहे थे कि रविन्द्र डॉक्टर ने दो पाँच-पाँच सौ के नोट उनके कुर्ते के ऊपरी पॉकेट में डाल दिया और हाथ जोड़ लिये। रविन्द्र डॉक्टर के इस कृत्य पर रीपुदमन भइया नाराज़गी का दिखावा रचते हुए विदा लिये कि रविन्द्र यह सब ठीक नहीं है, हम व्यापारी नहीं न हैं...

खैर रविन्द्र केवल मुस्कुराते भर रहे।

इसके बाद रविन्द्र डॉक्टर पाण्डेपुर चले आये। आज रविवार का दिन था कोई भी हॉस्पिटल स्टाफ नहीं आया था, हाँ रविन्द्र डॉक्टर का अपना स्टाफ आया था सो आते ही रविन्द्र डॉक्टर काम पर लग गये। अस्पताल मरीजों से भरा पड़ा था सो सभी मरीज़ों से मेडिकल स्टोर पर चलने के लिए कहते हुए अस्पताल में ताला लगा दिये। इसके बाद रविन्द्र डॉक्टर शाम को ही फ़ुरसत पाये।

एक महीने बाद कनकलता की नौकरी का शुभ समाचार मिल ही गया और कनलकलता हाटा सामुदायिक स्वास्थ्य-केन्द्र पर तैनात हो गयी। अब कुलभूषण भी कनकलता की सेवा में व्यस्त रहने लगा। कनकलता बहुत समझदार और मितव्ययी महिला थी, सो वह अपनी तनख्वाह में से एक धेंला भी नहीं ख़र्च करती। कुलभूषण को तो उसने अपना पासबुक भी कभी देखने नहीं दिया था। यदि गोरखपुर वाले घर में नमक भी घट जाए तो भी कनकलता पैसा नहीं निकालती, भले ही वह बिना नमक के ही खाना खा लेती थी।

एक दिन जब रविन्द्र डॉक्टर गोरखपुर आये तो देखे कि उनकी पत्नी सुलेखा लकड़ी पर खाना बना रही हैं यह देखकर तो रविन्द्र डॉक्टर हतप्रभ रह गये क्योंकि वहाँ तो दो गैस सिलेण्डर था। बाद में पता चला कि सुलेखा जी के पास पैसा नहीं था इसीलिए गैस नहीं भरा पाया और कनकलता पैसा ख़र्च करने से रही। बाद में पता चला कि सुबह जब कनकलता उठती थी तो मिट्टी के तेल की ढिबरी पर मैगी बना लेती थी और अपनी बच्ची को खिला देती थी इसके बाद वह स्वयं खा लेती थी और अस्पताल चली जाती थी।

यह सब सुनकर और देखकर रविन्द्र डॉक्टर आगबबूला हो गये और तुरन्त पॉकेट से पाँच सौ रुपया निकालकर कुलभूषण को दिये। (उस समय सिलेण्डर

का दाम तीन सौ रुपया था) परन्तु कुलभूषण थोड़ी देर बाद यह कहता हुआ लौट आया कि दो सौ और दीजिए क्योंकि सिलेण्डर ब्लैक में ही मिल पाएगा। खैर रविन्द्र डॉक्टर ने दो सौ और दिया। इसके बाद कुलभूषण एक हॉकर के साथ आया और ख़ाली सिलेण्डर देते हुए भरा सिलेण्डर लेकर घर आया। कुलभूषण जब हॉकर को पैसा दे रहा था तब सुलेखा जी वहीं बग़ल के कमरे में खिड़की से देख रही थी। हॉकर छह सौ माँग रहा था परन्तु कुलभूषण ने उसे पाँच सौ देकर ही विदा कर दिया यह कहते हुए कि अगली बार ले लीजिएगा। सुलेखा जी यह सब देखकर क्रोधित तो हुईं परन्तु तुरन्त ही रविन्द्र डॉक्टर के पास जाकर बोलीं कि देखिए बाबू सिलेण्डर तुरन्त ला दिये बहुत जान-पहचान बनाकर रखे हैं। इस बात पर रविन्द्र डॉक्टर भड़क गये और बोले कि और जीवन में किया क्या है; सिलेण्डर में भी पैसा बनाया होगा। घर में ही लूटेगा, बाहर तो जाकर कुछ कर नही पाएगा। अब तो पत्नी भी वैसी ही मिल गयी है एक पैसा भी घर में ख़र्च करने को तैयार नही है।

इस क्रोध को ठण्ढा करते हुए सुलेखा जी बोलीं कि मान लीजिए आपकी पाँच उँगलियों में से एक उँगली काम करना बन्द कर दे तो उसको काटकर फेक देंगे? कि उसको छुपाके रखेंगे। सबके घर पर यह सब होता है। यह कहकर गैस पर चाय बनाने चली गयीं।

दूसरे दिन रविन्द्र डॉक्टर सुलेखा के हाथों में दो हज़ार रुपया देकर पुनः पाण्डेपुर चले आए।

इधर रुद्रपुर का मुक़दमा अन्तिम सुनवाई में चल रहा था सो पशुपति भाई और कुलभूषण लगातार रुद्रपुर जा रहे थे, परन्तु पुख़्ता सबूत होने के कारण राम सजीवन भइया मुक़दमा जीत गये। इसके ठीक एक महीने बाद पशुपति भाई हाईकोर्ट जाने की बात करने लगे परन्तु रविन्द्र डॉक्टर इसके लिए तैयार नहीं थे। अब सुलेखा जी भी पशुपति भाई का साथ देने लगी परन्तु रविन्द्र डॉक्टर यही समझाते रहे कि एक बार लोअर कोर्ट से हार जाने के बाद हाईकोर्ट में भी कुछ होने वाला नहीं है। इसके बावजूद पशुपति भाई सुलेखा जी और कुलभूषण एक पक्ष बने रहे और रविन्द्र डॉक्टर दूसरा पक्ष।

दरअसल रविन्द्र डॉक्टर अपनी आगामी ज़िम्मेदारियों को देखते हुए इस कोर्ट-कचहरी के पचड़े में नहीं पड़ना चाहते थे क्योंकि इसी वर्ष रमापति भी इण्टरमीडिएट की बोर्ड परीक्षा देने वाला था। रमापति पढ़ने में थोड़ा कमजोर

माना जाता था इसीलिए रविन्द्र डॉक्टर उसे पॉलीटेक्निक करा देना चाहते थे। इसके अलावा गोरखपुर का मकान भी अभी पूरा नहीं बन पाया था। ढेर सारी ज़िम्मेदारियाँ थीं। इसीलिए वे हाईकोर्ट से भाग रहे थे क्योंकि हाईकोर्ट में मुक़दमा लड़ना बहुत ख़र्चीला होता है वे इस तथ्य से भलीभाँति परिचित थे। उधर चन्द्रभूषण की पीड़ा से भीतर ही भीतर परेशान थे ही। तभी एक दिन समाचार मिला कि रामसजीवन जी की तबियत बहुत ख़राब है। रविन्द्र डॉक्टर तुरन्त भागे-भागे रुद्रपुर पहुँच गये। वहाँ हीरा और सुमन सेवा में लगे हुए थे। इलाज चल रहा था। रविन्द्र डॉक्टर ने पिताजी को साथ चलने के लिए कहा भी परन्तु राम सजीवन ने साफ़ मना कर दिया। हीरा की पोस्टिंग भी फ़ैज़ाबाद कोतवाली में हो गयी थी। रुद्रपुर में दो घण्टे व्यतीत करने के बाद रविन्द्र डॉक्टर वापस लौट आये।

रविन्द्र डॉक्टर को पिताजी की हालत को देखकर आत्मिक पीड़ा तो हो रही थी, परन्तु वह अपनी इस पीड़ा को किसी से कह पाने की स्थिति में भी नहीं थे सो अकेले ही अपने अश्रु पोंछ लिये।

दो दिन का समय बीत गया तो एक दिन पुनः पशुपति भाई पाण्डेपुर अस्पताल पर आये और हाईकोर्ट वाली बात दुहराने लगे। पशुपति भाई की बात पर रविन्द्र डॉक्टर भावुक होकर रो पड़े और बोले कि पिताजी मृत्यु-शैय्या पर पड़े हैं और आप अभी भी मुक़दमे की बात कर रहे हैं। हम लोग सबकुछ करके भी तो देख चुके हैं क्या मिला...

पशुपति भाई माहौल को समझते हुए रविन्द्र डॉक्टर को ढाँढ़स बँधाते हुए विदा लिये। आज पशुपति भाई पिता-पुत्र के सम्बन्धों के बीच स्वयं पराजित महसूस कर रहे थे।

पशुपति भाई आज स्वयं अपनी बुढ़ौती पर विचार करने लगे थे। वे भलीभाँति जानते थे कि उनके पास तो कोई भी अपना नहीं है। गृहस्थी उन्होंने बसाया नहीं बल्कि अपने मौज-मस्ती के चक्कर में अपनी गृहस्थी ही उजाड़ बैठे। शरीर थक रहा था। पूरे गाँव में सभी लोग पशुपति भाई से घबड़ाते थे क्योंकि जीवन भर तो उन्होंने पूरे गाँव के लोगों में झगड़ा, थाना, कचहरी का भय ही पैदा करके रखा था और आज भी गाँव की कोई ऐसी स्त्री नहीं है जिसे उन्होंने आदरणीय माना हो, उनके लिए तो सभी गोपियाँ ही थीं। इस यथार्थ को समझते हुए ही उन्होंने रविन्द्र डॉक्टर को आज बख़्श दिया था। कहा जाता है न कि

टोनहिन (जादू-टोना करने वाली स्त्री) भी एक घर छोड़ ही देती है। इस तथ्य को समझते हुए पशुपति भाई रविन्द्र डॉक्टर को क्षमा कर दिये थे।

दो महीने बाद राम सजीवन भइया ने शरीर त्याग दिया। रविन्द्र डॉक्टर ने ही उनको मुखाग्नि दिया और उनका पूरा श्राद्धकर्म भी अपने गाँव से ही किया। पिताजी की यही इच्छा भी थी और इसके लिए वे एक लाख रुपया भी छोड़ गये थे। खैर रविन्द्र डॉक्टर ने कोई कोर-कसर नहीं छोड़ा और जितना सम्भव हो सका उतना अपने पिताजी की सामाजिक प्रतिष्ठा को निभाया। इस कार्यक्रम में हीरा भी आया था और उसने स्नेहपूर्वक रविन्द्र डॉक्टर का चरण-स्पर्श भी किया और चलते समय उसने यह भी कहा कि चाचाजी सम्बन्ध मत समाप्त कीजिएगा, मेरी ओर से आप सदैव आदरणीय ही रहेंगे।

पशुपति भाई यह सब देखकर क्रोध से भर गये थे, परन्तु उन्होंने क्रोध को किसी तरह पी लिया और पूरे कार्यक्रम में बढ़ चढ़कर अगुआ बने रहे। हालाँकि हीरा का आना रविन्द्र डॉक्टर के परिवार को अच्छा नहीं लगा था। कुलभूषण तो पूरे समय हीरा से दूर ही रहा।

अभी रविन्द्र डॉक्टर पिताजी के श्राद्धकर्म से निवृत्त ही हुए थे कि चन्द्रभूषण का फोन आ गया। वह बीस हज़ार रुपया माँग रहा था, क्योंकि वह षटवार्षिक सेमेस्टर की परीक्षा में अनुत्तीर्ण हो गया था जिसमें उत्तीर्ण करने के लिए कॉलेज प्रबन्धन बीस हज़ार रुपया माँग रहा था।

इस बात पर तो रविन्द्र डॉक्टर फ़ोन पर ही उसे डाँटने लगे और सीधे दो टूक शब्द में बोल दिये कि नहीं पढ़ना है तो घर लौट आओ। चन्द्रभूषण पिताजी के इस व्यवहार से बहुत क्षुब्ध हुआ और सीधे पाण्डेपुर आ गया। पिताजी को समझाने के लिए तरह-तरह का उपक्रम करता रहा परन्तु दूसरे दिन वह रविन्द्र डॉक्टर के साथ गोरखपुर चला गया। रात में उसने माता सुलेखा से भी अपनी पीड़ा को खूब बढ़ा-चढ़ाकर बतियाया, जिससे माताजी द्रवित हो गयीं और शयनकक्ष में जाकर पति रविन्द्र डॉक्टर को निर्देशित करते हुए बोलीं कि आप आख़िर किसके लिए कमा रहे हैं? आपका लड़का ही न पैसा माँग रहा है ग़ैर को नहीं न दे रहे हैं? और फिर हम लोगों के पास कोई अभाव थोड़े ही है। रविन्द्र डॉक्टर सब कुछ सुनकर भी पूर्व में दिये गये पैसे का ज़िक्र नहीं किये।

पाठकों! पुत्र मोह एक ऐसी व्यथा है जिससे कदाचित ही कोई उबर पाता है। पुत्र यदि अपने समर्थन में झूठ को भी सत्य बनाने पर आमादा हो ही जाए तो

यों समझिए कि अभिभावक को पुत्र के प्रति सकारात्मक होना ही पड़ता है।

सो यही हुआ। सुलेखा जी तो अपने चारों रत्नों में कभी कोई खोट देख ही नही पायीं। हाँ जब कभी रविन्द्र डॉक्टर अपने नेत्रों को खोलने का प्रयास किये तब भी सुलेखा जी ने उनके नेत्रों के सामने पर्दा डाल दिया।

दूसरे दिन रविन्द्र डॉक्टर अकेले ही पाण्डेपुर चले गये यह आश्वासन देते हुए कि मैं आज ही खाते में पैसा डलवा दूँगा। इस बात पर चन्द्रभूषण इतना प्रसन्न हुआ कि घर के भीतर आते ही वह माता सुलेखा को अपनी बाँहों में पकड़ कर काफी देर तक चूमता रहा और माँ सुलेखा प्यार से बस, बस बस.... कहती रहीं।

उसी दिन जब माता सुलेखा चन्द्रभूषण का गन्दा कपड़ा धो रही थीं और चन्द्रभूषण अपने दोस्तों से मिलने गया था।

तभी उन्हें चन्द्रभूषण के पैण्ट के पॉकेट में रखा निरोध का पैकेट हाथ लग गया। खैर उन्होंने निरोध के पैकेट को सँभालकर छुपा दिया। जब वह कपड़ा धोकर धूप में फैला रही थीं तभी चन्द्रभूषण भी आ गया और आते ही बोल पड़ा- मम्मी तुम मेरा पैण्ट क्यों धो दी, इसी को पहनकर शाम को जाना था। बस में गन्दा ही पैण्ट पहनना चाहिए।

चन्द्रभूषण की बातों पर उनका ध्यान ही नहीं गया और चुपचाप रसोईघर में चली गयी क्योंकि कनकलता के भी आने का समय हो रहा था। वह चावल कुकर मे रखकर बाहर आयी तो देखी कि चन्द्रभूषण अपनी पैण्ट पलँग पर रखकर शौच करने गया है। सुलेखा जी ने तुरन्त उसके पैण्ट की पड़ताल प्रारम्भ कर दिया। पैन्ट में ही पर्स मिल गया। जब उन्होंने पर्स को खँगाला तो उसमें भी दो निरोध विद्यमान थे। अब तो माताजी का माथा ही ठनक गया। उन्होंने पर्स के निरोध को वैसे ही छोड़ दिया, किन्तु उसके बावजूद सुलेखा जी ने चन्द्रभूषण से कुछ नही बोला और न ही यह प्रदर्शित किया कि मैंने कुछ अवांछनीय पाया है।

ख़ैर शाम को भोजन करके चन्द्रभूषण जौनपुर चला गया। वहाँ पहुँचकर दूसरे दिन ही उसने बैंक से पैसा निकालकर कॉलेज में जमा कर दिया। अब वह अन्तिम वर्ष का अन्तिम सेमेस्टर का विद्यार्थी था।

एक हफ़्ते बाद जब रविन्द्र डॉक्टर गोरखपुर आये तब सुलेखा जी उन्हें चन्द्रभूषण के पॉकेट से मिले आभूषण के बारे में बताया भी और दिखाया भी।

दोनों लोग इस बात को किसी से नहीं बताए और आपस में ही एक-दूसरे को सात्वना देते रहे कि ऐसी कोई बात नही है। चन्द्रभूषण वैसे भी बहुत समझदार लड़का है वह नहीं भटक सकता है। किन्तु इसके बावजूद रविन्द्र डॉक्टर पन्द्रह दिन के बाद जौनपुर गये और छद्‌मवेश में कॉलेज के बाहर स्थित चाय और पान सिगरेट की दुकान पर जाकर कॉलेज के विद्यार्थियों का जायज़ा लेते रहे। इसी क्रम में पान की दुकान वाला आदमी चन्द्रभूषण का नाम लेते हुए बोला कि वह तो दादा है, पता नहीं कितना पैसा है उसके पास, रोज़-रोज़ तो वेश्यालय भी जाता है; कभी आजमगढ़ तो कभी....

यह सब सुनते ही रविन्द्र डॉक्टर अपने होटल के कमरे में आ गये और शाम को सात बजे चन्द्रभूषण से मिलने उसके हॉस्टल गये। उसके कमरे पर ताला लगा हुआ था। उसको फ़ोन मिलाये तो नाट रीचेबल बोल रहा था। बग़ल के कमरे को खटखटाये तो पता चला कि बॉस, बताकर नहीं गये हैं। एक ही बात अच्छी हुई कि उस लड़के ने उन्हें अपने कमरे में बैठने का स्थान दे दिया। रात्रि के दस बज गये, परन्तु चन्द्रभूषण नहीं आया। तभी वह लड़का रविन्द्र डॉक्टर के लिए मेस से चार रोटी और सब्ज़ी लेकर आ गया। रविन्द्र डॉक्टर भोजन करके उस लड़के के आग्रह पर वहीं सो भी गये। सुबह जब छह बजे वे उठे तो देखे कि चन्द्रभूषण का कमरा खुला हुआ है। रविन्द्र डॉक्टर तुरन्त कमरे में झाँके तो देखे कि चन्द्रभूषण गहरी निद्रा में सो रहा है। रविन्द्र डॉक्टर उसे जगाते हुए पूछे कि रात में कहाँ थे। चन्द्रभूषण ने आँख खोलते ही जब पिताजी को देखा तो हतप्रभ रह गया। उसे तो अपने नेत्रों पर ही विश्वास नहीं हो रहा था। वह लगातार कहे जा रहा था कि आप कब आये? जब वह बोल रहा था तब उसके मुँह से शराब की दुर्गन्धि भी आ रही थी।

रविन्द्र डॉक्टर बोले कि मैं तो कल से ही तुम्हारी प्रतीक्षा कर रहा हूँ, तुम रातभर कहाँ थे? इस पर चन्द्रभूषण सफ़ाई देते हुए बोला कि मेरे मित्र का जन्मदिन था इसलिए रात में उसी के घर रुक गया था, सुबह चार बजे ही आया हूँ।

इसके बाद रविन्द्र डॉक्टर सब समझते हुए भी नासमझ बनकर वापस पाण्डेपुर लौट आए।

रविन्द्र डॉक्टर अब अपने पुत्र को पुनः समझने का प्रयास करने लगे थे। जो उन्होंने देखा था वह उनके मुताबिक़ चन्द्रभूषण नहीं था वह कोई और

चन्द्रभूषण था सो उन्होंने गोरखपुर का बाक़ी बचा मकान भी बनवाने का निश्चय कर लिया।

छह महीने बाद ही चन्द्रभूषण पुनः फ़ाइनल परीक्षा में अनुत्तीर्ण हो गया था। अबकी बार कॉलेज प्रबन्धन ने एक लाख रुपया का प्रावधान रखा था। रविन्द्र डॉक्टर घोर संशय में थे और समझ नहीं पा रहे थे कि एक लाख देकर चन्द्रभूषण का बी0टेक0 पूरा करा दिया जाए या एक वर्ष और पढ़ाई करे। सो इसी विचार-विमर्श के लिए वे पशुपति भाई के पास गये। पशुपति पाण्डे बुद्धिमान व्यक्ति थे।

सबसे पहले तो पशुपति पूरा वाक़या ध्यान से सुने, फिर थोड़ी देर ख़ामोश रहे। फिर बोले डॉक्टर यह बताओ कि यदि चन्द्रभूषण एक वर्ष और पढ़े तो भी उसका पूरा ख़र्च डेढ़ लाख बैठेगा और फिर भी नहीं पास हुए तो क्या होगा? इसकी तो कोई गारण्टी नहीं है, इसलिए बुद्धिमानी इसी में है कि कुछ मोल-भाव करके चन्द्रभूषण को उत्तीर्ण करा दो।

रविन्द्र डॉक्टर को पशुपति भाई की सभी बातें शिरोधार्य थीं सो वे तुरन्त पशुपति भाई को लेकर जौनपुर पहुँच गये। जौनपुर में कॉलेज के पास ही एक होटल में कमरा लिया गया। शाम को रविन्द्र डॉक्टर ने पशुपति भाई को दो सौ रुपया दिया ताकि पशुपति भाई अपने पेय की व्यवस्था कर लें।

दूसरे दिन सबेरे नहा धोकर दोनों लोग कॉलेज के प्रबन्धक के पास पहुँच गये। आधा घण्टा के इन्तज़ार के बाद दोनों लोग प्रबन्धक महोदय के सामने बैठे थे। थोड़ी ख़ामोशी के बाद पशुपति भाई ने चन्द्रभूषण का प्रकरण उठा दिया। प्रबन्धक महोदय लगातार यह समझाने का प्रयत्न कर रहे थे कि एक अनुत्तीर्ण छात्र को उत्तीर्ण कराना कितना कठिन है, इस काम के लिए लखनऊ से लेकर और परीक्षक तक के चैनल को सेट करना पड़ता है साथ ही साथ वह यह भी बता रहे थे कि यह कार्य उन्हीं जैसा पुरुषार्थी व्यक्ति ही कर सकता है। वह यह भी बता रहे थे कि यह सुविधा केवल मेरे ही कॉलेज में उपलब्ध है, बाक़ी कॉलेज इस प्रकार से अपने छात्रों को उत्तीर्ण नहीं करा पाते हैं। आप लोग भाग्यशाली हैं कि आपका लड़का मेरे कॉलेज का छात्र है; यदि यह किसी अन्य कॉलेज में होता तो इस प्रकार का जोख़िम कोई नहीं लेता। इसके बाद प्रबन्धक महोदय शान्त हो गये।

तब पशुपति भाई बोले- साहब! आपकी कीर्ति तो चारों ओर फैली हुई है;

लेकिन हम लोग किसान हैं, शौकिया अपने बच्चों को पढ़ा रहे हैं ताकि बच्चों को ट्रैक्टर न चलाना पड़े। इस वर्ष फसल भी ख़राब हो गयी, इसीलिए गुज़ारिश करना पड़ रहा है कि आप हम लोगों के प्रति थोड़ी सहानुभूति के साथ ध्यान दीजिए। अभी दूसरा बालक भी इस वर्ष की इंजीनियरिंग की प्रवेश-परीक्षा में सम्मिलित हो रहा है, प्रभु की इच्छा होगी तो वह भी आपके ही कॉलेज में दाख़िला लेगा। आप कृपा बनाए रखिए।

इसके बाद प्रबन्धक महोदय ने घण्टी बजाया और एक अधेड़ व्यक्ति कमरे में दाख़िल हुआ। सम्भवतः वह कॉलेज का बड़ा बाबू था। उससे प्रबन्धक जी ने फ़ाइनल ईयर (इलेक्ट्रिकल) की फ़ाइल मँगाया। थोड़ी देर बाद वह एक रजिस्टर लेकर आ गया। प्रबन्धक महोदय छात्र का नाम पूछते हुए रजिस्टर का पन्ना पलटने लगे। फिर एक जगह रुके और रजिस्टर खोले हुए पशुपति भाई की ओर रख दिये और बोले कि देखिए, आप स्वयं ही देख लीजिए, पचास प्रतिशत उपस्थिति है; पिछले तीन बार से पास किये जा रहे हैं तीन बार कॉलेज से वार्निंग पा चुके हैं।

अब तो पशुपति भाई भी सहम से गये और थोड़ी देर के लिए शान्त हो गये फिर बोले कि साहब! अब हम लोग कर भी क्या सकते हैं, किसी तरह पैसा बटोरकर उन्हें पढ़ने के लिए भेजा था वे यहाँ आकर लोफ़रबाज़ी करें तो कोई क्या कर सकता है। बस अब एक ही गुज़ारिश है कि चन्द्रभूषण का नहीं, हमलोगों का कल्याण कर दीजिए।

इसके बाद प्रबन्धक महोदय रजिस्टर अपने पास लेते हुए बोले कि इसमें एक लाख डोनेशन की पर्ची लगी है। प्रबन्धक महोदय के इतना बोलते ही पशुपति भाई पुनः बोले कि साहब! यह तो हमें मालूम ही है, किन्तु अब आप हमें यह बताइए कि हम आपको कितना दे दें।

प्रबन्धक महोदय बड़े धर्म-संकट में फँस गये थे सो अपने चश्मे को नाक के ऊपरी छोर तक सरकाने के बाद वह पुनः बोले कि देखिए यह मेरा सब्जेक्ट नहीं है, इसको रूम नं0 5 में बैठे पी0आर0ओ0 साहब डील करते हैं। लेकिन चूँकि आप लोग हमारे पुराने कस्टमर हैं इसलिए मैं इसमें इन्टरेस्ट ले रहा हूँ, जाइए दस परसेण्ट कम करके पैसा जमा करा दीजिए।

अब तो पशुपति जाग से गये और हाथ जोड़कर खड़े हो गये। फिर बोले कि साहब जब इतनी कृपा हो गयी है तो मेरी ओर से थोड़ा और कर दीजिए और

इसके बाद पचहत्तर हज़ार रुपया निकालकर टेबुल पर रख दिये।

प्रबन्धक महोदय भी घुटे हुए व्यापारी थे। सो बोले कि आपका काम बहुत कठिन है, इसमें पैसा ख़र्च होगा इसलिए इतने में काम नहीं बनेगा।

पशुपति भाई अपनी उम्र और अपने किसान होने का हवाला दिये जा रहे थे और प्रबन्धक महोदय कार्य की दुरूहता को। सो रविन्द्र डॉक्टर अपनी चुप्पी तोड़ते हुए बोले कि सर पाँच हजार मेरे पास हैं उसे भी ले लीजिए और आशीर्वाद दीजिए।

ख़ैर पूरा अस्सी हज़ार रुपया प्रबन्धक महोदय के टेबुल पर रख दिया गया था। इसके बाद पशुपति भाई हाथ जोड़ते हुए बोले कि साहब अब आप हमलोगों को आज्ञा दीजिए। तभी प्रबन्धक महोदय ने घण्टी बजाते हुए उन्हें बैठने के लिए कहा। थोड़ी देर मे दो कप कॉफी उन लोगों के सामने रख दी गयी। फिर प्रबन्धक महोदय ने एक लड़के को बुलाया और एक हाथ में लिखी पर्ची के साथ उसे अस्सी हज़ार रुपया पकड़ा दिये। दस मिनट में कॉफी जब समाप्त होने वाली थी तभी वह लड़का एक रसीद लेकर आ गया। प्रबन्धक महोदय ने रसीद को पशुपति भाई के हाथों में पकड़ा दिया और प्रबन्धक महोदय ने दोनो भद्रजन को इस आश्वासन के साथ विदा किया कि भविष्य मे कभी भी किसी सेवा की आवश्यकता पड़े तो मुझे याद रखिएगा। साथ में प्रबन्धकीय कोटे से बी0टेक0 मे दाखिले का आश्वासन भी था।

ख़ैर चन्द्रभूषण एक महीने बाद उत्तीर्ण होकर घर आ गया था। गाँव जवार के परिचित लोग रविन्द्र डॉक्टर से पूछते कि बाबू का कैम्पस सेलेक्शन नहीं हुआ क्या?

इस प्रश्न पर रविन्द्र डॉक्टर पहले तो चुप रहते किन्तु जब आगन्तुक द्वारा दोबारा पूछा जाता तो यह कहकर मामला टाल देते कि डेढ़ लाख के पैकेज पर थोड़े ही मैं नौकरी कराऊँगा, सरकारी नौकरी की तैयारी करेंगे।

लोग चुप हो जाते। अब चन्द्रभूषण घर पर ही था। वह भी कभी गोरखपुर तो कभी पाण्डेपुर और अपने गाँव अहिरौली का चक्कर लगा रहा था। इसी बीच गोरखपुर में ही उसके मोहल्ले के दो लड़के बी0टेक0 के बाद एम0टेक0 एवं सरकारी नौकरी की तैयारी के लिए दिल्ली जा रहे थे सो चन्द्रभूषण भी उन्हीं के साथ हो लिया। रविन्द्र डॉक्टर ने भी इसके लिए स्वीकृति दे दिया।

इधर तीसरा लड़का भी इण्टर बोर्ड की परीक्षा, सैंतालीस प्रतिशत अंकों के साथ उत्तीर्ण हो गया। रविन्द्र डॉक्टर उसके प्रति पहले से ही सजग थे सो उसका नाम नोएडा के एक प्राइवेट पॉलीटेक्निक कॉलेज में लिखा दिये। रमापति का पाँच हज़ार रुपया अब अलग से प्रति महीना जाने लगा था। रविन्द्र डॉक्टर के ऊपर अब केवल ख़र्चा ही खर्चा आ गया था। रविन्द्र डॉक्टर भी अटूट मेहनत कर रहे थे। धीरे-धीरे छह महीने का समय व्यतीत हो गया। कुछ पैसा भी इकट्ठा हो गया सो रविन्द्र डॉक्टर ने पाण्डेपुर बाज़ार में भी पाँच डिसमिल जमीन ख़रीद लिया। जब छह महीना और व्यतीत हो गया तो चन्द्रभूषण का भी कई प्रतियोगी परीक्षाओं का परिणाम आ गया, परन्तु कहीं भी चयन नहीं हुआ।

इसी बीच रविन्द्र डॉक्टर ने गोरखपुर वाली ज़मीन पर चारों लड़कों के भविष्य के हिसाब से घर बनवाने का विचार बना लिया सो कार्य प्रारम्भ हो गया। उनका सारा बिल्डिंग मैटेरियल पाण्डेपुर से ही जाने लगा और काम का ठेका एक उनके ही पुराने मित्र जो पहले सूरत में यही काम करते थे उन्हीं को दे दिया गया। छह महीना का समय लगा, पूरा मकान बनकर तैयार हो गया। इसी बीच उनके घर से दो घर छोड़कर एक व्यक्ति राधेश्याम ने भी मकान बनवा लिया। राधेश्याम कचहरी का आदमी था सो उसने तुरन्त रविन्द्र डॉक्टर के विशाल भूखण्ड की जाँच-पड़ताल प्रारम्भ कर दिया। जब उसने देखा कि रजिस्ट्री आठ डिस्मिल है और क़ब्ज़ा बाईस डिस्मिल ज़मीन पर है तो उसने रविन्द्र डॉक्टर पर मुक़दमा ठोंक दिया। प्रत्युत्तर में रविन्द्र डॉक्टर ने अपने वकील से परामर्श लेकर राधेश्याम की ज़मीन पर भी मुक़दमा ठोंक दिया। दरअसल राधेश्याम के घर के पीछे एक बड़ा नाला बहता था सो मुक़दमे में राधेश्याम के मकान को नाला की ज़मीन बता दिया गया था और रजिस्ट्री ख़ारिज करने की अपील भी दाख़िल हो गयी।

अब दोनों पक्ष महीने में तीन बार कचहरी जाने लगे थे। रविन्द्र डॉक्टर की सभी तारीख़ कुलभूषण ही देखता था। राधेश्याम के बच्चे छोटे थे सो उसे स्वयं ही जाना पड़ता था।

यही सब करते-कराते एक वर्ष का समय व्यतीत हो गया। दरअसल राधेश्याम गाँव से शहर आया था कुछ दुधारू पशु लेकर, फिर धीरे-धीरे वह शहर में ही बस गया। उसकी पत्नी समझदार महिला थी। वह अपने बच्चों को उच्च-शिक्षा देना चाहती थी ताकि उनका जीवन सुधर जाय। अब उसकी पत्नी ही राधेश्याम के विरुद्ध हो गयी थी क्योंकि मुक़दमेबाजी में घर की आर्थिक स्थिति

खराब होने लगी थी। फिर यह भी आशंका घर कर गयी कि यदि कहीं हमलोग मुक़दमा हार गये तो रहा-सहा एक घर भी चला जाएगा। सो ठीक सत्रह महीने बाद दोनों पक्ष आपसी समझौते पर तैयार हो गये और अपना-अपना मुक़दमा वापस ले लिये।

इसी बीच दूसरे वर्ष चन्द्रभूषण ने एम0टेक. की परीक्षा को उत्तीर्ण कर लिया था। हालाँकि वह बहुत पीछे की रैंकिंग में था इसके बावजूद ग़ाज़ियाबाद का एक प्राइवेट इंजीनियरिंग कॉलेज उसे एडमिशन देने के लिए तैयार हो गया। सो चन्द्रभूषण अब एम0टेक0 का विद्यार्थी बन गया था। रविन्द्र डॉक्टर के लिए यह भी बहुत गौरव की बात थी या यों समझिए कि पूरा घर ही आह्लादित था।

कुलभूषण भी अब घर के वरिष्ठ सदस्य का दर्ज़ा प्राप्त कर चुका था क्योंकि सभी सामाजिक कार्य उसी के ज़िम्मे था। अब चन्द्रभूषण के विवाह की भी चर्चा होने लगी थी परन्तु चन्द्रभूषण ने साफ़ मना कर दिया कि जब एम0टेक0 की पढ़ाई पूरी कर लूँगा तभी विवाह करूँगा। अब चन्द्रभूषण की प्रतिष्ठा परिवार में सर्वोपरि थी। रविन्द्र डॉक्टर ने भी एम0टेक0 शब्द को सुना भर ही था। वे यह नहीं जानते थे कि एम0टेक0 की पढ़ाई कैसे होती है। इस तथ्य को अब जान पाये थे। (हमारे निजी व्यावसायिक संस्थानों ने बड़ी से बड़ी शैक्षिक उपाधियों को भी अपनी कार्यशैली से बौना बना दिया है। जिन्हें इण्टरमीडिएट पास करने का शऊर नही था वे बी0टेक0, एम0टेक0 की उपाधि लेकर पैकेज खोज रहे हैं। आज वर्तमान में शिक्षा-व्यवस्था की यही विडम्बना है)।

अब चन्द्रभूषण जब घर आता तो उसका स्वागत भी भव्य ढंग से किया जाता। जितने दिन वह रहता उतने दिन भिन्न-भिन्न व्यंजन बनाये जाते थे। माँ सुलेखा तो अपने पुत्र के इस एम0टेक0 पराक्रम से इतनी प्रभावित हो गयी थीं कि अब वे उसे एक नये नाम से पुकारतीं- कृष्णा। कृष्णा भी अब अपने बैग में महँगे, बॉडी लोशन, परफ्यूम, क्रीम, पाउडर आदि तमाम सौन्दर्य प्रसाधन की वस्तुएँ रखता था। रविन्द्र डॉक्टर भी चन्द्रभूषण को ख़र्च से अधिक पैसा ही देते थे। दरअसल उनके स्टाफ के लोगों ने एम0टेक0 की पढ़ाई का महात्म्य खूब बढ़ा-चढ़ाकर समझा दिया था। आयुर्वेद वाले डॉक्टर साहब तो रविन्द्र डॉक्टर को पूरी तरह आश्वत कर दिये थे कि लड़का जिस दिन पढ़कर बाहर आएगा वह तुरन्त आई0आईटी0 में प्रोफेसर हो जाएगा। आखिर एम0टेक0 तक की पढ़ाई

करते भी कितने लोग है। बात भी सत्य थी। उनके पूरे इलाक़े में चन्द्रभूषण ने ही एम0टेक0 की पढ़ाई करने का साहस भी किया था। करते-कराते एक वर्ष का समय व्यतीत हो गया। एक दिन रविन्द्र डॉक्टर शनिवार को अस्पताल से गोरखपुर जाने के लिए मोटरसाइकिल से निकल रहे थे तो चौराहे पर बैंक मैनेजर तिवारी जी मिल गये। उन्हें भी गोरखपुर जाना था। सो रविन्द्र डॉक्टर ने उन्हें भी मोटरसाइकिल पर बिठा लिया। रविन्द्र डॉक्टर के घर के निकट ही मैनेजर साहब का भी घर था सो रविन्द्र डॉक्टर अपने घर पर पहुँचते ही मैनेजर साहब को भी अपने घर के भीतर लेकर चले गये यह कहते हुए कि एक कप चाय पीकर जाइएगा। खैर मैनेजर साहब अनुरोध को स्वीकार करते हुए बैठका में दाख़िल हो गये। वहाँ चन्द्रभूषण परिवार के सभी सदस्यों के साथ बैठकर नोबेल पुरस्कार पर प्रकाश डाल रहा था। वहाँ उसके तीनों भाई भी बैठे थे। चन्द्रभूषण सभी लोगों को बता रहा था कि भारतवर्ष में भी कई फिल्मी हस्तियाँ नोबेल पुरस्कार पा चुकी हैं जिसमें दिलीप कुमार, अमिताभ बच्चन, हेमामालिनी वग़ैरह वग़ैरह।

रविन्द्र डॉक्टर मैनेजर साहब को बैठने का आग्रह करते हुए बोल पड़े कि सभी बालक लोग छुट्टी पर आए हुए हैं इसीलिए मुझे भी आना पड़ा। इसी बीच चन्द्रभूषण पुनः नोबेल पुरस्कार पर प्रारम्भ हो गया।

चन्द्रभूषण के इस मिथ्या ज्ञान से मैनेजर साहब विचलित से हो गये और रविन्द्र डॉक्टर से पूछ बैठे बालक लोग कौन-सी पढ़ाई कर रहे हैं।

मैनेजर साहब के इस प्रश्न पर रविन्द्र डॉक्टर हँसते हुए चन्द्रभूषण का परिचय बताने लगे... यह लड़का ग़ाजियाबाद से एम0टेक0 कर रहा है फिर रमापति की ओर उँगली दिखाते हुए बोले यह पालीटेक्निक अन्तिम वर्ष का छात्र है। फिर सभापति की ओर दिखाकर बोले यह अभी हाईस्कूल की परीक्षा देगा।

इसके बाद मैनेजर साहब ने चन्द्रभूषण को निशाने पर लेते हुए पूछ लिया कि तुम नोबेल पुरस्कार पर इतनी वृहद जानकारी कहाँ से प्राप्त किये हो?

इस प्रश्न पर चन्द्रभूषण मुस्कुराते हुए बोला- अंकल न्यूज पेपर, गूगल और तमाम कम्पटीशन की बुक से नोबेल पुरस्कार के विषय में जानकारी मिल जाती है।

इस उत्तर के बाद मैनेजर साहब चुप से हो गये। तभी चाय आ गयी। चन्द्रभूषण भी वहीं बैठा रहा। चलते समय मैनेजर साहब ने चन्द्रभूषण और

उसके भाइयों को नोबेल पुरस्कार के विषय में बताया और यह भी बताया कि यह फिल्म लाइन के लोगों को नहीं मिलता है। चन्द्रभूषण बिना किसी प्रतिरोध के सभी बातें सुनता रहा। हालाँकि पूरे परिवार को मैनेजर साहब का यह प्रवचन नागवार लग रहा था, परन्तु फिर भी पूरा परिवार चुप ही रहा।

उसके बाद मैनेजर साहब अपना सिर पीटते हुए विदा लिये। उनके जाने के बाद सुलेखा जी रविन्द्र डॉक्टर से भिड़ गयीं और बोली कि ऐसे बेवक़ूफ़ आदमी को घर में लाने की क्या ज़रूरत है जो हमारे एम0टेक0 लड़के को बेइज़्ज़त कर दे। वह ज्ञानी है? हमारे बच्चे सीधे हैं और आपकी प्रतिष्ठा का ख़याल रखते हैं, नही तो अभी एक इशारे पर मैनेजर साहब की सूरत बिगड़ गयी होती; ऐसे अनपढ़, गँवारों को घर मत लेकर आया कीजिए।

इसके बाद सुलेखा जी ख़ाली कप लेकर चली गयीं। रविन्द्र डॉक्टर स्वयं किंकर्त्तव्यविमूढ़ से कमरे की दीवारों की ओर देख रहे थे। दूसरे दिन रविवार था सो सभी बच्चे पूरे इन्ज्वाय के मूड में थे। रात मे चिकेन बना था। सुबह रविन्द्र डॉक्टर आठ बजे नहा-धोकर तैयार हो गये और नौ बजे भोजन करके पाण्डेपुर के लिए निकल गये, इस समय केवल सुलेखा ही जागी थी बाक़ि सदस्य सो रहे थे।

जाते समय सुलेखा जी पति महोदय से तीन हज़ार रुपया जबरन वसूल ली थी। रविन्द्र डॉक्टर ना नुकुर करते ही रह गये परन्तु सुलेखा जी बच्चों की इच्छा का हवाला ही देती रहीं और आख़िर अभी चन्द्रभूषण और रमापति को तीन दिन और जो रहना था।

इसी प्रकार से छह महीना व्यतीत हो गया, तब सुलेखा को दूसरी बहू की आवश्यकता महसूस होने लगी। कुलभूषण तो अब मालिक की भूमिका में आ गया था। वह गाँव जाकर भरी सभा में कहता फिरता कि एम0टेक0 लड़का और शहर में दो करोड़ का मकान और खेत अलग से, भला ऐसे लड़के का विवाह पच्चीस लाख से कम में तो नहीं होगा। पूरा गाँव विस्मृत उसका वक्तव्य सुनता। कुलभूषण की इस बात पर रविन्द्र डॉक्टर भी चुप ही रहते। उन्हें भी आस बँध गयी थी। पच्चीस लाख पर सुलेखा जी भी इतराते हुए बोलती थीं कि भला बीस तोला से कम सोना हम लोग थोड़े ही ले जाएँगे।

सुलेखा जी के इस प्रवचन पर बहू कनकलता रसोईघर में खड़े-खड़े सभी थाली, कटोरा ज़मीन पर फेंकने लगती थी। जब कुलभूषण दौड़कर रसोई घर में

जाता तो कनकलता उसे भी ढेर सारा उलाहना देती और यह भी कहती कि आपकी शादी में कितना तोला सोना गया था?

कुलभूषण किसी तरह हाथ-पैर जोड़कर उसे शान्त करा पाता था और बाहर आकर मम्मी को भी समझाता कि आपको यह सब बात कनकलता के सामने नहीं करनी चाहिए उसे दुःख होता है।

खैर इसी बवण्डर में छह महीना और बीत गया, परन्तु कोई भी ग्राहक चौखट पर नहीं चढ़ा। रविन्द्र डॉक्टर तो कम पैसे पर भी सहमत थे परन्तु सभी लड़कों ने चार पहिया की आस पहले ही बाँध लिया था सो छह महीना और बीत गया। इसी बीच रमापति भी पालीटेक्निक करके घर चला आया। दो महीने बाद चन्द्रभूषण भी एम0टेक0 पास होकर घर आ गया।

अब सभी लड़के घर पर ही थे। माँ सुलेखा अपने चारों पुत्रों के बीच बैठकर ख्याली पुलाव पकाती रहतीं और पाण्डेपुर में रविन्द्र डॉक्टर अपने बच्चों के भविष्य को सँवारने में लगे हुए थे। वे दिन-रात मरीज़ों के बीच ही रहते और रात में भी मेडिकल स्टोर से दवा दे देते थे। पैसा भी वे दोनों हाथों से बटोर रहे थे। कभी-कभी पशुपति भाई अस्पताल पर आ जाते थे तो माहौल थोड़ा बदल जाता था। वे अस्पताल की दाई से मज़ाक़ में कहते कि तुम्हारी कोई आवश्यकता यहाँ नहीं है। रविन्द्र डॉक्टर बच्चा भी पैदा करा देंगे समझी! इस बात पर रविन्द्र डॉक्टर चुप ही रहते, परन्तु जब वे अकेले में पशुपति भाई के पास होते तो कहते कि भइया आप सही कह रहे हैं यह सब केवल साफ़-सफ़ाई के लायक़ ही हैं। आखिर लेडीज वाला सारा काम तो मैं ही करता हूँ। हाँ दाई को लेडीज के काम में रखना पड़ता है, इससे सुरक्षा भी बनी रहती है। भइया दाई को साथ रखना मजबूरी है।

रविन्द्र डॉक्टर के इस व्याख्यान पर पशुपति भाई ज़ोर का ठहाका लगाते और पूछते कि अरे हमलोगों के लिए भी कोई टॉनिक वॉनिक है? इसके बाद रविन्द्र डॉक्टर अगली बार उन्हें टॉनिक देने का वादा करते हुए विदा लेते।

इधर चन्द्रभूषण को लेकर रविन्द्र डॉक्टर बहुत व्यथित थे। वह कदापि नहीं चाहते थे कि चन्द्रभूषण घर पर रहे क्योंकि प्रतिदिन कोई न कोई व्यक्ति उनसे चन्द्रभूषण की नौकरी के विषय में चरचा कर ही देता था। उसके बाद कोई शुभचिन्तक उसके विवाह के विषय में। रविन्द्र डॉक्टर के समक्ष ढेर सारे प्रश्न एक साथ प्रकट हो जाते थे। उसके बाद तीसरे लड़के रमापति के विषय में भी

गाँव वाले पूछ बैठते। इसी सब व्यथा में उन्होंने एक दिन पशुपति भइया को स्मरण किया। पशुपति भाई दूसरे दिन प्रकट हो गये।

आज रविन्द्र डॉक्टर कुछ ज़्यादा ही व्यथित थे। शायद किसी ने कह दिया था कि डॉक्टर का ऊलजलूल पैसा परिवार को नाश कर देगा। बस इसी बात को लेकर रविन्द्र डॉक्टर परेशान थे। पशुपति भाई पहुँचते ही पूछ बैठे- क्या हाल है डॉक्टर संदेशा भेजवाए थे!

रविन्द्र डॉक्टर आज पशुपति भाई को अपने अस्पताल वाले शयनकक्ष में ले गये और रुँधे गले से अपनी एक-एक व्यथा सुनाने लगे। पूरी बात बताने में उन्होंने चालीस मिनट का समय लिया। इस बीच पशुपति भाई पूरी गम्भीरता के साथ सुनते और मनन करते रहे। पाँच मिनट के अन्तराल के बाद पशुपति भाई रविन्द्र डॉक्टर को कड़े शब्दों में सहझाते हुए बोले कि विपत्ति की जड़ तो आपकी पत्नी है। पढ़ी-लिखी औरत रहती तो कुछ समझती भी। इसके बाद पशुपति भाई पुनः शान्त हो गये। थोड़ी देर कमरे में सन्नाटा छाया रहा, फिर पशुपति भाई रविन्द्र डॉक्टर से बोले- इतवार को मैं आपके साथ गोरखपुर चलूँगा देखते हैं क्या माजरा है। इतना पढ़-लिखकर घर में तो नहीं न बैठेंगे।

रविन्द्र डॉक्टर फिर रुआँसा होकर बोले- यही तो समझ में नही आ रहा है भइया। इतना पैसा खर्च किये, डिग्री भी मिल गयी और अब घर पर आकर बैठे हैं। पूरा समाज कटाक्ष बोल रहा है और तो और अरमान चार पहिया के नीचे नहीं है। आप तो सब जानते ही हैं कि कैसे-कैसे ये सब पास हुए है।

इसके बाद पशुपति भाई चले गये। आगामी रविवार को रविन्द्र डॉक्टर पशुपति भाई को साथ लेकर गोरखपुर पहुँच गये। दोनों भद्रजनों के पहुँचते ही चारो पुत्रों ने चरण-स्पर्श किया।

रविन्द्र डॉक्टर बैठका के बाहर आये तो सुलेखा जी ने उनका चरण-स्पर्श कर लिया। पशुपति भाई परदे की आड़ से सुलेखाजी के इस कृत्य को निहार लिये थे। इसके बाद रविन्द्र डॉक्टर भी बैठका में वापस आ गये और पशुपति भाई के साथ बैठ गये। कुलभूषण भी आकर बैठ गया और पशुपति भइया से गाँव का हालचाल लेने लगा। पशुपति भाई भी बस उससे यही कहते रहे कि तुम्हारे बिना गाँव बिलकुल सूना पड़ा है, लोग तुम्हारी नित्य चर्चा करते हैं। तभी रविन्द्र डॉक्टर ने चन्द्रभूषण और रमापति को आवाज़ लगाया। चन्द्रभूषण हाथ में कटोरी लेकर आया जिसमें पारले बिस्किट था और पीछे से रमापति दो

गिलास और पानी से भरा जग लेकर आ गया।

पशुपति भाई जब बिस्किट उठा रहे थे तभी उन्होंने दरवाजे के दूसरी ओर खड़ी सुलेखा जी को देख लिया था सो पशुपति भाई थोड़े विचलित से हो गये। खैर वे चन्द्रभूषण और रमापति से ही हाल-चाल लेते रहे। थोड़ी देर बाद उन्होंने दोनों भ्राताओं को समझाते हुए बोला- क्षेत्र के तमाम लड़के बी0टेक0, पॉलिटेक्निक करके बड़े-बड़े शहरों में नौकरी कर रहे हैं एक तुम लोग हो कि सब पढ़ाई करके घर पर बैठे हो, आखिर तुम लोगों का आगे का क्या प्लान है तुम्हारे पिताजी बहुत चिन्तित हैं इसीलिए मुझे आना पड़ा।

तभी चन्द्रभूषण बोल पड़ा– मैं फिर से दिल्ली जाना चाहता हूँ ताकि सरकारी नौकरी के लिए तैयारी कर सकूँ। चन्द्रभूषण की इस बात से पशुपति भाई भी सहमत थे। इसके बाद रमापति की ओर उन्होंने देखा तो रमापति ने बी0टेक0 करने की मंशा ज़ाहिर किया। इसके लिए उसे भी दिल्ली ही जाकर तैयारी करना था सो पशुपति भाई के प्रयास से समस्या का समाधान निकल गया था।

इसके बाद पशुपति भाई झटके से उठे और कमरे के बाहर निकल गये, जहाँ वे सुलेखा जी के ऊपर गिरते-गिरते बचे। सुलेखा जी उनका हाथ पकड़ लीं। पशुपति भाई मुस्कुराते हुए पुनः खड़े हो गये और शौचालय की ओर चले गये। यह सब रसोईघर के भीतर से कनकलता देख रही थी।

जब पशुपति वापस कमरे मे लौटे तो पूरा परिवार बैठका में बैठा था, जिसमें सुलेखा और कनकलता भी सम्मिलित थीं। पशुपति भाई के पधारते ही कनकलता और सुलेखा जी वहाँ से चली गयीं। इसके बाद रविन्द्र डॉक्टर ने पशुपति भाई से परामर्श लेते हुए कहा– बालक लोगों की इच्छा दिल्ली जाकर कम्पटीशन की तैयारी करने की है। रमापति की भी इच्छा बी0टेक0 करने की है।

इसके बाद पशुपति भाई रविन्द्र डॉक्टर को निर्देशित करते हुए बोले कि ठीक है। बाबू लोग दिल्ली जाएँ परन्तु वहाँ पर कोई देखने-समझाने वाला नहीं होगा इसलिए यहीं से लक्ष्य बनाकर जाएँ और कुछ प्राप्त करके आयें। तब जाकर माता-पिता को सन्तोष होगा हम लोग भी समाज में सिर ऊँचा करके जी सकेंगे।

इसके बाद रविन्द्र डॉक्टर चन्द्रभूषण से कोचिंग की फीस और रहने आदि पर होने वाले ख़र्च पर विचार-विमर्श करने लगे। चन्द्रभूषण भी भाँति-भाँति ढंग से दिल्ली का ख़र्चा बताने लगा। रमापति मूक सहयोगी ही बना रहा। खैर आधा घण्टा के विचार-विमर्श के बाद यह तय हुआ कि पहले चन्द्रभूषण दिल्ली जाकर कोचिंग और कमरा की व्यवस्था देख आए, फिर दोनों भाई सब सामान के साथ दिल्ली जाएँ।

इसके बाद रविन्द्र डॉक्टर जब शौच के लिए शौचालय जा रहे थे तो उन्हें कनकलता की आवाज सुनाई दी। वह सुलेखा जी से कह रही थी कि यदि मेरे पति पर भी पापाजी इतना पैसा ख़र्च किये होते तो आज कुलभूषण भी बेकार नहीं घूमते; पापाजी की सारी कमाई तो यही लोग पढ़ाई के नाम पर ले ले रहे हैं।

सुलेखा जी भी उसे समझाने का प्रयास कर रही थी। इतना सुनने के बाद रविन्द्र डॉक्टर आगे बढ़गये। रात में सभी लोग भोजन करके रात्रि-विश्राम के लिए चले गये।

सुबह जब रविन्द्र डॉक्टर आठ बजे नहा-धोकर तैयार हो गये और कनकलता भी अस्पताल जाने के लिए तैयार हो रही थी, तभी रविन्द्र डॉक्टर ने कुलभूषण को ज़ोर की आवाज लगाकर बुलाया और चिल्लाकर बोले कि अपनी पत्नी को बताओ कि तुम क्यों नही पढ़े! आज तुम्हारे कारण तुम्हारी पत्नी सबकी इज़्ज़त उतारने पर लगी है उसी से पूछो कि उसके ऊपर मैंने कितना पैसा ख़र्च किया है, तुम नहीं पढ़े तो कोई और भी नहीं पढ़ेगा...

तभी सुलेखा जी आ गयी और रविन्द्र डॉक्टर को शान्त रहने का निवेदन करने लगीं। इसी बीच कुलभूषण कनकलता को मोटरसाइकिल से बस स्टैण्ड तक पहुँचाने चला गया। पशुपति भाई शान्त ही बने रहे। नौ बजे तक दोनों भद्रजन भोजन कर लिये थे।

आज भोजन के दरम्यान सुलेखा जी भी वहीं खड़ी रहीं और पूरे वार्त्तालाप में संलिप्त भी रहीं। पशुपति भाई दम्पति को यही समझा रहे थे कि आप लोग बच्चों को पैसा सोच-समझकर ही दीजिए। बच्चे हैं, बहकते देर नही लगता है। जहाँ तक कनकलता की बात थी, पशुपति भाई यह कहते हुए बात को हल्का कर दिये कि यह तो सभी घरों की कहानी है वह तो दूसरे घर से आयी है वह क्या जाने कि डॉक्टर ने कुलभूषण को पढ़ाने के लिए कितना यत्न किया था।

खैर इसी बीच दोनों भद्रजन कपड़ा पहनने लगे तो चन्द्रभूष्ण भी आ गया। रविन्द्र डॉक्टर उससे पूछ बैठे– दिल्ली आने-जाने में कितना पैसा लगेगा?

चन्द्रभूषण भी घुटा हुआ विद्यार्थी था, सो थोड़ी देर चुप रहा। फिर बोला– कल ही निकलूँगा, ट्रेन में तो रिजर्वेशन मिलेगा नहीं, बस से ही जाना पड़ेगा। आठ सौ तो एक ओर का किराया ही है फिर दो दिन दिल्ली में रहना भी पड़ेगा...

चन्द्रभूषण की बातों को सुनने के बाद रविन्द्र डॉक्टर ने उसे चार हज़ार रुपया दे दिया। रुपया लेते समय वह मुस्कुराते हुए बोला कि पापा भी अब बहुत कंजूस हो गये हैं जोड़-जोड़ कर पैसा दे रहे हैं।

उसका आशय कम से कम पाँच हज़ार रुपये से था। चन्द्रभूषण के इस बोल पर पशुपति भाई क्रोधित हो गये और चन्द्रभूषण को डाँटते हुए बोले– बाप से कैसे बात करते हैं यह भी भूल गये हो; तुम्हारे ऊपर लाखों रुपया ख़र्च कर दिये और अभी तुमको कंजूस दिखायी दे रहे हैं अपना कर्म नहीं देख रहे हो। यह डॉक्टर कितना परिश्रम से पैसा कमा रहा है यह तो हमलोग देख रहे हैं।

पशुपति भाई के इस क्रोध के बाद तो वहाँ से सभी लोग खिसक लिये। उसके बाद दोनों भद्रजन भोजन के लिए बैठ गये। इस बीच सुलेखा जी पूछ-पूछकर भोजन परोसती रहीं। आज चलते समय सुलेखा जी भी पैसा नही माँगीं परन्तु रविन्द्र डॉक्टर ने उन्हें दो हज़ार रुपया दे दिया।

इधर चन्द्रभूषण के विवाह के लिए सुलेखा जी की व्यग्रता बढ़ती जा रही थी। रविन्द्र डॉक्टर के फार्मेसिस्ट संवर्ग से दो रिश्ते आये भी, परन्तु कुलभूषण और सुलेखा जी ने यह कहते हुए मना कर दिया कि भला चन्द्रभूषण का विवाह फार्मेसिस्ट की लड़की से होगा, वह भी बी0ए0, एम0ए0 पास से।

इससे रविन्द्र डॉक्टर लगभग शान्त ही हो गये। एक-दो विवाह सुलेखा जी के मायके पक्ष से भी आये परन्तु सुलेखा जी ने यह कहते हुए बात को खारिज कर दिया कि जिसकी चार-चार लड़कियाँ हैं वह क्या देगा? वह भी खेती गृहस्थी वाला आदमी। सो सुलेखा जी के घर वाले स्वयं को तुच्छ मानकर अपनी बहना से दूर ही हो गये। एक वर्ष का समय निकल गया। पुनः सभी प्रतियोगी परीक्षाओं का परिणाम आ गया। चन्द्रभूषण का तो कहीं चयन नहीं हुआ, परन्तु रमापति का बी0टेक0 के प्रवेश-परीक्षा में निचली अर्हता आ गयी थी सो रमापति से कहा गया कि गोरखपुर के ही प्राइवेट इंजीनियरिंग कॉलेज में प्रवेश ले ले और घर से

ही आये-जाये। परन्तु रमापति तो इसके लिए बिलकुल भी राजी नही था वह तो दूर-सुदूर कॉलेज में प्रवेश लेना चाहता था। उसके कुछ मित्र भी ऐसा ही सोच रहे थे। घर पर रहने पर तो स्वतन्त्रता खतरे में पड़ने का संशय बना हुआ था। पशुपति भाई ने रमापति को समझाया परन्तु बात वहीं की वहीं रही। सो रमापति का प्रवेश नोएडा के बी0टेक0 कॉलेज में हो गया। इसी बीच उत्तर प्रदेश सरकार के स्वास्थ्य-विभाग में स्थायी नर्स की वैकेन्सी आ गयी सो कुलभूषण और कनकलता ने रविन्द्र डॉक्टर से सलाह-मशविरा प्रारम्भ कर दिया।

कनकलता ने नौकरी का फार्म भी भर दिया। अब लखनऊ में जुगाड़ लगाना था। बग़ैर पैसे के तो नौकरी सम्भव नहीं थी सो स्वास्थ्य-विभाग लखनऊ के किसी बाबू को पकड़ना था जो पैसा लेकर काम करा दे।

रविन्द्र डॉक्टर ने तो जानबूझकर हाथ खड़े कर दिये थे। रविन्द्र डॉक्टर ने अपने बेतहाशा ख़र्च को लेकर स्पष्ट कर दिया था कि कनकलता और कुलभूषण के लिए मुझे जितना करना था वह मैं कर चुका हूँ वे लोग अब अपना देखें, मेरे पास और भी ढेर सारी ज़िम्मेदारी है। यह बात उन्होंने पत्नी सुलेखा को भी समझा दिया था। हालाँकि कनकलता निर्धन घर से आयी थी, परन्तु उसका छोटा भाई अब सयाना हो गया था और बी0एस0सी0 द्वितीय वर्ष का छात्र था। वह भी अपनी दीदी के नौकरी के सम्बन्ध में रविन्द्र डॉक्टर के पास सहयोग करने का आग्रह लेकर गया था। उसके आग्रह पर रविन्द्र डॉक्टर ने उसे भी ख़ूब खरी-खोटी सुनाया और यह भी कहा कि जाकर अपना भविष्य बनाओ। जाकर अपनी दीदी से पूछो कि तीन सालों से वह संविदा की नौकरी कर रही है, कितना पैसा आज तक घर में ख़र्च की है। यदि गोरखपुर में नमक भी घट जाए तो उसका भी पैसा वह नही देती है समझे।

इसके बाद कनकलता का भाई डब्लू वापस अपने गाँव चला गया। अब कुलभूषण ने ही पैसा के प्रबन्धन का कार्य सँभाल लिया था क्योंकि लखनऊ में सचिवालय के एक बाबू से आश्वासन मिल गया था। उस बाबू का ईमानदारी में बहुत नाम था। वह पैसा तभी पकड़ता था जब काम की गारण्टी हो। यदि किसी कारणवश काम नहीं हुआ तो दस प्रतिशत पैसा काटकर वापस भी कर देता था। इसी ईमानदारी की बदौलत उसने कई जगह अकूत सम्पत्ति खड़ा कर लिया था। बहुत से लोग उसकी यश-कीर्ति का बखान बतियाते नही थकते थे। कुलभूषण भी ऐसे नेक व्यक्ति का सान्निध्य पाकर स्वयं को परमभाग्यशाली मान रहा था। वह कनकलता से यही कहता कि देखो यह सब बजरंगबली का आशीर्वाद ही है

जो विनय बाबू ने हाँ कर दिया मेरा मंगलवार व्रत फल दे गया। अब कुलभूषण मंगलवार को हनुमान चालीसा के साथ बजरंग बाण का भी पाठ करने लगा था। अब कनकलता भी जब सोमवार को अस्पताल से लौटती तो आधा किलो सेब अपने बैग में छुपाकर घर लाती और मंगलवार को अपने कमरे में बिठाकर कुलभूषण को खिला देती थी ताकि कुलभूषण स्वस्थ रहें। उनके ऊपर बहुत भागादौड़ी आन पड़ी थी।

कुलभूषण और कनकलता ने जब पूरा हिसाब मिलाया तो उन दोनों के पास तीन लाख दस हज़ार रुपया पूरा हो गया। अब बात दो लाख की और थी। नौकरी का सौदा पाँच लाख में हुआ था। दस हज़ार कुलभूषण ने भागादौड़ी, मिठाई आदि के लिये अलग से जोड़ा था।

अन्त में सुलेखा जी ने कुलभूषण को समझाया कि पाण्डेपुर में पापा के परिचय का एक सोनार है जो गहना रखकर पैसा देता है। तुम्हारे पापा ही उसके पूरे घर का इलाज भी करते हैं जाकर उसी को कनकलता का गहना दे दो बाद में गहना छूट जाएगा। कनकलता और कुलभूषण को यह बात समझ में आ गयी और कुलभूषण दूसरे दिन सुबह ही पाण्डेपुर पिताजी के पास आज्ञा लेने पहुँच गया।

कुलभूषण ने जब पिताजी के समक्ष अपना प्रस्ताव रखा तो रविन्द्र डॉक्टर पुनः सजग हो गये और झल्लाहट के साथ बोले कि पूरे गोरखपुर मे खोजते-खोजते तुम लोगों को पाण्डेपुर का ही सोनार मिला है। इसी बात को लेकर उन्होंने पत्नी को फ़ोन मिलाया, किन्तु सुलेखा जी अपने कुलभूषण बाबू का ही पक्ष लेती रहीं और अन्त में पति को डाँटते हुए कही कि आप पैसा जब नहीं देंगे तो गहना तो गिरवी रखना ही पड़ेगा, आप उसका गहना रखवा दीजिए। पैसा कनकलता भरेगी आपको इसकी चिन्ता करने की आवश्यकता नहीं है। इन्ही शब्दों के साथ उन्होंने फ़ोन काट दिया। रविन्द्र डॉक्टर किंकर्त्तव्यविमूढ़ से कुलभूषण का मुँह ही निहारते रह गये। थोड़ी देर के बाद रविन्द्र डॉक्टर स्वयं कुलभूषण के साथ सोनार की दुकान पर गये। चूँकि रविन्द्र डॉक्टर इस गहना गिरवी प्रकरण के रहस्य को भलीभाँति जानते थे इसीलिए उन्होंने मालिक सोनार से स्पष्ट शब्दों में समझा दिया कि आपका पैसा कुलभूषण ही चुकता करेंगे इससे मेरा कोई मतलब नहीं है; चूँकि ये गोरखपुर से पाण्डेपुर गहना लेकर चले ही आये तो मुझे आपके पास आना पड़ा।

रविन्द्र डॉक्टर के इन वाक्यों को सुनते ही सोनार हँसते हुए बोला– डॉक्टर साहब आपको आने की आवश्यकता ही नहीं थी, आप बस आदेश किये होते मैं हाज़िर हो जाता हमारा आपका सम्बन्ध आज का थोड़े ही है। इसके बाद उसने कुलभूषण के हाथों से गहनों का बैग अपने हाथों में लेते हुए पूछ बैठा कि कितना पैसा चाहिए?

इस पर कुलभूषण बोला कि आप पहले गहना देख लीजिए फिर बताइए कितना मिल सकता है?

कुलभूषण के इस उत्तर के बाद उसने गहनों को बग़ल में बैठे अपने लड़के की ओर सरका दिया। अब लड़का एक-एक गहना निकालकर तोलने लगा। इसी बीच सोनार ने चाय भी मँगवा लिया। सभी लोग चाय पीने में मशग़ूल थे, परन्तु कुलभूषण की निगाह गहनों पर टिकी थी। सभी गहनों को तोलने के बाद जब सोनार के लड़के ने रेती से सभी गहनों को खुरचना प्रारम्भ किया तो कुलभूषण चौंककर बोला, यह क्या कर रहे हैं? ऐसे तो दो ग्राम सोना ही कम हो जाएगा।

तब सोनार का लड़का बोला- भइया जी, आख़िर यह तो पता करना ही पड़ेगा कि यह सोना ही है या चाँदी के ऊपर पॉलिश तो नही चढ़ा है, मार्केट में डुप्लीकेसी बहुत है। अबकी बार कुलभूषण क्रोधित होकर बोला- मुझको ही पहाड़ा पढ़ा रहे हैं, इसका मतलब आप डुप्लीकेट सामान बेचते हैं आपको मालूम होना चाहिए कि पापा आपके ही यहाँ से सारा गहना खरीदते हैं। कुलभूषण के इस वक्तव्य से सोनार को हस्तक्षेप करना पड़ गया और उसने बात को सँभालते हुए लड़के से पूछा- कितना ग्राम सोना है?

लड़के ने उत्तर दिया एक सौ बाईस ग्राम।

सोनार ने लड़के को आदेशित करते हुए कहा कि भइया जी घर के व्यक्ति हैं, इन्हें जोड़कर सब बता दो। सोनार के लड़के और कुलभूषण में लगभग दस मिनट तक माथापच्ची होती रही। इधर रविन्द्र डॉक्टर और सोनार देश-दुनिया की बात करते रहे। जब सोनार ने देखा कि देर हो रही है तो अपने लड़के से पूछ बैठा कि हमको बताओ कि क्या बात है।

सोनार के लड़के ने उत्तर दिया- दरअसल भइया जी को दो लाख रुपया चाहिए और जो गहना ये दिये हैं उस पर एक लाख साठ हजार रुपया ही बैठता है

इसीलिए मैं इनसे कह रहा हूँ कि थोड़ा गहना और लाइए तो दो लाख पूरा हो जाए।

तब सोनार ने कमान हाथ में लेते हुए बोला कि भइयाजी को दो लाख रुपया दे दो और सूद बीस की जगह अठारह लगाकर बता दो। इसके बाद रविन्द्र डॉक्टर अकेले ही अस्पताल आ गये। उनके पहुँचने के बाद कुलभूषण भी आधा घण्टा देर से अस्पताल पहुँच गया।

कुलभूषण थोड़ी देर तक पिताजी के पास बैठा रहा फिर चलते समय बोला कि सोनार का लड़का तो बहुत बड़ा बेईमान है। आपके आने के बाद मैंने गहना फिर से तोलवाया तो वजन एक सौ पच्चीस ग्राम निकला। उसके बाद उसने सोनार द्वारा दी गयी पर्ची को रविन्द्र डॉक्टर के सामने रख दिया। रविन्द्र डॉक्टर ने भरी पर्ची को उलटपलट कर देखा। वास्तव में उस पर एक सौ पच्चीस ग्राम लिखा था और उनके सामने वह एक सौ बाईस ग्राम बता रहा था। इसके बाद पर्ची को कुलभूषण ने पुनः अपने पास रख लिया और गोरखपुर लौट आाया। गोरखपुर पहुँचकर उसने माता सुलेखा से उस सोनार की बहुत बुराई बतियाया और यह बोला कि पापा को शुरू से ही ठगता रहा होगा। अपने ही दिये गहने को डुप्लीकेट कहकर आरी से रगड़ रहा था। इसी तरह से दो-तीन ग्राम सोना झाड़ लेता होगा उस पर से तौल भी कम। दोनों बाप-बेटा महान बेईमान हैं। दोनों बस मीठाभर बोलते हैं इससे अच्छा तो...

सुलेखा जी बात काटते हुए बोलीं- इसीलिए कहा जाता है कि सोनार की दुकान का बहारन (धूल) भी चार सौ रुपया किलो बिकता है।

ख़ैर इसके बाद कुलभूषण एक सप्ताह बाद दो लाख रुपया लेकर लखनऊ परम्पिता परमेश्वर रूपी विनय बाबू के आवास पर गया। शाम के सात बज रहे थे, परन्तु विनय बाबू अभी तक घर नहीं आये थे। कुलभूषण के साथ एक व्यक्ति और था जिसके माध्यम से कुलभूषण विनय बाबू तक पहुँचा था। वह भी लखनऊ में ही रहता था उसका नाम रीतेश था।

दोनों व्यक्ति वहीं विनय बाबू के आवास के पास वाले चौराहे पर थोड़ी देर सिगरेट फूँकते रहे। लगभग एक घण्टे बाद दोनों व्यक्ति जब विनय बाबू के आवास पर पुनः वापस आये तो विनय बाबू आ चुके थे। विनय बाबू ने ही दरवाज़ा खोला। अभी तो विनय बाबू अपना जूता भी नहीं निकाल पाये थे। तीनों लोग एक साथ बैठ गये। तभी रीतेश ने कुलभूषण की ओर इशारा करते हुए

प्रारम्भ किया– सर! इन्हीं की पत्नी का नर्स के लिए होना है।

तब विनय बाबू सिर हिलाते हुए बोले– हाँ-हाँ दस दिन पहले जो बात हुई थी। ठीक है मैंने तो हाँ कर ही दिया था, अगले महीने रिटेन होगा।

इसके बाद कुलभूषण ने दो लाख उनके सामने रख दिया।

विनय बाबू रुपया देखते ही रीतेश से पूछ बैठे कितना है?

कुलभूषण ने दो बोला ही था कि विनय बाबू भड़क गये और नाराज़ होते हुए बोले कि जब मैंने समझाया था कि आधा रिटेन के पहले चाहिए और आधा ज्वाइनिंग के पहले, तो फिर पचास कम क्यों लाये? बनिया की दुकान थोड़े ही है जो रोज़-रोज़ मोल-भाव होगा। यहाँ बहुत साफ-सुथरा काम है, जाइए पूरा पैसा लेकर आइए। मुझे भी उसे दे देना है, रखना नही है। यह कहते हुए विनय बाबू खड़े हो गये।

रीतेश कहता रहा कि सर ये दो रख लीजिए पचास दो दिन बाद आ जाएगा। परन्तु विनय बाबू तैयार नहीं हुए। उनका कहना था कि इससे मेरा हिसाब गड़बड़ा जाएगा। खैर रीतेश और कुलभूषण बाहर निकल आये। इसके बाद कुलभूषण उसी समय बस पकड़कर वापस गोरखपुर आ गया। दूसरे दिन कनकलता ने अपने खाते से पचास हज़ार निकालकर कुलभूषण को दे दिया। उसी रात कुलभूषण पुनः लखनऊ के लिये चल दिया और सुबह ही रीतेश के साथ वह विनय बाबू के घर पर पहुँच गया। विनय बाबू सचिवालय जाने को तैयार हो रहे थे। खैर विनय बाबू रीतेश से यह पूछते हुए रुपया रख लिए कि पूरा है न?

रीतेश और कुलभूषण ने हाँ में सिर हिला दिया। दरअसल रीतेश एक प्रकार से विनय बाबू का पी0आर0ओ0 था। उसी के माध्यम से विनय बाबू अपना व्यापार चलाते थे। रीतेश का मुख्य व्यवसाय प्रापर्टी डीलिंग का था। विनय बाबू भी सभी के हाथ से पैसा नहीं पकड़ते थे।

ठीक बीसवें दिन लिखित परीक्षा का प्रवेश-पत्र मिल गया। कनकलता को ठीक से समझा दिया गया था कि उत्तर पुस्तिका में केवल अनुक्रमांक लिखकर जमा करना है। कॉपी के भीतर कुछ भी नहीं लिखना है। सो कनकलता ने भी वैसा ही कर दिया और मुस्कुराते हुए परीक्षा-कक्ष से बाहर आ गयी।

एक महीने बाद ही लिखित परीक्षा का परिणाम भी आ गया। सो अब

रीतेश का सन्देशा आने लगा था। कुलभूषण ने रीतेश से रविवार का दिन निश्चित करके कनकलता को साथ लेकर लखनऊ के लिए प्रस्थान किया। ढाई लाख रुपया कुलभूषण ने अपने पास रखा था। निश्चित रविवार को सुबह ही नौ बजे रीतेश कुलभूषण और कनकलता एक किलो मिठाई के साथ विनय बाबू के आवास पर हाजिर हो गये।

विनय बाबू पत्नी के साथ बैठका में ही बैठे थे। आज रविवार का दिन था सो प्रतीक्षित आगन्तुकों की संख्या ज़्यादा थी, इसीलिए पत्नी भी साथ में थी उपहार पैसा आदि सँभालने के लिए। विनय बाबू की पत्नी भारी शरीर की महिला थीं ओर अंग-प्रदर्शन तो जैसा उनका नैतिक अधिकार हो... साड़ी सदैव नाभि के नीचे ही बाँधती थीं। लिपिस्टिक तो शायद ही कभी होंठो पर से उतरती हो। पता नही किसको रिझाने के लिए वह इतना फैशन करती थीं, क्योंकि विनय बाबू तो बाईपास सर्जरी भी करा चुके थे और उनका सूगर तो कभी दो सौ के नीचे ही नहीं आता था।

आज विनय बाबू ने तीनों व्यक्तियों का स्वागत बड़े ही आत्मीयता के साथ किया। मिठाई का डिब्बा कनकलता ने टेबुल पर रखते हुए विनय बाबू और उनकी पत्नी का चरण स्पर्श भी कर लिया। इसके बाद रीतेश यह कहते हुए बैठ गया कि सर आप लोग इसको आशीर्वाद दीजिए कि जल्द ही इसकी नौकरी लग जाए। फिर कमरा थोड़ी देर हँसी ठहाकों के बीच गुंजायमान रहा। इस दरम्यान कुलभूषण के भी सभी पीले दाँत बाहर ही रहे। इसके बाद विनय बाबू की पत्नी घर के भीतर चली गयीं और थोड़ी देर बाद पेठा और चार गिलास पानी के साथ वापस आ गयी। जब विनय बाबू सभी लोग से जल ग्रहण करने का आग्रह कर रहे थे तभी रीतेश ने कुलभूषण से रुपया निकालने का इशारा कर दिया। इसके बाद विनय बाबू की पत्नी रुपयों को वहीं पर बैठकर गिनने में व्यस्त हो गयीं। विनय बाबू कुलभूषण और कनकलता से घर परिवार की बात करते रहे, तभी विनय बाबू की पत्नी अन्तिम गड्डी गिनते हुए एक पाँच सौ के नोट को निकाल ली और उस नोट को रीतेश की ओर बढ़ाते हुए बोली कि पूरे ढाई लाख हैं यही एक पाँच सौ अधिक है। तब रीतेश ने उस नोट को उन्हीं को सौंपते हुए बोला कि भाभी आप जिस चीज को छू दें समझो उसमें इज़ाफ़ा ही होना है आपसे भाग्यशाली स्त्री मैंने नहीं देखा है। मैं तो सर से हमेशा ही कहता हूँ कि भाभी जी के भाग्य से ही आपका भाग्य है। इसके बाद विनय बाबू की पत्नी ने उस पाँच सौ की नोट को हँसते हुए रख लिया और पुनः घर के भीतर चली गयीं। पाँच मिनट

बाद विनय बाबू रुपयों की थैली रीतेश को देते हुए अन्दर ले जाने का इशारा कर दिये। फिर रीतेश उठा और घर के भीतर चला गया। दस मिनट बाद रीतेश ट्रे में स्वयं चाय लेकर आया।

इसके आधा घण्टा बाद कुलभूषण और कनकलता वहाँ से विदा लिये और रीतेश वहीं विनय बाबू के आवास पर ही रुक गया। आज कनकलता भी विनय बाबू के दिये गये आश्वासन से बहुत प्रसन्न थी और अपने पराक्रमी पति कुलभूषण को तो ढेर सारा चुम्बन देना चाहती थी- परन्तु वहाँ उपयुक्त स्थान नहीं था। लखनऊ में ही अमीनाबाद घूमने के बाद उन्होंने गोरखपुर के लिए प्रस्थान कर दिया।

दो महीने के बाद साक्षात्कार भी सम्पन्न हो गया और दस दिन बाद परिणाम भी आ गया। अब बात नौकरी ज्वाइन करने की थी सो पुनः विनय बाबू से सम्पर्क साधा गया। विनय बाबू ने सीधा कह दिया कि गृह-जनपद में ज्वाइन करने के लिए पचास हजार लगेंगे। इस बात पर कुलभूषण अपनी आर्थिक स्थिति का हवाला देता रहा, परन्तु विनय बाबू टस से मस नहीं हुए। खैर एक महीने बाद कनकलता को झाँसी मेडिकल कॉलेज में नौकरी मिल गयी। हाँ एक गम्भीर समस्या और भी थी वह यह कि कनकलता तीन महीने के गर्भ से भी थी। खैर कनकलता ने नौकरी ज्वाइन कर लिया। कुलभूषण बड़ी बिटिया को गोरखपुर में माता सुलेखा के पास छोड़कर स्वयं भी झाँसी में ही रहने लगा। छह महीने बाद कनकलता ने पुनः एक पुत्री को जन्म दिया। इस बार उसकी देखभाल के लिए उसकी माताजी झाँसी आ गयीं।

इसी बीच कुलभूषण ने पुनः कनकलता के स्थानान्तरण के लिए प्रयास किया और वह सफल भी रहा। कनकलता अब गोरखपुर मेडिकल कॉलेज आ गयी थी। अब सभी लोगो को शान्ति मिल गयी थी। कनकलता अपनी तनख़्वाह में से दस हजार रुपया प्रतिमाह पाण्डेपुर वाले सोनार को देती जा रही थी।

इसी बीच रविन्द्र डॉक्टर के पदोन्नति का काग़ज आ गया। पहले तो उन्होंने पदोन्नति लेने से ही इन्कार कर दिया, क्योंकि चीफ फार्मेसिस्ट का कोई भी पद उनके गृह-जनपद में नही ख़ाली था सो किसी अन्य जनपद में जाना था, जिससे उनकी जमी-जमाई प्रेक्टिस पर विपरीत प्रभाव पड़ता। इसी उधेड़बुन में उन्होंने पदोन्नति नहीं लेने का फैसला कर लिया। जब यह बात उनके साथी-संगियों को पता चली तो वह सब रविन्द्र डॉक्टर को समझाने में जुट गये परन्तु अन्त में

पशुपति भाई ने जब कह दिया कि आप पदोन्नति ले लें तब जाकर रविन्द्र डॉक्टर बनारस से बीस किलो मीटर दूर एक सामुदायिक स्वास्थ्य केन्द्र पर चीफ़ फार्मेसिस्ट के पद पर आसीन हुए। सामुदायिक स्वास्थ्य केन्द्र की हालत मरणासन्न ही थी। अधीक्षक एक डॉ0 अग्रवाल थे बाक़ि पाँच डॉक्टर और भी नियुक्त थे, परन्तु उनमें से कोई भी प्रतिदिन नहीं आता था। वहाँ उस वीरान अस्पताल में मरीज़ भी बहुत कम आते थे सो सभी स्टाफ़ अपनी मर्ज़ी से ही ड्यूटी करता था। डॉ0 अग्रवाल भी किसी से कुछ नही कहते थे। उनका भी रिटायरमेण्ट दो वर्ष ही बचा था और रविन्द्र डॉक्टर का भी मात्र पाँच वर्ष छह माह।

रविन्द्र डॉक्टर जब पहले दिन कार्यभार सँभाले तभी उन्होंने डॉ0 अग्रवाल से अपनी सारी मजबूरी बयां कर दिया। डॉ0 अग्रवाल ने भी उन्हें आश्वस्त कर दिया सो अब रविन्द्र डॉक्टर रविवार की शाम को ट्रेन से वाराणसी जाते और सोमवार, मंगलवार को ड्यूटी करके उसी दिन शाम को पाँच बजे ट्रेन पकड़कर गोरखपुर आ जाते। हाँ एक बात वह अवश्य करते... जब भी वह वाराणसी जाते तो डॉ0 अग्रवाल के लिए दो चार सौ का कोई उपहार अवश्य ले आते, जैसे कभी काजू तो कभी मिठाई आदि।

इस प्रकार जब तक डॉ0 अग्रवाल रहे रविन्द्र डॉक्टर का समय बड़े आराम से कट गया। इसी बीच रविन्द्र डॉक्टर का दूसरा लड़का ग़ाजियाबाद के एक प्राइवेट इंजीनियरिंग कॉलेज में प्रवक्ता नियुक्त हो गया। हालाँकि उसे कुल बीस हज़ार रुपया ही वेतन मिलता था परन्तु रविन्द्र डॉक्टर ने सभी लोगों से पैंतीस हज़ार बताया।

इसी बीच रविन्द्र डॉक्टर ने पाण्डेपुर बाजार में ही पाँच डिस्मिल ज़मीन भी ख़रीद लिया और एक व्यक्ति का तीन कमरे का मकान किराये पर ले लिये थे ताकि ऑपरेशन, भर्ती का काम चलता रहे, क्योंकि अब सरकारी आवास और सरकारी अस्पताल छूट चुका था। इस सभी घटनाक्रम के बीच में स्थानान्तरण के लिए प्रयास जारी रहा परन्तु सरकार ने स्थानान्तरण पर रोक लगा रखा था इसीलिए रविन्द्र डॉक्टर को वहीं रहना पड़ा।

दरअसल अब वाराणसी में डॉ0 अग्रवाल के अवकाश प्राप्त करने के पश्चात् डॉ0 रिजवी ने अधीक्षक का कार्यभार सँभाल लिया था। डॉ0 रिजवी काजू, मिठाई आदि से सन्तुष्ट होने वाले व्यक्ति नहीं थे, इन्हें कैश पैसा चाहिए

था वह कमाने आए थे। सो रविन्द्र डॉक्टर से उनका सामन्जस्य नहीं बैठ पाया। किसी तरह एक महीने का समय बीत गया, परन्तु अस्पताल पर उपस्थित, अनुपस्थित का विवाद बढ़ता ही गया। सो एक दिन रविन्द्र डॉक्टर ने मेडिकल लगाकर छुट्टी ले लिया। इसके बाद रविन्द्र डॉक्टर छब्बीस महीने लगातार अनुपस्थित रहे और पाण्डेपुर में जमकर प्राइवेट प्रेक्टिस करते रहे। चन्द्रभूषण के विवाह के प्रस्ताव आते रहे और ख़ारिज होते रहे। सुलेखा जी और कुलभूषण को एक भी प्रस्ताव स्तरीय नहीं प्रतीत हो रहे थे। इधर कनलकता अब अपने गहनों को लेकर विद्रोह पर उतर आयी थी, क्योंकि उसे एक बार एक विवाह समारोह में जाना पड़ा था, जिसमें वह सबसे कम गहना पहनकर गयी थी। इसी पीड़ा से ग्रसित कनकलता प्रतिदिन सुलेखा जी और कुलभूषण से उलाहना देती रहती। सुलेखा जी उसे सांत्वना देती रहतीं परन्तु वह यही कहती कि पापाजी का सभी काम होता जा रहा है, केवल एक मेरा गहना ही नहीं छूट पा रहा है।

इसी बीच जब एक दिन रविन्द्र डॉक्टर गोरखपुर आये तो कनकलता उनसे उलझ पड़ी और जो सम्मान बचा था उसे भी तार-तार कर दी। कनकलता ने चिल्लाते हुए बोला- कि आप अपनी सन्तानों को भी दो आँखों से दो तरह से देखते हैं। बाबू लोग दिल्ली में रहकर पैसा उड़ा रहे हैं तो उनसे कोई पूछने वाला नही है; एक मैं हूँ, सोनार का पैसा देते-देते थक गयी हूँ तो कोई सोचता भी नहीं है। मैं अपनी मौसी की लड़की की शादी में ख़ाली शरीर लेकर गयी थी। मौसी ने भी किनारे ले जाकर पूछ ही लिया कि तुम्हारे शरीर पर गहना क्यों नहीं है। क्या जवाब देती बताइए!

दौड़कर सुलेखा जी को हस्तक्षेप करना पड़ा नहीं तो कनकलता आज रविन्द्र डॉक्टर से बस दो कदम ही दूर थी। रविन्द्र डॉक्टर भी आज सहम से गये थे। तभी शाम को रमापति का फोन आ गया। उसे तीस हज़ार रुपया चाहिए था। रविन्द्र डॉक्टर तुरन्त समझ गये कि लड़का परीक्षा में अनुत्तीर्ण हो गया है सो फोन पर ही उसे डाँटने लगे। सुलेखा जी भी कुछ समझ नहीं पा रही थीं और घर में आगे-पीछे की हुई थीं। रात्रि में जब शयनकक्ष में सुलेखा जी विराजीं तब उन्होंने अपने मन की उत्कण्ठा शान्त करते हुए पूछ ही लिया कि आप रमापति पर क्यों गुस्सा कर रहे थे?

सुलेखा जी के इस प्रश्न पर रविन्द्र डॉक्टर पुनः तेज़ स्वर में बोले- रमापति फेल हो गया है पास कराई तीस हज़ार चाहिए और हमसे झूठ बोल रहा है कि

कॉलेज की फीस बढ़ गयी है। मुझे तो सभी बेवक़ूफ़ समझ रखे है। इसी तरह चन्द्रभूषण को बी0टेक0 पास कराने में कई लाख ख़र्च हो गया... तुमको क्या मालूम है सब आँवारा है, पढ़ना-लिखना किसी को नहीं बस पैसा पैसा... चन्द्रभूषण के नाम पर तो सुलेखा जी का मुँह काफी देर तक खुला ही रह गया।

दूसरे दिन सुबह ही रविन्द्र डॉक्टर पाण्डेपुर चले आये और बैंक जाकर रमापति के खाते में पैसा ट्रांसफर किये उसके बाद अपनी प्रैक्टिस में लग गये। शाम को रविन्द्र डॉक्टर गाँव अहिरौली चले गये और पशुपति भइया से देर रात तक अपनी व्यथा और आगामी योजनाओं पर विचार-विमर्श करते रहे। पशुपति भाई रविन्द्र डॉक्टर से उम्र में तो लगभग बीस वर्ष बड़े थे, परन्तु चुस्ती-फुर्ती में तनिक भी कम नहीं थे। पशुपति पाण्डे का रहन-सहन भी ऊँचे दर्जे का था। उनकी बढ़ी दाढ़ी तो शायद ही किसी ने देखा हो वह नित्य शेविंग करते थे। जूता-चप्पल प्रतिदिन पॉलिश होता था, एक कपड़ा, केवल एक दिन ही पहनते थे। इस प्रकार से पशुपति पाण्डे गाँव के सबसे अधिक शौक़ीन आदमी थे। इस बुढ़ापे में भी उनका दरवाज़ा कभी भी आगन्तुकों से ख़ाली नहीं रहता था। पशुपति पाण्डे लिखा-पढ़ी में भी अव्वल थे।

दो दिन बाद रविन्द्र डॉक्टर पशुपति भाई के साथ पाण्डेपुर वाले सोनार की दुकान पर संध्या के समय गये। दरअसल वे कनकलता द्वारा किये गये उपद्रव से बहुत भयभीत थे। सो सोनार का हिसाब करके गहना वापस ले लेना चाहते थे। इसी क्रम में सोनार ने उन्हें पूरा हिसाब दिखा गया। हिसाब में कुलभूषण ने सोनार को दो लाख बीस हज़ार रुपया दे दिया था और सोनार के हिसाब के अनुसार सूद का पैंतीस हज़ार रुपया अभी भी निकल रहा था। पशुपति भाई तो आज ही गहना ले लेना चाहते थे परन्तु रविन्द्र डॉक्टर पर्ची लाना भूल गये थे। पशुपति भाई से सोनार से बहुत पुराना दोस्ताना था। पशुपति भाई ने कई मौकों पर सोनार को संकट से बचाया भी था। एक बार तो उसके लड़के को थाने से छुड़ाकर भी लाये थे। सोनार का लड़का लड़कीबाजी में पकड़ा गया था। सो दूसरे दिन कुलभूषण पर्ची के साथ आ गया और गाँव जाकर पशुपति भइया को भी अस्पताल लेकर चला आया। रविन्द्र डॉक्टर पशुपति भाई से अन्दर शयनकक्ष में ले जाकर पूछे कि सोनार कितने में मान जाएगा?

इस पर पशुपति भाई पूछ बैठे कि कल कितना बोल रहा था? रविन्द्र डॉक्टर धीरे से पैंतीस बुदबुदाये। तब पशुपति भाई पूछे कि कितना पैसा तैयार

है। इस बात पर रविन्द्र डॉक्टर ने उन्हें बीस हज़ार रुपया सौंपते हुए कहा कि यही पैसा है आज किसी भी तरह से गहना छूट जाए।

पशुपति भाई पैसा कुर्ते के पॉकेट में रखते हुए रविन्द्र डॉक्टर को पूरी तरह आश्वस्त करते हुए बोले कि जाओ डॉक्टर अपना काम करो, समझो काम हो गया। इसके बाद पशुपति भइया कुलभूषण के साथ सोनार की दुकान पर पहुँच गये। सोनार पशुपति भाई को देखते ही हाथ जोड़कर खड़ा हो गया। पशुपति भाई आशीर्वाद देते हुए सोनार के सामने बैठ गये और हालचाल पूछने लगे। तभी कुलभूषण ने गहना वाली पर्ची पशुपति भाई के हाथों में दे दिया। पशुपति भाई ने पर्ची को ध्यान से निहारा फिर सोनार के लड़के को पर्ची देते हुए बोले कि बाबू का गहना निकालो। इस बीच सोनार पशुपति भाई से किसी ज़मीन के विषय में घोर मंत्रणा में व्यस्त हो गया। इधर कुलभूषण ने सभी गहनों का पुनः तौल करा लिया था। सोनार पशुपति भाई से किसी व्यक्ति को समझाने का आग्रह लगातार कर रहा था और यह भी कह रहा था कि आप कह देंगे तो मामला सुलझ जाएगा। ख़ैर पशुपति भाई उसे पूरी तरह आश्वासन नहीं दे रहे थे। इसी बीच पशुपति भाई कुलभूषण की ओर मुख़ातिब होते हुए पूछे कि हो गया? इस पर कुलभूषण ने हाँ में सिर हिला दिया। अब बात बक़ाया हिसाब का था सो पशुपति भाई ने कुलभूषण से गहना लेकर चलने के लिए कह दिया और कुलभूषण गहना लेकर गोरखपुर के लिए रवाना हो गया। पशुपति भाई वहीं बैठे रहे। अब तक चाय भी आ चुकी थी सो चाय की चुस्की लेते हुए पशुपति भाई ने सोनार से पूछ लिया कि कहिए सेठ जी कितना पैसा आपको दे दिया जाए?

इस पर सोनार बोला- भइया! कल ही तो डॉक्टर साहब को बताये थे।

इस बात पर पशुपति भाई समझाते हुए बोले कि सेठ जी जीवन में सब कुछ हिसाब-किताब से ही नहीं चलता है। मेरी भी कुछ प्रतिष्ठा है और यह कहते हुए कुर्ते के दाहिने पॉकेट से दस हज़ार की गड्डी निकालकर सोनार के हाथ में रख दिये।

सोनार हाथ जोड़कर खड़ा हो गया और मिन्नत करने लगा कि पाण्डेजी बहुत कम हो रहा है; पैंतीस का दस बहुत कम है कुछ बढ़ा दीजिए।

अबकी बार पशुपति भाई डाँटने के अन्दाज़ में बोले-चुप! घाटा नहीं न हो रहा है। दो लाख दिये थे दो तीस मिल गया, अब क्या चाहिए संतोष कीजिए, लाभ करा दिया जाएगा।

इसके बाद सोनार पुनः बोला- पाण्डे जी पहले सूद बीस की जगह अठारह लगा था थोड़ा कुछ और करा दीजिए। पशुपति भाई ठहाका लगाते हुए बोले- सूद किस रेट का लगा था, न हम देखने आए थे और न ही डॉक्टर। कुछ कमाए हो न। जानते हैं डॉक्टर की बहू घर में ही झगड़ाकर रही थी इसीलिए तुरन्त गहना छुड़ाना पड़ा हम लोगों की समस्या समझिये।

यह कहते हुए पशुपति भाई खड़े हो गये और अब सोनार ज़मीन वाले मामले पर पशुपति भाई से सहयोग माँगने लगा। चलते समय पशुपति पाण्डे सोनार को बस इतना ही आश्वासन दिये कि ठीक है मैं बात करके आपसे मिलूँगा।इसके बाद पशुपति भाई चल दिये।

कुलभूषण जब शाम को गोरखपुर पहुँचा तब तक कनकलता भी मेडिकल कॉलेज से आ चुकी थी। सुलेखा जी के सामने ही सभी गहनों को पुनः ठीक से गिना गया और जाँच-पड़ताल की गयी। इसके बाद कनकलता ने सभी गहनों को सँभालकर अपने कमरे की आलमारी में रख दिया। इसके बाद कनकलता दौड़ते हुए माँ सुलेखा के पास आकर बैठ गयी और प्यार से बोली- भगवान सभी लड़कियों को आप जैसी ही सासू माँ दे।

इन शब्दों को सुनते ही सुलेखा जी की आँख से अश्रुधारा फूट पड़ी। सुलेखा जी बहुत देर तक सुबक-सुबककर रोती रहीं। सुलेखा जी अनपढ़ महिला थीं जीवन के यथार्थ को वह समझ ही नहीं पाती थीं। उनके बच्चे ही उनके लिए सब कुछ थे। उनकी समझ और नज़र में शायद ही कभी उनके बच्चों ने कोई ग़लती किया हो। कुलभूषण के न पढ़ने का दोष भी सदैव वह अहिरौली गाँव के समाज और लड़कों को देती रहती। गोरखपुर वाले मकान में जो पहले के चार कमरे बने थे वह भी किराये पर थे ओर उनका किराया भी कुलभूषण ही रखता था परन्तु शायद ही कुलभूषण इसमें से एक भी पैसा मकान पर कभी ख़र्च किया हो। यदि एक टोटी भी ख़राब हो जाती तो या तो सुलेखा जी पैसा देतीं या रविन्द्र डॉक्टर।

गहना छुड़ाने के दस दिन बाद रविन्द्र डॉक्टर पत्नी सुलेखा का हालचाल लेने गोरखपुर आये तो सुलेखा जी ने चरण-स्पर्श किया ही था कि रसोईघर में से दौड़ती हुई कनकलता भी आ गयी और पापाजी का चरण-स्पर्श कर ली। रविन्द्र डॉक्टर एक बार विस्मय से उसे निहारते रहे फिर बात समझ में आते ही बोल पड़े- पूरा गहना मिल गया न? कनकलता भी मुस्कुराते हुए अपने कमरे में चली

गयी। सुलेखा जी भी कनकलता के साथ ही मुस्कुरा रही थी। इसके बाद रविन्द्र डॉक्टर सोफे पर पसर गये और पत्नी से पूछे कि कुलभूषण कहाँ है?

इस पर सुलेखा जी रुआँसा मुँह बनाकर बोलीं कि बाबू किसी बिजली वाले जे0ई0 से मिलने गये हैं। बिजली का बिल ग़लत आ गया है। रविन्द्र डॉक्टर बात की गम्भीरता को समझ नहीं पाए और चाय पीने लगे। रविन्द्र डॉक्टर पाण्डेपुर से ही दो किलो मछली लेकर आये थे सो रसोई में कनकलता के भी दोनों हाथ तेज़ी से चल रहे थे। मछली कुलभूषण को भी बहुत पसन्द थीं।

रात्रि आठ बजे जब रविन्द्र डॉक्टर शौच के लिए जा रहे थे तो सभापति कोचिंग पढ़कर आ गया और जब शौच करके वापस आये तो कुलभूषण भी आ गया। कुलभूषण मछली की गन्ध पा गया था सो किचेन में ही मँडरा रहा था। जब रविन्द्र डॉक्टर भोजन पर बैठ गये तो कुलभूषण भी आकर बैठ गया। कुलभूषण बहुत देर तक गाँव और अस्पताल आदि की बात करता रहा, परन्तु रविन्द्र डॉक्टर चुपचाप भोजन करते रहे। दरअसल कुलभूषण पापा को बिजली का बिल दिखाना चाहता था परन्तु वह यह साहस ही नहीं कर पा रहा था सो रात्रि में सोने जाने के पहले उसने बिल को माता सुलेखा को दे दिया। सुलेखा जी भी बात की गम्भीरता को समझते हुए सुबह तक चुप रहीं। जब सुबह नौ बजे रविन्द्र डॉक्टर भोजन समाप्त कर लिये तब उन्होंने बिजली का बिल रविन्द्र डॉक्टर को दिखाया।

बिल को देखते ही रविन्द्र डॉक्टर के होश फाख़्ता हो गये। वे चिल्लाते हुए बोले कि तीन साल से बिजली का बिल ही जमा नहीं हुआ बहुत बड़े निकम्मे हैं सब। मकान में रह भी रहे हैं, आठ हज़ार किराया भी पा रहा है, बीवी भी कमा रही है उस पर यह हाल मैं यह बिल नही जमा करूँगा चाहे यह सब अँधेरे में ही रहें। कहते हुए कुर्त्ता पहनने लगे। सुलेखा जी भी हक-बक कमरे में खड़ी रही। थोड़ी देर बाद साहब करके बोली कि कितना बकाया है? रविन्द्र डॉक्टर बिल दिखाते हुए बोले, एक लाख बीस हज़ार। इन शब्दों को सुनते ही सुलेखा जी सिर पर हाथ रखकर धम्म से सोफे पर बैठ गयीं। उस समय घर में केवल रविन्द्र डॉक्टर एवं सुलेखा ही थे।

रविन्द्र डॉक्टर सुलेखा जी को समझाते हुए बोले कि आपका बाबू किराया के साथ-साथ किरायेदार द्वारा दिया गया बिजली का पैसा भी खा लिया है। सभी किरायेदारों का सब मीटर मैंने ही लगवाया था।

सुलेखा जी बात को सँभालते हुए बोली कि वही तो मैं कहूँ कि दो दिन पहले बिजली वाले सीढ़ी लेकर क्यों आये थे? तब रविन्द्र डॉक्टर बोले- बिजली काटने आये होंगे, रहेंगे सब अँधेरे में। मुझे अपने बच्चों का भविष्य देखना है कि इन्हीं सबों में उलझा रहूँगा। रोज़ एक बवाल पैदा किये रहते हैं सब।

दरअसल कुलभूषण सुबह आठ बजे कनकलता को छोड़ने के बहाने ग़ायब हो गया था और वह पिताजी के रहते घर आना नहीं चाहता था। जब रविन्द्र डॉक्टर पाण्डेपुर के लिए निकल गये। उसके एक घण्टे बाद वह घर में घुसा, सुलेखा जी से यह पूछते हुए कि पापा क्या कह रहे थे?

इस बार सुलेखा जी कुलभूषण पर बिफर पड़ी और बोली- तुम लोग पापा का प्राण लेकर ही मानोगे। एक बार भी वे यहाँ से हँसते हुए नहीं जाते हैं। तुम लोगों के पास कोई लाज शरम बचा भी है। तुम लोग तो बड़े हो, जो राह दिखा रहे हो, छोटे भी उसी पर चलेंगे। कहीं बिजली का बिल एक लाख बकाया होता है? आठ हज़ार किराया तुम्हीं लोग पा रहे हो फिर यह हालत है। मैं भी गाँव चली जाऊँगी तुम लोग ही यहाँ रहना।

इसके बाद कुलभूषण रसोईघर में जाकर भोजन परोसने लगा और भोजन की थाली लेकर सुलेखा जी के पास बैठते हुए पूछा मम्मी आप खाना खायी हैं?

सुलेखा जी बिना कोई जवाब दिये वहाँ से उठकर चली गयीं। दो दिन का समय निकल गया। तीसरे दिन फिर बिजली विभाग के लोग लाइन काटने आ गये। आज फिर कुलभूषण ने पाँच सौ देकर लाइन कटने से बचा लिया। सुलेखा जी सब कुछ देख रही थीं। उनके सबसे छोटे बेटे सभापति का इस वर्ष हाई स्कूल की बोर्ड परीक्षा थी सो सुलेखा जी सभापति की पढ़ाई को लेकर भी बहुत चिन्तित थीं। चार दिन बाद सुलेखा जीने पति रविन्द्र डॉक्टर को फोन मिलाया और पूरी गाथा वृतान्त से बतायी।

इसके घटना के सप्ताह बाद एक दिन बिजली विभाग का जे0ई0 स्वयं लाइनमैनों के साथ आया और लाइन काट दिया। आज कुलभूषण भी घर पर नहीं था। केवल सुलेखा जी और कनकलता ही घर पर थी। दिन तो कट गया शाम को जब अँधेरा छा गया तब जाकर सभी को बिजली का महत्त्व समझ आने लगा। कुलभूषण की बच्चियाँ लगातार रो रही थीं, सभापति भी लगातार बड़बड़ा रहा था, सुलेखा जी अलग अपने भाग्य को कोस रही थीं। इसके बावजूद कनकलता और कुलभूषण पर कोई शिकन नहीं थी। वे दोनों अपने कमरे में एक

इमरजेन्सी लाइट रखे हुए थे। जब बच्चियाँ ज़ोर से रोती तो उन्हें भी कनकलता डॉटकर सुलेखा जी के पास पहुँचा देती थी और अपने कमरे का दरवाज़ा बन्द कर लेती थी।

दूसरे दिन सुलेखा जी रविन्द्र डॉक्टर को फोन मिलायी और गोरखपुर का पूरा वृत्तान्त सुनायी। इस पूरे वृत्तान्त को सुनकर रविन्द्र डॉक्टर भी तमतमा गये और अपनी प्रतिष्ठा का ध्यान में रखते हुए पशुपति भाई के साथ तुरन्त गोरखपुर आ गये। पशुपति भाई का भांजा बिजली विभाग में ही जे0ई0 पद पर था और गोरखपुर में ही पोस्टेड था। रविन्द्र डॉक्टर और पशुपति भाई घर पर जाकर सीधे उसी के पास गये। खैर वह कार्यालय में ही मिल गया। उसने पूरी व्यथा को ध्यान से सुना और रविन्द्र डॉक्टर के मोहल्ले से सम्बन्धित जे0ई0 से उन लोगों के सामने ही बात भी किया। जे0ई0 ने उसे आश्वस्त भी किया कि लाइन में अभी जोड़वा देता हूँ किन्तु कल वे हमसे किसी भी हालत में मिल ले।

खैर इस कार्य के बाद पशुपति भाई और रविन्द्र डॉक्टर अपने आवास पर आ गये। उनके पहुँचने के आधा घण्टा बाद ही लाइनमैन आकर तार जोड़ दिये। रविन्द्र डॉक्टर ने उन्हें भी सौ रुपया दे दिया इसके बाद घर में आकर बैठ गये। दोनों नतिनी दादा की गोद में आकर बैठ गयी थीं। रविन्द्र डॉक्टर ज़ोर-ज़ोर से कुलभूषण और कनकलता को भला-बुरा सुना रहे थे और वे दोनों अपने कमरे में बैठकर चुपचाप सब सुन रहे थे। अब घर में उजाला फैल गया था।

सुबह दोनों भद्रजन तैयार होकर बिजली ऑफिस पहुँच गये। वार्ता का मोर्चा पशुपति भाई ने ही सँभाला। करते-कराते पशुपति भाई ने एक नया बिल बनवा लिया जिसमें सर चार्ज माफ़ कर दिया गया था जिससे बिल की राशि एक लाख बीस हज़ार से घटकर अट्ठानवे हज़ार हो गया था। इस अट्ठानवे हज़ार को भी जे0ई0 साहब ने सुविधा के लिए तीन महीने में जमा करने की सहूलियत दे दिया था सो रविन्द्र डॉक्टर ने तुरन्त एक तीस हज़ार का चेक काटकर जे0ई0 साहब को दे दिया और विदा लिये।

तीन महीने में बिजली बिल चुकता कर दिया गया। तभी प्रदेश में चुनाव हो गया और सरकार बदल गयी सो अब स्थानान्तरण की प्रक्रिया प्रारम्भ हो गयी। रविन्द्र डॉक्टर ने वाराणसी सी0एम0ओ0 कार्यालय से सम्पर्क साधा तो स्टेनो बाबू ने समझाया कि पहले तो आकर अस्पताल ज्वाइन कीजिए फिर पिछले छब्बीस महीने की सेलरी बनवाइये तब आगे की बात होगी।

रविन्द्र डॉक्टर अस्पताल ज्वाइन कर लिये और सी0एम0ओ0 कार्यालय पर सम्बन्धित बाबू के पास पिछले सेलरी के लिए गये। जब बाबू ने रविन्द्र डॉक्टर को देखा तो आँखें फाड़-फाड़कर देखता रहा और बग़ल में बैठे सहकर्मी से बोला हमारे चीफ़ साहब बग़ैर तनख़्वाह के छब्बीस महीने से ग़ायब थे। सहकमी भी हँसते हुए बोला- खेती-बाड़ी तगड़ी होगी तभी तो सँभाल लिये। इस वार्तालाप के बीच भी रविन्द्र डॉक्टर शान्त रहे। ख़ैर अब बाबू मोलभाव पर उतर आया और कहने लगा कि चीफ़ साहब आपका मामला बहुत टेढ़ा है। साहब टोटल सेलरी के दस परसेन्ट से कम पर नहीं मानेंगे। जाइए कम से कम एक बार नमस्कार तो कर ही आइए बहुत सज्जन व्यक्ति हैं। परन्तु रविन्द्र डॉक्टर साहस नहीं जुटा पा रहे थे सो बाबू स्वयं ही उन्हें लेकर साहब के कमरे में गया और उनका परिचय कराया।

सी0एम0ओ0 साहब रविन्द्र डॉक्टर से पूछ बैठे- कितने दिन सेवा बची है?

रविन्द्र डॉक्टर ने धीमे स्वर में कहा-सर दो वर्ष; चाहता हूँ गृह-जनपद से अवकाश प्राप्त करूँ।

सी0एम0ओ0 साहब ने हाँ में सिर हिलाते हुए बोला- पहले यहाँ का काम पूरा करा लीजिए, उसके बाद स्थानान्तरण करा लीजिएगा।

इसके बाद रविन्द्र डॉक्टर उस बाबू के साथ बाहर आ गये और सेवाकाल की बची छुट्टियों आदि पर चर्चा में मशग़ूल हो गये। खैर बीस दिनों की माथापच्ची के बाद उनका पूरा वेतन बन गया। अब बात दस प्रतिशत पैसे की बात थी जो स़ैलरी निकालने के पहले देना था। वह भी रक़म एक लाख चालीस हज़ार बैठ रही थी तो उसकी भी व्यवस्था करनी थी।

वाराणसी जिला चिकित्सालय में तैनात एक समकक्षीय मित्र बहुत काम आया। उसने तुरन्त एक लाख रुपया की व्यवस्था करा दिया। इसके बाद बाक़ी रक़म रविन्द्र डॉक्टर ने मिलाकर सी0एम0ओ0 कार्यालय के बाबू को दे दिया। अब काम आगे बढ़ गया और ठीक एक सप्ताह बाद पूरा चौदह लाख रुपया रविन्द्र डॉक्टर के खाते में आ गया। सबसे पहले उन्होंने सभी पुराना क़र्ज़ा चुकाया और उसके बाद स्थानान्तरण के लिए लखनऊ में पैरवी करने लगे। ठीक एक महीने बाद ही उनके स्थानान्तरण का फ़रमान आ चुका था। थोड़ी भागा दौड़ी के बाद के बाद उन्हें पाण्डेपुर से पच्चीस किलोमीटर दूर एक सामुदायिक

स्वास्थ्य केन्द्र पर तैनाती मिल गयी।

रविन्द्र डॉक्टर एक होनहार और कुशल फार्मासिस्ट थे वे इमर्जेन्सी केस को बहुत ही तन्मयता से डील करते थे और अधिकांश मरीज़ों को जीवनदान मिल भी जाता था। जबकि बाक़ी डॉक्टर एम्बुलेंस को देखते ही घबड़ा जाते और सरकारी ढंग से ज़िला अस्पताल या मेडिकल कॉलेज रेफर कर देते थे। रविन्द्र डॉक्टर के इस सेवाभाव और पराक्रम से कई मरीज़ उन्हीं के इर्द-गिर्द घूमने लगे थे।

अब रात्रि इमरजेन्सी के दिन वह छोटे ऑपरेशन भी करने लगे थे। इस कार्य में उनका सारथी अस्पताल का वार्डब्याय था जो केस लाता था और सुबह सात बजे ही मरीज़ को डिस्चार्ज कर दिया जाता था। दोनों लोग मिल-बाँटकर कमाने लगे। इसकी भनक अधीक्षक को लग गयी। फिर क्या था अधीक्षक महोदय भी साझीदार बनने के लिए व्यग्र हो गये। बात बढ़ती गयी। इस पूरे विवाद में रविन्द्र डॉक्टर का तर्क यह था कि यदि आप हमें दिन में भी ओ0टी0 में जाने का परमीशन दे दें तों हम सोचेंगे क्योंकि जिस प्रकार से वह लोग रात्रि में आपरेशन कर रहे थे उसमें पूरे सप्ताह में दो तीन केस ही हो पाते थे सो अधीक्षक साहब को देने के बाद बचता ही क्या।

अधीक्षक साहब का तर्क था कि इस अस्पताल पर पहले से ही एक जनरल सर्जन पोस्ट है तो आप लोगों को ऑपरेशन का अधिकार ही नहीं है। फिर भी आप लोग इल्लीगल काम कर रहे हैं। इस बात पर रविन्द्र डॉक्टर बोले कि जब आज तक किसी व्यक्ति ने कोई कम्प्लेन ही नहीं किया तो आप कैसे कह सकते हैं कि मैं इल्लीगल काम करता हूँ।

इसी क्रम में एक दिन वार्डब्वाय ने अधीक्षक साहब को अकेले में समझाया - साहब! सर्जन साहब तो बस कहने के सर्जन हैं, जिसका एक बार बवासीर का ऑपरेशन कर दिये वह आज तक अस्पताल ही दौड़ रहा है। सर्जन साहब का न जाने कितना बिगड़ा केस तो चीफ साहब ने दोबारा ऑपरेट करके ठीक किया है। महीना बीत जाता है सर्जन साहब अस्पताल पर एक ऑपरेशन नहीं पाते हैं। चीफ साहब बहुत अनुभवी व्यक्ति हैं। अधीक्षक साहब वार्ड व्वाय की बात बहुत ध्यान से सुन रहे थे सो सारा माज़रा सुनने और समझने के बाद वे इस निष्कर्ष पर पहुँचे कि सर्जन साहब को प्रताड़ित करके भगा देना है क्योंकि उसके रहते ओ0टी0 का चार्ज चीफ साहब को नहीं दिया जा सकता है। सो अब अधीक्षक

साहब सुबह साढ़े सात बजे अस्पताल पर आ जाते और हाज़िरी रजिस्टर को अपने कमरे में मँगा लेते। अब जो भी व्यक्ति थोड़ा भी लेट से आता उसे अधीक्षक साहब के सामने पेश होना पड़ता और समय भी अंकित करना पड़ता। एम0डी0साहब तो नित्य समय से आते क्योंकि उनके मरीज़ ढेर सारे थे, बाक़ी डॉक्टर भी आठ बजे के आसपास आते थे। बस सर्जन साहब ही दस बजे आते थे। सो अब टोका-टाकी प्रारम्भ हो गयी। इधर अधीक्षक साहब सर्जन साहब की इमरजेन्सी ड्यूटी भी हफ़्ते मे दो दिन लगा दिये। अब सर्जन साहब को अस्पताल पर ही दो रात्रि गुज़ारना पड़ता। अब तो सर्जन घूम-घूमकर अधीक्षक साहब की कार्यप्रणाली की समीक्षा बतियाने लगे परन्तु काम नहीं बना सो अन्त में उन्होंने अपने स्थानान्तरण का मन बना लिया और इस कार्य में लग गये।

इसी बीच चीफ़ साहब के पैर में एक घाव हो गया था जो ठीक ही नहीं हो रहा था सो सुगर चेक करना पड़ा। शंका सही साबित हुई। सुगर दो सौ पचास निकला। अब चीफ़ साहब घबड़ा गये और रिपोर्ट लेकर सीधे एम0डी0 साहब के कमरे में गये। एम0डी0 साहब ने ब्लड प्रेशर भी नापा तो ब्लड प्रेशर भी थोड़ा बढ़ा हुआ था सो एम0डी0 साहब ने हँसते हुए उन्हें दवा लिख दिया और चलते समय बोले कि चीफ़ साहब ज़्यादा तनाव मत लिया कीजिए।

इस घटना के ठीक एक महीने के बाद सर्जन साहब का स्थानान्तरण हो गया। इसके बाद तो चीफ़ साहब अधीक्षक के शागिर्द ही बन गये। प्रतिदिन अस्पताल पर हाइड्रोसील, बवासीर, हार्निया आदि का आपॅरेशन होने लगा। कमाई बढ़ गयी। दिन के समय अधीक्षक साहब भी ओ0टी0 में जाकर हाथ बँटाने के नाम पर क़ैची से टाँके का धागा काट देते थे। आख़िर हिस्सेदार भी तो थे।

अधीक्षक साहब के इस पराक्रम पर वार्ड ब्वाय केवल मुस्कुराता भर था और चीफ़ साहब उसे बस शान्त कराते रहते।

इधर रविन्द्र डॉक्टर के बड़े लड़के के दिमाग़ में नई खिचड़ी पक रही थी। उसे मालूम चल गया था कि पापा के खाते में चौदह लाख रुपया आ गया है सो अब वह सुलेखा जी से प्रतिदिन गोरखपुर में ही ज़मीन ख़रीदने के लिए कहने लगा। सुलेखा जी ज़मीन, खेत, सोना के महत्त्व को बख़ूबी समझती थीं। दरअसल कनकलता ने पति कुलभूषण को अच्छी तरह से समझा दिया था कि पापाजी का पैसा कहीं लगा दो नहीं तो पापा सारा पैसा चन्द्रभूषण, रमापति और

सभापति की पढ़ाई के नाम पर ख़र्च कर देंगे और हम लोगों को उसमें से कुछ भी नहीं मिलेगा।

जब एक दिन रविन्द्र डॉक्टर गोरखपुर आवास पर आये तो भोजन के बाद अन्तःपुर में सुलेखा जी ने ज़मीन वाली बात पति महोदय के समक्ष रखी। चूँकि रविन्द्र डॉक्टर भी जीवन भर खेत, ज़मीन ही खरीदते रहे थे सो उन्होंने मूक समर्थन दे दिया। दूसरे दिन सुबह जब पूरा परिवार साथ में बैठकर ज़मीन की चर्चा में मशग़ूल था तभी कुलभूषण का साला डब्लू भी आ गया। जब चर्चा चल रही थी उसी बीच डब्लू ने कह दिया कि पापाजी! ज़मीन विकास प्राधिकरण की ही लीजिएगा। थोड़ा महँगा तो पड़ेगा परन्तु कोई लफड़ा नहीं रहेगा।

डब्लू के इस सुझाव पर सभी लोग गम्भीरता से विचार करने लगे। अन्त में विकास प्राधिकरण की ज़मीन पर ही सभी सदस्यों का मन बन गया। इसकी ज़िम्मेदारी भी कुलभूषण के कन्धों पर ही थी सो कुलभूषण इस काम में तन-मन से लग गया। दस दिनों बाद ही दैनिक अख़बार में विकास प्राधिकरण की बिकाऊ ज़मीन का विज्ञापन आ गया। यह ज़मीन भी उसके आवास से मात्र दो किलोमीटर की दूरी पर ही थी। कुलभूषण सम्बन्धित प्रापर्टी डीलर के पास गया और ज़मीन के विषय में बात प्रारम्भ कर दिया। प्रापर्टी डीलर ने रेट ग्यारह सौ रुपया प्रति वर्ग फुट का रेट बताया तो कुलभूषण बिदक गया और बोला कि इसमें मेरा क्या होगा।

प्रापर्टी डीलर भौचक-सा होकर पूछ बैठा- ज़मीन अपने लिए चाहिए या किसी को खरीदवाना है। प्रापर्टी डीलर के इस प्रश्न पर कुलभूषण बोला - समझिए कि घर में ही ख़रीदवाना है, परन्तु मेरा हिस्सा अलग से होगा। कुलभूषण के इस प्रश्न पर प्रापर्टी डीलर ने समझाते हुए कहा कि भाई साहब ग्यारह के ऊपर आप जो भी दिलवा देंगे वह आपका होगा।

कुलभूषण प्रापर्टी डीलर से बाहर सौ का रेट बोलने के लिए कहकर घर चला आया। घर आकर उसने सर्वप्रथम माता सुलेखा को ज़मीन के विषय में विस्तार से बताया फिर दूसरे दिन वह पाण्डेपुर पापाजी को समझाने गया। कुलभूषण की सभी बातों को रविन्द्र डॉक्टर ने ध्यान से सुना। ज़मीन का कुल क्षेत्रफल तीन हज़ार वर्ग फुट था और प्लाट दक्षिण मुखी था। दक्षिण मुखी के नाम पर रविन्द्र डॉक्टर थोड़ा ठिठके, परन्तु थोड़ी देर बार स्वयं ही बोले कि आख़िर हर जगह तो दक्षिण मुखी मकान बने हैं और लोग सुख से रह भी रहे हैं।

इसके बाद पैसे पर मन्थन होने लगा। रविन्द्र डॉक्टर ने कुलभूषण को जोड़कर बता दिया कि मेरे पास कुल बारह लाख बचा है अब बात बाक़ी पैसों की थी। अन्त में पिता-पुत्र इस निष्कर्ष पर पहुँचे कि रविवार को प्रापर्टी डीलर से मिला जाय उसके बाद ही सही निर्णय हो पाएगा। सो रविवार को रविन्द्र डॉक्टर सुबह सात बजे पाण्डेपुर से गोरखपुर के लिए प्रस्थान कर दिये और उसी दिन ठीक दस बजे दोनों पिता-पुत्र प्रापर्टी डीलर के ऑफिस पर पहुँच गये। ऑफिस तो खुला था परन्तु मुख्य कुर्सी ख़ाली पड़ी थी। कुलभूषण ने तुरन्त प्रापर्टी डीलर को फोन मिलाया तो पता चला कि वह दस मिनट में ऑफिस पहुँच जाएँगे। अभी दोनों लोग बाहर ही खड़े होकर विचारमग्न थे कि एक लड़का आया और दोनों लोगों को ऑफिस के भीतर बैठने का आग्रह करने लगा। खैर रविन्द्र डॉक्टर और कुलभूषण कार्यालय के भीतर जाकर बैठ गये। लड़के ने टी0वी0 चला दिया और रिमोट कुलभूषण के हाथ में देते हुए बाहर चला गया। पाँच मिनट बाद वह एक मिनरल वाटर के बोतल के साथ वापस आया और ऑफिस में रखे फ्रिज़ के अन्दर से मिठाई निकालकर टेबिल पर रख गया, फिर दो गिलास पानी भी। जल ग्रहण करने के बाद रविन्द्र डॉक्टर ऑफिस के लड़के से बात करने लगे। लड़का भी अपना परिचय बता रहा था। तभी एक मोटा-तगड़ा व्यक्ति ऑफिस में घुसा और मुख्य आसन पर बैठ गया। कुलभूषण उसे पहले ही नमस्कार करता हुआ पिताजी का परिचय कराने लगा। आत्म-परिचय के बाद प्रापर्टी डीलर ने लड़के को कुछ इशारा किया और लड़का तीन कप कॉफी के साथ ऑफिस में आया। अब प्रापर्टी डीलर ने स्वयं के विषय में बोलना प्रारम्भ कर दिया था जैसे भाई-साहब! आप बैंक में जाकर हमारे बारे में पता कर सकते हैं कि हम लोग किस ईमानदारी से अपना काम करते हैं। मैं केवल साफ़-सुथरे प्रापर्टी में ही हाथ डालता हूँ फँसने और फँसाने वाला कोई काम नहीं है मेरे बारे में आप अपने परिचितों से भी पूछ सकते हैं।

इसके बाद वह कुलभूषण की ओर इशारा करते हुए बोला- भइया जी दो तीन दिन पहले ही आये थे। मैंने इन्हें सब कुछ साफ़-साफ़ बता दिया था। हाँ चलिए आप लोगों को ज़मीन दिखा देते हैं।

इसके बाद तीनों लोग बाहर निकल आये। प्रापर्टी डीलर ने अपनी चार पहिया गाड़ी का दरवाज़ा खोलते हुए बोला कि चलिए इसी से चलते हैं। इसके बाद तीनों भद्रजन निर्धारित स्थान पर पहुँच गये। प्लाट की चौड़ाई पचास और लम्बाई साठ फुट थी। सामने चालीस फुट चौड़ी रोड, उसके बाद पार्क। कुल

मिलाकर आदर्श स्थिति थी। रविन्द्र डॉक्टर रोड से उतरकर ज़मीन के अन्तिम छोर तक गये, उसके बाद पूछ बैठे कि इस ज़मीन का मालिक कौन है? प्रापर्टी डीलर ने बोलना प्रारम्भ किया- सर! यह जमीन एक इंजीनियर थे सिंचाई विभाग के रामजी प्रसाद, उन्हीं की है। दरअसल प्रसाद जी अब नोएडा में रहते हैं उनका मकान भी था जिसको मैंने ही ख़रीदा और अब बस यही एक ज़मीन है। प्रसाद जी बहुत जी सज्जन व्यक्ति हैं। रविन्द्र डॉक्टर पुनः बोले-प्रसाद जी से मुलाक़ात कैसे होगी?

रविन्द्र डॉक्टर के प्रश्न पर प्रापर्टी डीलर व्यंग्यात्मक लहजे में बोला- समझिये रजिस्ट्री के दिन।

रविन्द्र डॉक्टर उसके उत्तर से संतुष्ट नहीं हुए और पुनः बोले कि कम से कम ज़मीन के मामले में मैं एक बार तो उनसे मिलना चाहूँगा ही।

रविन्द्र डॉक्टर की इस बात पर प्रापर्टी डीलर हँसते हुए बोला कि भाई साहब आप जो समझ रहे हैं वैसा कुछ भी नहीं है। विकास प्राधिकरण का प्लाट है इसमें कोई विवाद भी नहीं होना है। समझिये कि दक्षिण मुखी होने के कारण इसका दाम कम हो गया है नहीं तो आज प्राधिकरण की ज़मीन दो हज़ार के नीचे नहीं है। तब कुलभूषण पूछ बैठा कि इस ज़मीन पर बैंक का लोन तो हो जाएगा?

प्रापर्टी डीलर ने कुलभूषण को समझाते हुए कहा- आप हाँ कीजिए, कुछ एडवांस कर दीजिए, अपना पेपर मेरे पास छोड़ जाइए, एक सप्ताह में आपका लोन हो जाएगा उसके बाद तुरन्त रजिस्ट्री।

इसके बाद तीनों लोग पुनः ऑफिस पर लौट आये। ऑफिस पर एक-एक कप चाय के साथ यह तय हुआ कि दो लाख रुपया एडवांस के साथ कुलभूषण और प्रापर्टी डीलर नोएडा जाएँगे।

चलते समय जब रविन्द्र डॉक्टर ने नोएडा के टिकट के लिए दो हज़ार रुपया देना चाहा तो उसने उनका हाथ रोक दिया और बोला- सर क्या छोटी-छोटी बात करते हैं। कुलभूषण भइया को मैं अपने साथ ले जा रहा हूँ आप ख़र्चा पानी की चिन्ता छोड़ दीजिए।

इसके बाद आत्म-विभोर रविन्द्र डॉक्टर कुलभूषण की मोटर साइकिल पर बैठकर घर चले आये।

निश्चित दिन कुलभूषण और प्रापर्टी डीलर नोएडा के लिए प्रस्थान किये।

रास्ते भर प्रापर्टी डीलर कुलभूषण की भरपूर सेवा करता रहा और कुलभूषण के मिज़ाज को पढ़ता भी रहा। नोएडा में एक होटल के कमरे में दोनों व्यक्ति प्रातःकाल की दिनचर्या से निवृत्त होकर नियत स्थान पर ज़मीन मालिक के आवास पर पहुँच गये। ज़मीन मालिक ने दोनो ही व्यक्तियों का बहुत आत्मीयता से स्वागत किया और उसकी पत्नी तो सामने आते ही यहीं से प्रारम्भ हुई कि मैं तो आपको फ़ोन मिलाने ही वाली थी।

इसके बाद प्रारम्भिक हालचाल के बाद कुलभूषण ने पैसा निकालकर टेबिल पर रख दिया। थोड़ी देर बाद ज़मीन मालिक दोनों व्यक्तियों को भोजन के लिए डाइनिंग टेबिल की ओर ले गया। अब बात केवल ज़मीन के विषय में ही हो रही थी। दस मिनट बाद सभी लोग भोजन में व्यस्त हो गये। चलते समय प्रापर्टी डीलर से ज़मीन मालिक ने समझाते हुए कहा कि रजिस्ट्री के समय मुझे पन्द्रह दिन पहले सूचित कर दीजिएगा, क्योंकि ट्रेन में रिज़र्वेशन बहुत मुश्किल से मिलता है।

होटल के कमरे पर पहुँचकर प्रापर्टी डीलर ने व्हिस्की की बोतल खोल दिया और आज कुलभूषण ने भी लिया। इसके बाद दोनों व्यक्ति सो गये क्योंकि ट्रेन तो रात में थी। दूसरे दिन दोनों लोग गोरखपुर वापस आ गये थे। रास्ते में प्रापर्टी डीलर ने कुलभूषण से कह दिया था कि मित्र थोड़ा और कमाना हो तो बता देना। इस बात पर कुलभूषण मुस्कुराकर रह गया था।

इसके बाद रविन्द्र डॉक्टर के नाम से लोन की प्रक्रिया प्रारम्भ हो गयी। प्रापर्टी डीलर ने जीवन बीमा निगम से ज़मीन पर तीस लाख का ऋण भी दिला दिया।

अब बात रजिस्ट्री की आ गयी सो रविन्द्र डॉक्टर ने बाक़ी दस लाख रजिस्ट्री के दिन ही देने का फैसला किया परन्तु इसके लिए प्रापर्टी डीलर का तर्क यह था कि इतनी बड़ी रक़म ज़मीन मालिक अपने साथ नहीं ले जा पाएँगे। अन्त में निश्चित हुआ कि बाक़ी दस लाख रजिस्ट्री के एक दिन पहले ज़मीन मालिक के खाते में ट्रान्सफर हो जाएगा।

प्रापर्टी डीलर ने सब पक्का कर दिया। रजिस्ट्री की तारीख़ भी फाइनल हो गयी। अब रजिस्ट्री के ख़र्च के लिए रक़म की व्यवस्था करने की बात थी। रविन्द्र डॉक्टर ने तो हाथ खड़े कर दिये। तब कुलभूषण ने तीन लाख रुपया की व्यवस्था कर दिया यह कहते हुए कि मैंने कनकलता का गहना

एच0डी0एफ0सी0 बैंक में गिरवी रख दिया है। जब कि सारा पैसा तो कनकलता ने ही दे दिया था।

ख़ैर रजिस्ट्री के एक दिन पहले प्रापर्टी डीलर ने बाक़ी दस लाख अपने खाते में ट्रान्सफर करवा लिया यह कहते हुए कि पूरा पैसा एडवांस करना ठीक नहीं है। कचहरी से स्टाम्प पेपर भी पूरा ढाई लाख का ख़रीद लिया गया, परन्तु निश्चित दिन ज़मीन मालिक नहीं आया तो रविन्द्र डॉक्टर भी घबड़ा गये। अब वह सुबह शाम प्रापर्टी डीलर को फोन करने लगे। एक सप्ताह का समय निकल गया। चिन्ताएँ बढ़ने लगीं। प्रापर्टी डीलर भी अपनी मजबूरी बताने लगा कि मैंने तो तीन लाख पार्टी को एडवांस देकर रखा हुआ है।

ठीक आठवें दिन प्रापर्टी डीलर की ओर से ख़बर आयी कि ज़मीन मालिक की पत्नी तभी रजिस्ट्री करेंगी जब तक कि उनके खाते में दो लाख और नहीं डाल दिया जाएगा। शायद गोरखपुर के उनके रिश्तेदार ने उन्हें सचेत करते हुए कहा था कि आप ज़मीन बहुत सस्ता बेच रही हैं। अब तो बात प्रतिष्ठा की थी सो रविन्द्र डॉक्टर ने दो लाख रुपये का और व्यवस्था किया, तब जाकर ज़मीन का बैनामा हो पाया। दरअसल बाद वाले दो लाख में प्रापर्टी डीलर और कुलभूषण का आधा-आधा हिस्सा था। इस पूरे खेल में कुलभूषण ने कुल चार लाख रुपया बनाया था। अभी कनकलता का गहना भी छुड़ाना था सो छह महीने बाद रविन्द्र डॉक्टर ने साढ़े तीन लाख रुपया कुलभूषण को देकर कनललता का गहना भी छुड़ाया तब जाकर कनकलता की आत्मा को शान्ति मिली।

सुलेखा जी चन्द्रभूषण के विवाह को लेकर बीमार रहने लगीं, उन्हें भी हाई ब्लडप्रेशर हो गया। एक दिन वह चक्कर खाकर गिर भी गयीं। रविन्द्र डॉक्टर पाण्डेपुर से भागे-भागे आये और पैथालॉजी में ले जाकर पूरा चेक-अप कराये। तब पता चला कि सुगर भी दो सौ बीस है। खैर रविन्द्र डॉक्टर ने स्वयं ही दवा देना प्रारम्भ कर दिया।

दो महीने बीत गये। जब गर्मियों की छुट्टी हुई तो चन्द्रभूषण गोरखपुर आया। इस बार रविन्द्र डॉक्टर उसे यही समझाते रहे कि तुम्हारी मम्मी की तबियत ठीक नहीं रह रही है इसलिए तुम्हारी मैं किसी योग्य लड़की से विवाह करने की सोच रहा हूँ। इस बात को सुनने के बाद चन्द्रभूषण एक वर्ष का समय और माँगने लगा ताकि कोई सरकारी नौकरी मिल जाए। अभी यही सब वार्तालाप चल रहा था कि सभापति का हाईस्कूल का परीक्षा-परिणाम आ गया।

सभापति तृतीय श्रेणी में किसी तरह उत्तीर्ण हो गया था। सभापति के इस पराक्रम से पूरा परिवार ही क्षुब्ध था। किसी को कुछ नहीं समझ आ रहा था, सो रविन्द्र डॉक्टर एक बार पुनः सभापति के लिए ज्ञान प्रकाश जैसे शिक्षाविद् की शरण में जा पहुँचे।

ज्ञान प्रकाश उस समय हाईस्कूल का अंकपत्र बाँटने में व्यस्त था। उसके कार्यालय पर भारी भीड़ जमा थी। इस वर्ष उसने हाईस्कूल और इण्टर के सत्रह सौ बच्चों का फार्म भरवाया था। इसी कार्य को सम्पादित करने के लिए उसने पाण्डेपुर बाज़ार में ही एक किराये का कमरा ले रखा था जिसे वह कार्यालय कहता था।

एक सप्ताह बाद रविन्द्र डॉक्टर जब ज्ञान प्रकाश को सन्देशा भेजकर अस्पताल पर बुलवाये तो ज्ञान प्रकाश भी सभापति का अंकपत्र देखकर अपना सिर फोड़ने लगा। वह रविन्द्र डॉक्टर को समझाते हुए बोला- डॉक्टर साहब! तृतीय श्रेणी का कोई मतलब नहीं होता है आप इस वर्ष पुनः सभापति को हाईस्कूल का फार्म भरवा दीजिए मैं प्रथम श्रेणी में पास कराने की गारण्टी ले रहा हूँ। इस वर्ष मेरे यहाँ से केवल एक लड़का ही द्वितीय श्रेणी में पास हुआ है, नहीं तो बाक़ी सभी प्रथम श्रेणी में उत्तीर्ण हैं।

रविन्द्र डॉक्टर भी उससे सहमति जताते हुए इस कार्य की फीस पूछ बैठे।

तभी ज्ञान प्रकाश कुर्सी से खड़ा हो गया और बोला कि डॉक्टर साहब आप भी छोटी-छोटी बात करते हैं घर की बात है जो समझिएगा दे दीजिएगा।

इसके बाद ज्ञान प्रकाश चला गया। इसी बीच रविन्द्र डॉक्टर के ही विभाग का एक सजातीय वार्ड ब्वाय था जो चन्द्रभूषण के विवाह के लिए उत्सुक था।

रविन्द्र डॉक्टर के लड़के तो वार्डब्वाय से सहमत नहीं थे, परन्तु रविन्द्र डॉक्टर उसकी मेधावी लड़की को देख रहे थे। उसकी लड़की एम0ए0 बी0एड0 करके एक सरकारी प्राथमिक विद्यालय में संविदा पर प्रेरक पद पर कार्यरत थी। लड़की हाईस्कूल से लेकर एम0ए0 तक प्रथम श्रेणी में उत्तीर्ण थी। रविन्द्र डॉक्टर अपने बच्चों की क़ाबिलियत से भली-भाँति परिचित थे इसीलिए वह एक क़ाबिल लड़की चाहते थे। सुलेखा जी बच्चों की बातों में थीं और बार-बार दहेज़ की बात कर ही रही थीं। सो रविन्द्र डॉक्टर ने पशुपति भाई को बुलाकर मन्त्रणा प्रारम्भ कर दिया। पशुपति भाई ने तो रविन्द्र डॉक्टर से साफ

शब्दों मे कह दिया कि डॉक्टर बहुत नुक्ताचीनी करोगे तो लड़कों का विवाह ही नहीं हो पाएगा पूरे क्षेत्र में आपके बच्चों की कितनी प्रतिष्ठा है आप जानते ही हैं।

इसके बाद रविन्द्र डॉक्टर ने भी सुलेखा जी को साफ़ शब्दों मे कह दिया कि ज़्यादा छाँट-बीन करने का समय नहीं है, लड़की अच्छी है सरकारी नौकरी भी पा जाएगी आख़िर कुलभूषण की शादी भी तो बिना दहेज़ की ही हुई थी। बस कनकलता को देखकर विवाह हो गया। देखो आज कम से कम कनकलता कमा तो रही है।

इसके बाद सुलेखा जी भी सोचने पर मजबूर हो गयीं। एक महीने के ऊहा-पोह के बाद सभी लोग एक मत हो गये और चन्द्रभूषण का विवाह वार्डब्वाय की लड़की से फाइनल हो गया। विवाह में वार्डब्वाय ने चार लाख रुपया दहेज देने का वचन भी दे दिया सो बात काफी हद तक सुलझ गयी थी। विवाह की तिथि पर बात अटक गयी थी क्योंकि रमापति का बी0टेक0 फाइनल की परीक्षा तीन महीने बाद थी सो विवाह को चार महीने बाद रखा गया। इस बीच दोनों पक्षों को भरपूर तैयारी का मौक़ा भी मिल गया था।

इसी बीच होली की छुट्टी में रमापति घर आया था। उसके साथ उसके अन्य मित्र भी आये थे। होली के तीसरे दिन रात दस बजे रविन्द्र डॉक्टर के पास गोरखपुर के एक थाने से पुलिस का फोन आया कि आपका लड़का तीन अन्य लड़कों के साथ शराब के नशे में पकड़ा गया है। दरअसल हुआ यह था कि रमापति तीन दोस्तों के साथ मोहल्ले की ही एक पुलिया पर बैठकर सिगरेट फूँक रहा था और वे सभी आपस में ज़ोर-ज़ोर से विवाद भी कर रहे थे तभी उधर से सम्बन्धित थाना के प्रभारी गश्त पर जा रहे थे। जब उन्होंने उन लड़कों को देखा तो उनके पास गये। जब सिपाहियों ने उनसे बात करना प्रारम्भ किया तो उनके मुँह से शराब की गन्ध भी आ रही थी। सो थानाध्यक्ष ने चारों लड़कों को गाड़ी में बैठाकर थाने लाकर लॉकअप में बन्द कर दिया था।

फोन पर बात करने के बाद रविन्द्र डॉक्टर ने तुरन्त कुलभूषण को फोन मिलाया। कुलभूषण शयन-कक्ष में जाने की तैयारी कर रहा था। माता सुलेखा को भी इस बात की भनक लग गयी। पूरे घर में बेचैनी व्याप्त हो गयी। आनन-फ़ानन में सुलेखा जी कुलभूषण को साथ लेकर मोटरसाइकिल से थाने चली गयीं और थानेदार से रमापति को छोड़ देने की गुहार लगाने लगी। सुलेखा जी थानेदार को यह भी समझाने का प्रयास कर रही थीं कि यदि इन बच्चों पर पुलिस

केस हो जाएगा तो इनका जीवन भी बरबाद हो जाएगा।

अभी सुलेखा जी अपनी बात रख ही रही थीं कि अन्य तीनों लड़कों के परिजन भी आ गये। क़रीब एक घण्टे के वार्तालाप के बाद थानेदार ने इस आश्वासन पर उन चारों का छोड़ा कि फिर कभी ये दिखाई दे गये तो इनका चालान कर दूँगा।

ख़ैर चलते समय चारों अभिभावकों ने मिल-मिलाकर पाँच हज़ार रुपया थानेदार के बग़ल में बैठे दीवान साहब को पकड़ा दिया।

इस पूरे घटनाक्रम के दरम्यान रविन्द्र डॉक्टर फ़ोन पर बने रहे। खैर घर पहुँचकर सुलेखा जी ने रविन्द्र डॉक्टर से फ़ोन पर आधा घण्टा बतियाया। दूसरे दिन ही रमापति को ट्रेन में बिठा दिया गया।

अब पुनः चन्द्रभूषण के विवाह की तैयारी में पूरा घर व्यस्त हो गया। लड़की देखने का कार्यक्रम करना था सो एक दिन के लिए चन्द्रभूषण को बुलाया गया। गोरखनाथ मन्दिर में ही पूरी व्यवस्था की गयी। मन्दिर प्रांगण में एक धर्मशाला है जिसे किराये पर लिया गया। भोजन की व्यवस्था लड़की-पक्ष द्वारा किया गया था। पशुपति भाई मुख्य अभिभावक की भूमिका में थे। रविन्द्र डॉक्टर सपत्नी उपस्थित थे। चारों लड़के भी उपस्थित थे। चारों लड़कों ने महँगे सूट ख़रीद रखे थे। कुलभूषण तो अपने पूरे परिवार के साथ था। आज कुलभूषण ने टाई भी बाँध रखा था। कनकलता भी अपनी बनारसी साड़ी पहनकर आयी थीं। चन्द्रभूषण, रमापति और सभापति ने आधुनिक ढंग का कढ़ाईदार सूट पहन रखा था। सम्भवतः वह सूट दिल्ली से ख़रीदा गया था। पूरा प्रांगण हीत-मित्रों से भरा पड़ा था। रविन्द्र डॉक्टर के पक्ष से कुल अड़तीस लोग थे और लड़की-पक्ष से पैंतीस लोग थे। सुलेखा जी तो लड़की पक्ष के लोगों से ही अपना बखान बतियाती रहीं। उनके चारों लड़के तो राम, लक्ष्मण, भरत शत्रुघ्न की तरह ही प्रतापी और आज्ञाकारी हैं। उनके बच्चे कभी भी उनकी बात को काटते नहीं हैं। सुलेखा जी यही सब सभी को समझाती रहीं।

खैर इसी बीच थोड़े मन्त्रोच्चारण के बीच गोदभराई का कार्यक्रम सम्पन्न हो गया। इसके बाद सभी लोग भोजन पर टूट पड़े। भोजन के बाद सभी लोग अपने-अपने गंतव्य की ओर प्रस्थान कर गये।

केवल रविन्द्र डॉक्टर का परिवार और वार्ड ब्वाय का परिवार ही रुके रहे

क्योंकि सुलेखा जी की इच्छा थी कि वे अपनी बहू के साथ मन्दिर में दर्शन करें। सो दोनों पक्ष के लोग साथ-साथ दर्शन आदि किये। उसके बाद दोनों पक्ष एक दूसरे से विदा लिये। चलते समय चन्द्रभूषण ने एक छोटा-सा पैकेट अपनी होने वाली पत्नी को दिया। बाद में पता चला कि उसमें एक स्मार्टफोन था जो वह दिल्ली से ख़रीदकर लाया था।

विवाह की तिथि तीन महीने बाद रखी गयी थी। रविन्द्र डॉक्टर के चारों लड़के बहुत उत्साहित थे। चन्द्रभूषण ने तो दिल्ली प्रस्थान के पहले माता सुलेखा के कान में यह भी कहा कि पापा थोड़ी मदद कर देते तो मैं एक कार ख़रीद लेता नहीं तो विवाह में लोग क्या कहेंगे कि एम0टेक0 लड़के को कुछ भी नहीं मिला। यह बात सुलेखा जी को जम गयी और उन्होंने पति महोदय को समझाना प्रारम्भ कर दिया। रविन्द्र डॉक्टर भी बिलख-बिलखकर समझाते रहे कि आख़िर इतना पैसा कहाँ से आएगा? चार लाख तो लड़की का सामान ख़रीदने में समाप्त हो जाएगा, बाक़ी सब मुझे ही देखना है। लड़के अपनी-अपनी मनमानी पर आतुर हैं। भला बैन्ड बाजा पचास हज़ार में तय करना कहाँ की बुद्धिमानी है? अपने गाँव में राशिद का बैन्ड बाजा है सस्ते में काम हो जाता, परन्तु ये सब कुछ सुनने को तैयार ही नहीं हैं।

सुलेखा जी भी रविन्द्र डॉक्टर के एक-एक पैसे का हिसाब रखती थीं सो पूछ बैठी कि अभी तो गन्ने का तीन लाख भी आएगा। इन शब्दों पर तो रविन्द्र डॉक्टर आगबबूला हो गये और बोले कि अब तो आप खेती का भी हिसाब रखने लगी हैं। सारा पैसा उड़ा दिया जाए ताकि मुसीबत में एक भी रुपया पास में न रहे। इससे अच्छा तो लड़कियाँ ही होतीं, कम से कम एक बार विवाह करके हम लोग चैन से तो रहते इन निकम्मों को सँभालते-सँभालते ही मैं मर जाऊँगा।

रविन्द्र डॉक्टर के इन शब्दों पर तो सुलेखा जी भी उग्र हो गयीं और अपने दोनों हाथों को भाँजते हुए बोलीं- जिसके पास केवल लड़कियाँ ही हैं उनसे पूछिए बुढ़ापे में एक गिलास पानी देने वाला कोई नहीं मिलेगा आपके पास तो चार सुन्दर स्वस्थ बच्चे हैं, आपको तो स्वयं को भाग्यशाली समझना चाहिए। आइन्दा मेरे सामने यह सब मत बोला कीजिएगा। आखिर किसके लिए कमा रहे हैं, सब कुछ इन्हीं सबों का तो है। इसके बाद किंकर्त्तव्यविमूढ़ रविन्द्र डॉक्टर अपने भाग्य को कोसते हुए पाण्डेपुर अस्पताल के लिए प्रस्थान कर दिये, मरीज़ों को लूटने के लिये।

बीस दिन बीत गये। सुलेखा जी के माध्यम से बच्चों ने प्रतिदिन एक नयी फ़रमाइश पेश करना प्रारम्भ कर दिया था। रविन्द्र डॉक्टर भी सुलेखा जी के सामने मजबूर थे सो सब कुछ पत्नी के मार्गदर्शन में ही होने लगा। करते-कराते विवाह के एक महीने पहले रविन्द्र डॉक्टर ने चन्द्रभूषण के बैंक खाते में भी दो लाख रुपया भेज दिया ताकि चन्द्रभूषण की प्रतिष्ठा बनी रहे। चन्द्रभूषण ने भी एक लाख बचाकर रखा था सो मारुति कम्पनी की स्विफ्ट कार ख़रीद ली गयी। जो रक़म अधिक हो रही थी उसका लोन हो गया। अब तो रविन्द्र डॉक्टर को मजबूरन इस प्रकरण को भी समाज में चन्द्रभूषण के पुरुषार्थ के रूप में पेश करना पड़ रहा था। सुलेखा जी भी चारों ओर यही कह रही थीं कि चन्द्रभूषण बाबू ने अपनी कमाई से कार ख़रीदा है। सभी लोग ऊहापोह में बात को आधा ही पचा पा रहे थे। ख़ैर तिलक के तीन दिन पहले चन्द्रभूषण अपनी कार में चार मित्रों के साथ गोरखपुर पहुँच गया। उसके मित्र भी पहुँचे हुए फ़क़ीर थे। सभी सुबह दस बजे तक सोते थे और उठते ही सिगरेट सुलगाकर शौचालय में जाते थे, फिर दिनचर्या प्रारम्भ होती थी। वह सब स्नान कब करते थे यह तो किसी ने नहीं देखा हाँ भोजन समय पर लेते थे। रात्रि में बारह बजे तक घूमते रहते। यह सब देखकर रविन्द्र डॉक्टर तो अपना आपा खोने लगे थे परन्तु सुलेखा जी के समझाने से शान्त बने रहे।

इसी बीच वार्डब्वाय समधी ने रविन्द्र डॉक्टर को ख़बर दिया कि तिलक में मुर्गा मछली अवश्य रहे ताकि उसकी प्रतिष्ठा बची रहे, क्योंकि लड़की-पक्ष से आने वाले लोग शाकाहारी भोजन के विरुद्ध थे।

इस बात पर रविन्द्र डॉक्टर बिफर पड़े और उसको फ़ोन करके बोले कि मुझे आपसे आदेश लेने की आवश्यकता नहीं है। आपके कहने से तो मैं मुर्ग़ा, मछली बनवाऊँगा नहीं तिलक मे शुद्ध शाकाहारी भोजन ही बनेगा समझे। आप अपने दरवाज़े पर जो मन करे वह बनवाइएगा मैं कोई हस्तक्षेप नही करूँगा। तब वार्डब्वाय समधी बोला- डॉक्टर साहब आजकल कोई भी प्रतिष्ठित व्यक्ति भला भिन्डी-भात खिलाता है? मुर्ग़ा, मीट, मछली ही आज की सामाजिक प्रतिष्ठा है। आधे से अधिक लोग शाकाहारी भोजन के नाम पर भोजन ही नहीं करते हैं।

इसके बाद रविन्द्र डॉक्टर उसे समझाते हुए बोले कि इसका ठीक उल्टा मेरे आगन्तुकों में है... यदि मांसाहार बन गया तो मेरे पक्ष के आधे से अधिक लोग भोजन की ओर देखेंगे भी नहीं अब आप मेरी बात समझ गये होंगे।

इसके बाद रविन्द्र डॉक्टर ने फ़ोन काट दिया। खैर तिलक का कार्यक्रम सम्मानित ढंग से सम्पन्न हो गया। इसके तीन दिन बाद विवाह का कार्यक्रम था सो रविन्द्र डॉक्टर गोरखपुर में ही जमे रहे क्योंकि सभी हित-रिश्तेदार भी आ-जा रहे थे। तिलक के तीसरे दिन रविन्द्र डॉक्टर और सुलेखा जी अपने मकान के बाहर गेट के पास कुर्सी पर बैठकर बातें कर रहे थे तभी उनके कानों में सारंगी की मधुर ध्वनि आयी जिसके साथ एक भजन भी सुनाई दे रहा था जिसके बोल थे प्रेम की बोली बोले रे सुगुना प्रेम की बोली बोल...

इस ध्वनि के कानों मे पड़ते ही सुलेखा जी कुर्सी से खड़ी होकर चारों ओर निहारने लगीं। तभी उन्हें दूर के मोड़ से योगी साधु आते हुए दिखायी दे गये अपनी मस्त धुन में। सुलेखाजी बड़बड़ाते हुए बोलने लगीं कि हे योगी बाबा आज हमारे दरवाजे पर ही आइएगा। वह मन से योगी बाबा के लिए प्रार्थना कर रही थीं और रविन्द्र डॉक्टर उन्हें अचम्भित से देख रहे थे। संयोग से योगी साधु सुलेखा जी के ही द्वार पर आकर रुके और गाने लगे राम की बोली बोल रे सुगुना राम की... सुलेखा जी तुरन्त योगी साधु से कुर्सी पर बैठने का आग्रह करने लगीं परन्तु वह तो योगी साधु था वहीं ज़मीन पर बैठ गया। सुलेखा जी तुरन्त घर के भीतर गयीं और एक बड़े परात मे चावल, दाल, आलू हरी सब्ज़ी, हल्दी नमक, सरसों का तेल इत्यादि सामान सजाकर प्रफुल्लित मन से बाहर आकर योगी साधु के समक्ष रख दी। योगी साधु भी उनके इस प्रेम के अतिरेक से बहुत प्रसन्न हुआ और बोला माता मुझे केवल दो जून की रोटी चाहिए, यह तो दो दिन की सामग्री है... देना ही है तो एक लालटेन दे दीजिए, रात में कुटिया में ढिबरी जलाकर अँजोर करना पड़ता है।

सुलेखा जी बोलीं हमारे धन्य भाग्य है कि आपका पाँव हमारे दुआर पर पड़ा इतनी छोटी चीज़ के लिए हमको सोचना थोड़े ही है। और इसके बाद सुलेखा जी ने रविन्द्र डॉक्टर की ओर देखा तो रविन्द्र डॉक्टर पर्स में से पचास की नोट निकालकर देने लगे। तभी सुलेखा जी झनकते हुए बोलीं कि पचास रुपये में लालटेन मिल जाएगा?

इसके बाद रविन्द्र डॉक्टर ने पूरा पर्स की उनके हाथ में दे दिया और सुलेखा जी ने एक सौ पचास रुपया पर्स से निकालकर योगी साधु के चरणों में रखकर चरण-स्पर्श कर लिया। इसके बाद योगी साधु ने ढेर सारा आशीर्वाद देते हुए वहाँ से प्रस्थान किया। योगी साधु के चले जाने के बाद सुलेखा जी रविन्द्र

डॉक्टर को समझाते हुए बोलीं आपको समाज और दुनिया के बारे में तो कुछ पता नहीं है। योगी साधु सब जगह भिक्षा नहीं माँगते हैं यह लोग केवल एक ही दरवाज़े पर जाते हैं। भिक्षा मिला तो ठीक नहीं तो ख़ाली हाथ अपने कुटिया में चले जाते है और भूखे ही सो जाते हैं। यह लोग अविवाहित होते हैं। यह लोग अपनी कुटिया का पता भी किसी को नहीं बताते हैं और आप उन्हें लालटेन के लिए पचास रुपया पकड़ा रहे थे, भिखमंगा समझ रखे थे क्या? भला पचास रुपये में लालटेन मिलता है। इसके बाद रविन्द्र डॉक्टर मुस्कुराते हुए सुलेखा जी को हाथ जोड़कर प्रणाम करने लगे।

योग और योगी का महात्म्य हिन्दू धर्म में उच्च स्थान को प्राप्त है। योग साधना से अपने ज्ञानेन्द्रियों पर अधिकार प्राप्त कर लेने वाले साधक को योगी कहा गया है। दुनिया के लाग-लपेट से दूर ईश्वर के भजन में तल्लीन और समाज के मार्गदर्शक के रूप में एक योगी अपना जीवन व्यतीत करता है। योग ही तपस्या का सारगर्भित रूप है। मानव जीवन की कठिनाइयों का समाधान ही योग है और उसका शिक्षक योगी है। जीवन को तप, ध्यान और दृढ़ता से जीने की कला ही योग है। सच्चे योगी की मस्ती तो देखते ही बनती है। रामधुन में अपनी सारंगी के तरानों के बीच बैठा योगी ही सच्चे अर्थों में जीवन के गूढ़ रहस्यों को समझ सकता है। ऐसे योग और उसके साधक को सुलेखा जी बार-बार धन्यवाद दे रही थीं।

चन्द्रभूषण का विवाह भी हो गया। सभी रिश्तेदार अपने-अपने घर लौट गये। चन्द्राभूषण दस दिनों तक गोरखपुर में ही रहा। रमापति भी दस दिनों तक गोरखपुर में ही रहा परन्तु इस बीच वह चार बार चन्द्रभूषण की ससुराल भी गया। बाद में पता चला कि उसने चन्द्रभूषण की पत्नी की चचेरी बहन पर डोरा डाल दिया है और उससे विवाह का वादा भी कर दिया है। खैर इसके बाद सभी बच्चे अपने-अपने गंतव्य की ओर चले गये।

चार महीने बाद रमापति बी0टेक0 की डिग्री लेकर गोरखपुर वापस चला आया। रमापति का बी0टेक0 में बहुत कम अंक था और उसे किसी कम्पनी में नौकरी मिलने की आशा भी नहीं थी। सो वह तमाम सरकारी नौकरी जैसे पुलिस, बैंक, रेलवे आदि में फार्म भरने लगा। रमापति सुबह उठकर दौड़ भी लगाता था। रमापति के इस परिश्रम को देखकर रविन्द्र डॉक्टर और सुलेखा जी उसके सुखद भविष्य के प्रति आशान्वित भी रहने लगे।

इसी बीच रविन्द्र डॉक्टर अवकाश प्राप्त हो गये। रविन्द्र डॉक्टर को अच्छा ख़ासा फण्ड भी मिला, जिससे उन्होंने अपने जमीन वाले लोन को समाप्त कर दिया और पाण्डेपुर में जमकर प्राइवेट प्रैक्टिस करने लगे। छह महीने बाद उन्होंने पूर्व में ख़रीदी गयी पाण्डेपुर वाली ज़मीन पर मकान भी बनवाना प्रारम्भ कर दिया। मकान भी बन गया और रविन्द्र डॉक्टर अब उसी मकान की ऊपरी मंजिल पर रहने लगे और नीचे की मंज़िल पर मेडिकल स्टोर के साथ-साथ पूरा अस्पताल का कार्य प्रारम्भ हो गया। मरीज़ों की भर्ती के लिए एक हॉल अलग से बनाया गया था।

चन्द्रभूषण की पत्नी चूँकि सरकारी स्कूल में संविदा पर प्रेरक के पद पर कार्यरत थी और पाण्डेपुर के निकट ही उसका विद्यालय था सो सुलेखा जी अपनी बहू के साथ पाण्डेपुर में ही रहने लगीं। चन्द्रभूषण की पत्नी रविन्द्र डॉक्टर की स्कूटी से ही स्कूल आती-जाती थी।

रमापति गोरखपुर में ही रहकर सुबह दौड़ लगाने लगा। पापाजी को कभी वह दारोग़ा बनने का दिलासा देता तो कभी कोई सरकारी अधिकारी। रमापित के भविष्य को देखते हुए रविन्द्र डॉक्टर और सुलेखा जी उसे मुँहमाँगा पैसा भी देते थे। इधर सभापति भी पाण्डेपुर में ही रहने लगा था। वह दिन भर दुकान पर बैठता था, जिससे उसका भी पॉकेट सदैव भरा रहता था। अब तो सभापति किताब को छूता भी नहीं था, हालाँकि रविन्द्र डॉक्टर उसे सदैव पढ़ने के लिए कहते रहते परन्तु सुलेखा जी बीच में हस्तक्षेप करते हुए कहतीं कि आपकी समझ में कुछ भी नहीं आता है, बताइए जो लड़का भला दिन भर दुकान पर बैठेगा वह घर आकर पढ़ाई भी कर लेगा? यह कैसे सम्भव है इसके बाद रविन्द्र डॉक्टर शान्त हो जाते।

एक दिन सभापति ज्ञान प्रकाश के कार्यालय पर परीक्षा के सम्बन्ध में ताज़ा जानकारी लेने गया था। वहाँ ज्ञान प्रकाश को पाँच लोग घेरकर कुछ वार्त्तालाप कर रहे थे। सभापति भी वहीं खड़ा होकर उनकी बात सुनने लगा। अन्त में उन लोगों की वार्तालाप का निष्कर्ष यह निकला कि यदि परिक्षार्थी परीक्षा देने में असमर्थ है तो उसकी कॉपी किसी अन्य व्यक्ति से लिखवानी पड़ेगी जिसका अलग से शुल्क लगेगा और यह रक़म ज्ञान प्रकाश के मुताबिक़ पाँच हज़ार होगी।

इसी बात पर सभी भद्रजन ज्ञान प्रकाश को समझा रहे थे कि पिछले वर्ष

यह काम तीन हज़ार में ही हुआ था। इसी बात पर ज्ञान प्रकाश कह रहा था कि पिछले वर्ष की बात कुछ और थी; इस वर्ष अधिकारी बदल गये हैं, नये ढंग से सेटिंग बिठानी पड़ रही है। पास कराई का रेट तो वही पुराना छह हज़ार ही है। यदि विद्यार्थी स्वयं परीक्षा में लिखेगा तो उसका छह हज़ार ही लगेगा। नकल-सामग्री पूर्व की भाँति उपलब्ध रहेगी।

इस बात पर चारों व्यक्ति उसे समझाते हुए दबाव बना रहे थे कि हम लोगों के पाँच परीक्षार्थी हैं और पाँचों बाहर कमाने गये हुए हैं उनमें से दो तो दुबई में कमा रहे हैं इसलिए हम लोग काम छुड़वाकर परीक्षा नहीं दिला सकते हैं इसलिए एक सम्मिलित भाव पन्द्रह हज़ार ले लो।

इस तर्क पर ज्ञान प्रकाश बिगड़ता हुआ बोला आपका लड़का कमा रहा है तब भी आपको पाँच हज़ार देने में इतनी परेशानी हो रही है और जो ग़रीब किसान है वह कहाँ से लाकर दे रहा है। जाइए कहीं और से अगले साल फार्म भरवा दीजिएगा हमसे नहीं हो पाएगा।

खैर अन्त में उन चारों व्यक्तियों को ज्ञान प्रकाश के आगे नतमस्तक होना पड़ा। उस दिन तो सभापति चुपचाप वापस लौट आया और उसके दूसरे दिन वह पुनः ज्ञान प्रकाश के कार्यालय पर गया। आज ज्ञान प्रकाश के पास दो अन्य लोग भी बैठे थे। ज्ञान प्रकाश, सभापति को देखते ही बोला कि आपका प्रवेश-पत्र आपके घर पहुँच जाएगा, आप निश्चिन्त रहिए।

तभी सभापति ने उसे इशारा करके बाहर बुलाया और थोड़ी दूर ले जाकर समझाते हुए बोला कि भइया मैं आपको पाँच हज़ार अलग से दूँगा परन्तु मुझे परीक्षा में बैठने को मत कहिएगा। सभापति की इस बात पर ज्ञान प्रकाश मुस्कुराते हुए बोला- आप तो उत्तीर्ण छात्र हैं आपको उत्तर पुस्तिका लिखने में क्या परेशानी? पूरी नक़ल सामग्री आपके सामने होगी कोई कुछ नहीं बोलेगा झूठ-मूठ में पाँच हज़ार ख़र्च करेंगे।

सभापति पुनः गिड़गिड़ाते हुए बोला- जानते ही हैं भइया, साल भर तो मैं दुकान पर ही रहा, अब लिखने की आदत छूट गयी है, आप पापा से कुछ मत कहिएगा, इसका मैं पाँच हज़ार दूँगा।

ज्ञान प्रकाश ने भी मुस्कुराते हुए उसको आशीर्वाद दे दिया। इसके तीन दिन बाद सभापति ने दुकान से पैसा निकालकर ज्ञान प्रकाश को दे दिया। इस

आग्रह के साथ कि आप पापा को कुछ नहीं बताएँगे।

परीक्षा का समय भी आ गया। रविन्द्र डॉक्टर सभापति से आग्रह करते रहे कि थोड़ा लिखने की तो प्रैक्टिस कर लो, परन्तु सभापति ने क़लम को छुआ तक नहीं। परीक्षा-केन्द्र पाण्डेपुर से पैंतीस किलोमीटर दूर था सो निर्धारित दिनों में सभापति परीक्षा काल के समय रविन्द्र डॉक्टर के सामने से ओझल हो जाता था। इसी प्रकार परीक्षा समाप्त भी हो गयी। रविन्द्र डॉक्टर भी अपने व्यापार में मशग़ूल रहे। बच्चे अपने शिक्षा के रथ को आगे बढ़ाते रहे।

रमापति भी नित्य नौकरी का फार्म भरता रहा और रविन्द्र डॉक्टर उसे भरपूर पैसा भी देते रहे। सुलेखा जी पाण्डेपुर से ही काजू, बादाम, छुहारा ख़रीदकर रमापति के पास भिजवा देती थी ताकि पुत्र तन्दुरुस्त रहे। इस प्रकार एक वर्ष का समय व्यतीत हो गया, परन्त रमापति को कहीं सफलता नहीं मिली। इसी बीच सभापति भी हाईस्कूल प्रथम श्रेणी में उत्तीर्ण हो गया। अब रविन्द्र डॉक्टर जल्द से जल्द सभापति को भी कोई उच्च-शिक्षा दिला देना चाहते थे। सुलेखा जी तो सभापति को अपने पापा के साथ ही लगाना चाहती थी, परन्तु सभापति डॉक्टरी लाइन के प्रति पूरी तरह से विमुख था सो अन्त में सभापति को मथुरा में पॉलीटेक्निक करने के लिए भेज दिया गया। रमापति प्रतियोगी परीक्षाओं की तैयारी में व्यस्त था। रविन्द्र डॉक्टर स्वयं अपने जीवन में सरकारी नौकरी को अधिक वरीयता देते थे सो वह भी रमापति के इस साहस से बहुत उत्साहित थे जिसका रमापति भरपूर फ़ायदा भी उठा रहा था। इसी दरम्यान रमापति का कई परीक्षा परिणाम भी आ गया। रमापति ने एक बीमा कम्पनी में लिखित परीक्षा उत्तीर्ण कर लिया था सो दो महीने बाद साक्षात्कार था।

रविन्द्र डॉक्टर रमापति के इस पराक्रम से बहुत उत्साहित थे और रमापति का अपने स्त्रोत से सहायता भी करना चाहते थे, परन्तु कोई भी सटीक स्त्रोत नहीं मिल सका। खैर रमापति ने साक्षात्कार दे दिया, किन्तु उसका चयन नहीं हो सका।

तभी एक दिन रविन्द्र डॉक्टर के सजातीय मित्र जो एक राजनीतिक पार्टी से भी जुड़े थे। वह पाण्डेपुर रविन्द्र डॉक्टर से हालचाल लेने चले आये। आपसी प्रेम-व्यवहार में सुलेखा जी भी आकर बैठ गयी। बच्चों की बात चल पड़ी तो सुलेखा जी रमापति का रोना लेकर बैठ गयी।

सुलेखा जी की बातों को सुनने के बाद सजातीय मित्र ने एक सुझाव दिया

कि रमापति को गोरखपुर में ही प्रतियोगी परीक्षाओं के लिए एक वर्ष का कोचिंग कोर्स करा दीजिए। साथ में वह यह भी बता गये कि उन्होंने भी अपनी बड़ी लड़की को एक कोचिंग में डाल दिया है और वह गोरखपुर में ही एक गर्ल्स हॉस्टल में रहकर तैयारी कर रही है। रविन्द्र डॉक्टर को यह सुझाव जम गया और उन्होंने अपने मित्र से कोचिंग सेण्टर का पूरा ब्योरा ले लिया। साथ में उनकी लड़की का नाम भी पूछ लिया। इसी आत्मीय बातचीत के बाद सुलेखा जी ने उन्हें भोजन ग्रहण करके जाने के लिए कहने लगीं परन्तु सजातीय मित्र फिर कभी का हवाला देकर विदा ले लिये।

उनके जाने के बाद रविन्द्र डॉक्टर ने रमापति को फ़ोन करके पाण्डेपुर बुला लिया। दूसरे दिन रमापति आ भी गया। रविन्द्र डॉक्टर उसे अमुक कोचिंग का पता बताते हुए पाँच हज़ार रुपया उसके हाथ में पकड़ा दिये। साथ में उन्होंने यह भी बता दिया कि मेरे मित्र की लड़की भी उसी कोचिंग में पढ़ रही है परन्तु उन्होंने लड़की का नाम नहीं बताया। रमापति भी आज्ञाकारी पुत्र की भाँति सभी बातों पर हाँ मे सिर हिलाता रहा। सुलेखा जी रमापति को पाँच सौ रुपये देते हुए दो मिलो मुर्ग़ा का मीट लाने के लिए कह दी। रमापति भी पैसा लेकर तुरन्त चला गया।

दरअसल सुलेखा जी मुर्ग़े व बकरे के मांस को उच्चकोटि का भोज्य पदार्थ मानती थीं। इसीलिए जब भी उनके घर कोई भी आगन्तुक आता तो वह इसी भोज्य पदार्थ से उसका स्वागत करती। चूँकि रमापति गोरखपुर से आया था सो मुर्गा का मीट तो बनना ही था।

अब रमापति नियत दिन निश्चित कोचिंग सेण्टर पर पहुँच गया और वहाँ के निदेशक से मिलने स्वयं उनके कमरे में चला गया। निदेशक महोदय ने भी रमापति को पूरे एक घण्टा का समय दिया और रमापति को अपनी कोचिंग की विशेषताओं और पिछले पाँच वर्षों में चयनित छात्रों का लेखा-जोखा भी प्रस्तुत किया। इसके बाद रमापति ने पाँच हज़ार कोचिंग सेण्टर के काउण्टर पर जमा कर दिया और बाक़ी रकम त्रैमासिक किश्तों में निर्धारित हो गया।

अब रमापति सुबह आठ बजे कोचिंग में जाने लगा और बारह बजे वह घर पर आ जाता। कुलभूषण को पिताजी द्वारा भाइयों पर इस तरह से पैसा खर्च करना अच्छा नहीं लग रहा था। सो उसने भी बी0ए0 में नाम लिखवा लिया और रविन्द्र डॉक्टर से पैसों की माँग रखने लगा। कुलभूषण के इस परिवर्तन पर

रविन्द्र डॉक्टर अवाक् से थे। वह पत्नी सुलेखा से यही कहते रहे कि बताओ जब मैं उसे पढ़ने के लिए कह रहा था तब तो वह नहीं पढ़ा। अब बुढ़उती में बी0ए0 करने का चस्का कैसे लग गया।

खैर सुलेखा जी के प्रयास से कुलभूषण भी दस हज़ार पाने में सफल रहा। रमापति को कोचिंग जाते एक महीना व्यतीत हो गया। तभी एक दिन कोचिंग से निकलते समय गेट के सामने एक कुर्ता पैजामा पहने व्यक्ति रमापति से मिल गये और पूछ बैठे कि आप रविन्द्र डॉक्टर के बेटे हैं?

रमापति भी तुरन्त समझ गये कि ये वही व्यक्ति हैं जिन्होंने पापा को कोचिंग की सलाह दिया था सो वह तुरन्त उनका चरण-स्पर्श कर लिया। जब वह चरण-स्पर्श करके उठा तो देखा कि नेताजी के बग़ल में एक लड़की भी खड़ी है।

अबकी बार नेता जी अपनी लड़की का परिचय कराते हुए बोले कि यह मेरी बिटिया है, यह छह महीने पहले से यहाँ पढ़ रही है। बाबू! आपको यदि कुछ परेशानी हो तो इससे पूछ लीजिएगा। रमापति भी आज्ञाकारी शिष्य की भाँति प्रणाम करते हुए वहाँ से घर की ओर चल दिया।

अब दूसरे दिन से ही रमापति ने नेताजी की बिटिया से सहायता लेना प्रारम्भ कर दिया। बिटिया भी सजातीयता और अभिभावक मित्र के बेटा होने के कारण रमापति की ओर आवेशित रहने लगी। मित्रता बढ़ने लगी। रमापति भी उसके ऊपर ख़ूब पैसा खर्च करता। लड़की भी रमापति के मोहपाश में क़ैद होती चली गयी। प्रेम बढ़ता गया। दोनों एक-दूसरे की क़समें खाने लगे। कोचिंग क्लास अनवरत चलता ही रहा।

तभी एक दिन रविन्द्र डॉक्टर के पास गोरखपुर के एस0एस0पी0 कार्यालय से फ़ोन आया कि आपका लड़का एक लड़की के साथ स्टेशन रोड पर स्थित एक होटल के कमरे से पकड़ा गया है आप अविलम्ब कार्यालय आने का कष्ट करें।

इसके बाद तो रविन्द्र डॉक्टर की हवाईया उड़ने लगीं। उन्होंने तुरन्त कुलभूषण को फ़ोन मिलाया किन्तु कुलभूषण से बात नहीं हो पायी। तब उन्होंने कनकलता को फोन मिलाया, संयोग से उससे बात हो गयी और उसी ने कुलभूषण से भी सम्पर्क करा दिया। उस समय कुलभूषण फोन स्विच ऑफ करके सो रहा था। खैर कुलभूषण तुरन्त कपड़ा पहनकर और अपने एक परम्

मित्र को साथ लेकर एस0एस0पी0 कार्यालय पहुँच गया।

इसी बीच रविन्द्र डॉक्टर ने पशुपति भाई को सन्देशा भेज दिया कि वे अविलम्ब मुझसे मिलें। एस0एस0पी0 कार्यालय पर पहुँचकर पता चला कि दोनों लड़के-लड़की को महिला थाना भेज दिया गया है। सी0ओ0 साहब वहीं पर हैं, उनसे सम्पर्क कीजिए। कुलभूषण महिला थाना गया तो देखा कि रमापति एक बेन्च पर सिर झुकाए बैठा है और लड़की से महिला पुलिसकर्मी पूछ रही थी कि अब तुम कहाँ जाओगी? तो लड़की कह रही थी कि रमापति के साथ उसके घर जाऊँगी। इसके बाद महिला पुलिसकर्मी पूछती कि अपने पिताजी से आज्ञा ली हो?

लड़की कहती उनके आज्ञा की क्या आवश्यकता, हम प्यार किये हैं तो शादी भी करेंगे। पूरा थाना प्रांगण इसी हास्य-विनोद से रमणीय बना हुआ था।

तभी महिला थाने की थानाध्यक्ष की निगाह कुलभूषण और उसके मित्र पर पड़ गयी और वह पूछ बैठी कि आप लोग कौन?

थानाध्यक्ष के इस प्रश्न पर कुलभूषण बोला साहब! यह (रमापति की ओर इशारा करते हुए) मेरा छोटा भाई है। तब थानाध्यक्ष पुनः पूछी कि इनके पिताजी कहाँ हैं? कुलभूषण ने बताया कि वह तो गाँव पर रहते हैं और यह प्रतियोगी परीक्षाओं की कोचिंग करता है। इस पर थानाध्यक्ष ने पूछा कि क्या इनके पिताजी से बात हो जाएगी? इस पर तुरन्त कुलभूषण ने अपने स्मार्टफोन से वीडियोकॉल करा दिया। रविन्द्र डॉक्टर तो थानाध्यक्ष महोदया से केवल छोड़ देने की गुहार लगाते रहे परन्तु थानाध्यक्ष महोदया यही समझाती रहीं कि लड़की तो कह रही है कि वह अब आपके घर ही जाएगी, अब उसका क्या करें?

इसके बाद महिला पुलिसकर्मी ने लड़की से पूर्व में कही गयी सभी बातों को बोलवाकर रविन्द्र डॉक्टर को सुनाया। वह लड़की लगातार दृढ़ता के साथ रमापति के साथ अपने प्यार को स्वीकार करते हुए उसके साथ वह उसी के घर जाने को कह रही थी।

यह विडियो कांफ्रेसिंग चल ही रही थी कि पशुपति भाई आ गये और उन्होंने भी यह सब देख लिया। इसके बाद रविन्द्र डॉक्टर फोन काटते हुए पशुपति भाई से पूछ बैठे- चाचा! क्या किया जाए?

तब पशुपति भाई पूछ बैठे कि लड़की का बाप कहाँ है? तब रविन्द्र डॉक्टर

ने अपने सजातीय नेता मित्र का नाम बताया, तब तो पशुपति व्यंग्यात्मक मुस्कान के साथ बोले तो दोनों का आपस में विवाह क्यों नही कर देते, नेता तो बहुत बड़ा चालबाज़ आदमी है वैसे मेरा तो वह भक्त है। अब सुलेखा जी भी दरवाज़े के पीछे से बोल पड़ीं कि लड़की के बाप को ही समझाइए कि गोरखपुर जाकर अपनी बेटी को लेकर अपने घर आ जाए तभी वह मानेगी। इसके बाद रविन्द्र डॉक्टर और पशुपति भाई ने सुलेखा जी की बात का समर्थन कर दिया और लड़की के पिता को क़ाबू में करने की ज़िम्मेदारी स्वयं पशुपति भाई ने ले लिया।

पशुपति भाई जब मोटर साइकिल पर बैठने जा रहे थे तभी रविन्द्र डॉक्टर उठकर उनके पास गये और उनके पॉकेट में पाँच हज़ार रुपया डाल दिये। इसके बाद रविन्द्र डॉक्टर कुलभूषण को फोन मिलाकर कहे कि पशुपति भाई लड़की के बाप के पास गये हैं यह समझाने कि वह स्वयं जाकर अपनी लड़की को बुलाकर अपने घर लाए।

कुलभूषण ने भी उधर से आश्वस्त करते हुए कहा कि थानाध्यक्ष महोदय से मेरी बात हुई है, वह कह रही थीं कि मैं अभी लिखा-पढ़ी नहीं कर रही हूँ दोनों पढ़ने-लिखने वाले बच्चे हैं सो किसी तरह लड़की को समझाइए। बात तो सी0ओ0साहब के भी संज्ञान में है इसलिए थोड़ा ख़र्चा तो अधिक लगेगा ही। उसके बाद कुलभूषण ने फोन काट दिया।

इधर पशुपति भाई जब नेता के घर पहुँचे तो वह अपने दरवाज़े पर ही चार-पाँच लोगों के साथ बैठा था। पशुपति भाई को देखते ही वह खड़ा हो गया और उनका चरण-स्पर्श करते हुए बोला गुरुजी आपका अकस्मात् आगमन कैसे हो गया?

पशुपति भाई उसके कन्धे पर हाथ रखते हुए उसको घर के भीतर चलने का इशारा करते हुए अन्दर कमरे में जाकर बैठ गये। इसके बात पशुपति भाई उस नेता शिष्य से पूछ बैठे कि कुछ ख़बर है? इस पर नेता हतप्रभ होकर उन्हीं से प्रश्न कर बैठा-कैसी ख़बर? अबकी बार पशुपति भाई के स्वर बदल गये थे और उन्होंने नेता शिष्य के कानों में धीरे-धीरे सारे घटना को विस्तार पूर्वक बताना प्रारम्भ कर दिया। पूरे घटनाक्रम को सुनने और जानने के बाद नेता पशुपति भाई के समक्ष हाथ जोड़ते हुए इसका निदान पूछने लगा और अपनी व्यथा और सामाजिक प्रतिष्ठा का हवाला भी देने लगा। अन्ततः मामला तो लड़की का था सो लड़की के बाप को झुकना ही पड़ा।

इसके बाद पशुपति भाई स्वयं उसके साथ गये और लड़की को रात दस बजे वापस उसके घर पर पहुँचा दिये। इस पूरे प्रकरण को समेटने में रविन्द्र डॉक्टर को पच्चीस हज़ार रुपया ख़र्च करना पड़ा। थानाध्यक्ष महोदया ने सी0ओ0 साहब के संज्ञान का हवाला ही देकर बीस हज़ार ऐंठ लिया था।

इस प्रकार रमापति भी वापस सकुशल आ गया था। आज कनकलता ने तो घर को सिर पर उठा लिया था और लगातार व्यंग्य-बाण से प्रहार कर रही थी। इस प्रकरण के दो दिन बाद रविन्द्र डॉक्टर सुलेखा जी के साथ गोरखपुर गये। गोरखपुर पहुँचने पर केवल घर में कुलभूषण और बच्चे ही थे। कनकलता हॉस्पिटल गयी थी और रमापति संध्या-भ्रमण पर गया था। आज कनकलता की इमरजेन्सी ड्यूटी थी।

खैर रात्रि आठ बजे रमापति भी गाना गुनगुनाते हुए घर मे दाख़िल हुआ और कनकलता को रात्रि दस बजे कुलभूषण मोटर साइकिल से लेकर आया। रमापति थोड़ी देर तक तो घर में ही इधर-उधर टहलता रहा, परन्त थोड़ी देर बाद ही रविन्द्र डॉक्टर ने उसे आवाज़ लगाकर अपने पास बुलाकर बिठा लिया। सुलेखा जी मन्द-मन्द मुस्कुरा रही थीं।

इसके बाद रविन्द्र डॉक्टर ने रमापति का साक्षात्कार प्रारम्भ कर दिया और पूछे कि तुम उस लड़की को होटल में क्यों ले गये थे?

इस प्रश्न का जवाब रमापति ने इस प्रकार दिया- पापाजी वह लड़की मेरे साथ नायब तहसीलदार का फार्म लेने गयी थी। रास्ते में बहुत ट्रैफिक का जाम था इसीलिए बहुत समय लग गया। उसके बाद वह बोली कि मुझको बाथरूम जाना है। तब ही मैंने होटल का कमरा बुक करा लिया था और उसी समय पुलिस की रेड पड़ गयी हम लोग बिना वजह पकड़े गये।

सुलेखा जी तो अपने पुत्र के इस भोलेपन पर पूर्ण विश्वास कर रही थीं परन्तु रविन्द्र डॉक्टर क्रोध से भरे हुए थे। इसके बाद रविन्द्र डॉक्टर ने पुनः रमापति से पूछा- क्यों शहर के सभी सुलभ शौचालय बन्द हो गये हैं? हमको ही समझा रहे हो तुम लोग कुछ नही करोगे, बस मेरा पैसा बर्बाद करोगे। इस दरम्यान रमापति शान्त ही बना रहा और सिर झुकाकर माता सुलेखा के पास बैठा रहा।

इसके बाद भी रविन्द्र डॉक्टर बड़बड़ाते रहे और सुलेखा जी को सम्बोधित करते हुए बोले कि इससे अच्छा तो लड़की ही जन्मती, कम से कम एक बार

दान-दहेज़ देकर विदा करके चैन से तो रहता। यह सब तो जीवन भर के लिए घाव हैं कमाना-धमाना एक पैसा नहीं और हर जगह जाकर इश्क़ फ़रमा रहे हैं।

इस बार सुलेखा जी उत्तेजित होकर बोलीं- जाइए फ्रेश होकर आइए, भोजन करना है। रविन्द्र डॉक्टर भी बड़बड़ाते हुए शौचालय की ओर चले गये।

रात्रि मे जब सभी लोग भोजन कर रहे थे तभी कुलभूषण ने एक सूचना दिया कि अभी तो चन्द्रभूषण की ससुराल वाली लड़की भी इनको फोन करके धमका रही थी कि शादी तो तुमको मुझसे ही करना पड़ेगा।

रविन्द्र डॉक्टर सभी सदस्यों को सम्बोधित करते हुए बोले कि उस लड़की से पूछो कि क्या देखकर वह इनसे शादी के लिए तैयार है? यदि नहीं पूछ सकते हो तो मुझको उसका नम्बर दो मैं ही उससे पूछ लेता हूँ कि वह रमापति के अन्दर कौन-सा ऐसा गुण देख ली है जो वह विवाह के लिए आतुर है।

इस बार सुलेखा जी खिलखिलाकर हँस दीं। दूसरे दिन रविन्द्र डॉक्टर तो रमापति को यह समझाते हुए पाण्डेपुर लौट आये कि अब आगे कोचिंग करने की आवश्यकता नहीं है, बहुत तैयारी कर लिये। अब घर पर ही रहो या कहीं कुछ कमाने जाना हो तो चले जाओ। जबकि सुलेखा जी कुछ दिन के लिए गोरखपुर में ही रुक गयीं। अब रमापति भी घर पर ही रह रहा था। वह माता सुलेखा को प्रतिदिन स्वयं के उज्ज्वल भविष्य के प्रति आश्वस्त करता रहता। अब वह सुबह सात बजे सोकर उठता और दौड़ लगाने जाता। फिर नहा-धोकर थोड़ी पढ़ाई करता उसके बाद भोजन फिर विश्राम। शाम को पाँच बजे वह जिम जाता और घूम-टहलकर रात्रि आठ बजे घर वापस आ जाता। हाँ रात्रि में वह पुनः थोड़ा पढ़ने का स्वाँग करता और उसके बाद सो जाता। सुलेखा जी प्रतिदिन रविन्द्र डॉक्टर को फ़ोन करके आश्वस्त करती रहती कि रमापति बाबू बहुत मेहनत कर रहा है और कह रहा है कि मैं पापा को अधिकारी बनकर दिखाऊँगा।

सुलेखा जी की इन बातों में रविन्द्र डॉक्टर उलझ से जाते थे और किंकर्त्तव्यविमूढ़ से एकान्त में बैठकर विचारमग्न हो जाते। एक पिता अपने पुत्रों के भविष्य के प्रति सदैव आशावान ही बने रहना चाहता है और रविन्द्र डॉक्टर तो अपने पुत्रों के थोड़े से भी पराक्रम पर उत्साहित हो जाते थे, परन्तु उनके पुत्र तो वह थोड़ा-सा भी पराक्रम नहीं दिखा पाते।

इधर रविन्द्र डॉक्टर नित्य दुकान पर बैठ ही रहे थे कि एक दिन वह

सजातीय नेता मित्र उनकी दुकान के सामने से दो बार रविन्द्र डॉक्टर को निहारते हुए गया, परन्तु रविन्द्र डॉक्टर उसे देखकर भी अनभिज्ञ बने रहे। ऐसा दूसरे दिन भी हुआ, सो रविन्द्र डॉक्टर आशंका से भर गये थे। परन्तु चौथे दिन वह सजातीय नेता मित्र रात्रि आठ बजे रविन्द्र डॉक्टर की दुकान के भीतर आकर बैठ गया और रविन्द्र डॉक्टर से पूछ बैठा कि क्यों डॉक्टर साहब! पिछले दिनों की घटना तो आपको मालूम ही होगी, आपका क्या कहना है?

इस प्रश्न पर रविन्द्र डॉक्टर पूरी तरह से अनभिज्ञता दर्शाते हुए बोले- मुझे तो ऐसी कोई घटना मालूम नहीं है, मैं तो यहीं दुकान पर हूँ।

तब नेता मित्र बोला- आपको पशुपति पाण्डे भी कुछ नही बताये? तब रविन्द्र डॉक्टर बोले- पशुपति चाचा से तो मेरी मुलाक़ात पन्द्रह-बीस दिन पहले हुई थी परन्तु उन्होंने तो कुछ भी नहीं बताया।

इस उत्तर को पाने के बाद सजातीय नेता मित्र यह कहते हुए वापस चला गया कि आपको भी जल्द ही सब पता चल जाएगा। उसके जाने के बाद रविन्द्र डॉक्टर एक अज्ञात भय से काँपने लगे और तुरन्त स्वयं मोटरसाइकिल से अपने गाँव अहिरौली पशुपति भाई से मिलने चले गये। रात्रि का समय था सो पशुपति भाई घर पर ही थे।

रविन्द्र डॉक्टर को देखते ही पशुपति भाई पूछ बैठे क्यो डॉक्टर इतनी रात में कैसे आना हुआ!

रविन्द्र डॉक्टर बोझिल मन से चरण-स्पर्श करते हुए पशुपति भाई के सामने चौकी पर बैठ गये और बोले- दुकान पर नेता जी आये थे, धमकी देकर गये हैं कि आपको जल्द ही सब पता चल जाएगा। इसके बाद रविन्द्र डॉक्टर ने पशुपति भाई को पूरा घटनाक्रम विस्तार से समझाया।

दरअसल पशुपति पाण्डे जी उस क्षेत्र के शुक्राचार्य ऋषि अर्थात् असुरों के गुरु थे सो तुरन्त रविन्द्र डॉक्टर को ढाँढ़स बँधाते हुए बोले- डॉक्टर मैं कल नेता से मुलाक़ात करूँगा सब कुछ सामान्य हो जाएगा वह भी मेरा पुराना शिष्य ही है। फिर भी रविन्द्र डॉक्टर संतुष्ट नहीं हुए और पूछ बैठे कि यदि कल पुनः आ गया तो?

इस बार पशुपति भाई पुनः आश्वस्त करते हुए बोले मैं कल सुबह पाण्डेपुर आऊँगा, अब वह नेता तुम्हारी दुकान पर नहीं आएगा।

इस आश्वासन के बाद भी रविन्द्र डॉक्टर बैठे रहे तब पशुपति भाई पुनः पूछ बैठे कि कोई और समस्या हो तो बताओ। इस बार रविन्द्र डॉक्टर बोले कही वह रमापति से विवाह के लिए न कह दे। आप तो जानते ही हैं कि वह नेता दहेज़ के नाम पर एक धेला भी नहीं देगा वह आदमी अच्छा नहीं है। इस बात पर पशुपति भाई रविन्द्र डॉक्टर को समझाते हुए बोले कि डॉक्टर तुम झूठ ही परेशान हो, मैं कल सुबह तुम्हारे आवास पर आऊँगा, जाओ और चिन्ता छोड़ दो। इसके बाद रविन्द्र डॉक्टर पुनः पाण्डेपुर लौट आये और इस घटना को किसी को भी नहीं बताये।

दूसरे दिन सुबह आठ बजे ही पशुपति पाण्डे एक लड़के की मोटर साइकिल पर बैठकर रविन्द्र डॉक्टर के आवास पर पहुँच गये। रविन्द्र डॉक्टर भी नहा-धोकर कपड़ा पहन रहे थे, पशुपति भाई को देखते ही उनका चरण-स्पर्श करते हुए अपने कम्पाउण्डर को पचास रुपया देकर गरम जलेबी लाने के लिए कह दिये। पशुपति भाई कुर्सी पर बैठ गये और लड़का बग़ल में पड़ी बेन्च पर। इसी बीच रविन्द्र डॉक्टर ने धीरे से सौ-सौ के दस नोट पशुपति भाई के कुर्ते के ऊपरी पॉकेट में डाल दिया। तभी कम्पाउण्डर जलेबी लेकर आ गया। रविन्द्र डॉक्टर जलेबी को पशुपति भाई के सामने रखकर उसे ग्रहण करने का आग्रह कर ही रहे थे कि वह नेता मित्र मोटर साइकिल से जाता हुआ दिखायी दे गया। पशुपति भाई उसे नहीं देख पाये परन्तु रविन्द्र डॉक्टर सकपकाते हुए बोले कि चाचा देखिए नेता जी अभी उत्तर की ओर गये हैं।

इसके बाद पशुपति भाई पीछे मुड़कर देखे परन्तु वह दिखायी नहीं दिया। जलेबी ग्रहण करने के बाद पशुपति भाई विदा लेते हुए लड़के की मोटर साइकिल पर बैठे और अपने गन्तव्य की ओर उत्तर दिशा मे चल दिये। पशुपति भाई पुराने पारखी आदमी थे सो सीधे दो किलोमीटर चलने के बाद एक हलवाई की दुकान पर रुके। नेताजी वहीं पर बैठे मिल गये। (दरअसल उस हलवाई की पत्नी की नेताजी से पुरानी मित्रता थी और पशुपति भाई इस बात को भली-भाँति जानते थे) पशुपति पाण्डे को देखते ही नेताजी उठकर खड़े हो गये और चरण-स्पर्श करते हुए बोले- आइए गुरुजी चाय पीजिए।

किन्तु पशुपति भाई मोटरसाइकिल से नीचे नहीं उतरे और नेताजी से बोले कि चलिए आपके घर पर ही बैठते हैं वहीं पर बातचीत होगी।

नेता पशुपति भाई के बात का भावार्थ समझने का प्रयास ही कर रहा था कि

पशुपति भाई आगे बढ़ गये। बीस मिनट के बाद पशुपति भाई नेताजी के द्वार पर थे। पीछे-पीछे नेताजी मोटरसाइकिल से पहुँच गये। लड़का मोटरसाइकिल खड़ा करके बाहर ही बैठा रहा और पशुपति भाई नेताजी को लेकर भीतर कमरे में चले गये।

अबकी बार नेता के आँखों में आँसू थे। वह रुँधे हुए गले से बोला- गुरुजी! लड़की ने मेरी इज़्ज़त मिट्टी में मिला दिया। मैं सोच रहा था कि क्यों न इसकी शादी भी रविन्द्र डॉक्टर के लड़के से ही कर दी जाए। परन्तु डॉक्टर साहब तो ऐसे पेश आए जैसे कि वह मुझे जानते ही नहीं हैं। मैं घोर विपदा का सामना कर रहा हूँ।

थोड़ी देर के बाद पशुपति भाई बोले- आपको क्या आवश्यकता थी लड़के और लड़की का परिचय कराने की। धन्य मनाइए कि पुलिस केस नहीं बना। तब नेता बोला- गुरुजी! उस दिन संयोग से आप आ गये, किसी को कुछ नहीं पता चला, परन्तु मैं अपनी बिटिया को कैसे समझाऊँ वह तो अपनी ज़िद पर अड़ी हुई है।

पशुपति पाण्डे गम्भीरता से बोले कि मैं आपकी बिटिया को समझा दे रहा हूँ वह अपना भविष्य देखे। इसके बाद नेताजी गुरुजी को घर के भीतर ले गये, जहाँ उनकी पत्नी बिटिया के साथ बैठी थी। नेताजी की पत्नी ने घर का बाहरी दरवाज़ा बन्द कर दिया और पशुपति पाण्डे का चरण-स्पर्श करके वहीं ज़मीन पर बैठ गयी और लड़की वहीं खड़ी रही।

अब पशुपति पाण्डे पूरे परिवार को सम्बोधित करते हुए बोले- आप लोगों के पास धन भले ही कम हो परन्तु प्रतिष्ठा में आपके परिवार की पूरे क्षेत्र में चर्चा है। लक्ष्मी तो चलायमान हैं। अभी यह बिटिया अधिकारी बन जाएगी तो धन ही धन हो जाएगा। इसके बाद पशुपति भाई चुप हो गये और दो मिनट के बाद पुनः लड़की से पूछ बैठे- हाईस्कूल और इन्टर किस श्रेणी में पास हो?

लड़की ने उत्तर दिया - प्रथम श्रेणी में।

तभी नेताजी बोल पड़े- यह बी0एस0सी0 भी प्रथम श्रेणी में ही पास है।

इसके बाद तो पशुपति पाण्डे ठहाका लगाते हुए बोले- बताइए इतनी मेधावी लड़की भला उस जाहिल रमापति के साथ जाएगी। मैं ही उसको हाईस्कूल, इण्टर पास कराने वाला हूँ और बी0टेक0 थर्ड डिवीजन, वह भी

रविन्द्र डॉक्टर पैसा देकर पास कराये। रविन्द्र डॉक्टर के तो सभी लड़के बेकार हैं। जब तक डॉक्टर कमा रहे हैं तभी तक है, उसके बाद सब बेच खाएँगे।

वह रमापति तो अपने बड़े भाई के ससुराल में भी किसी लड़की से विवाह करने वाला था। वह सब बहुत बड़े झूठे हैं। लड़की ख़ामोश खड़ी रही। पशुपति भाई अब उसे सम्बोधित करते हुए समझाने लगे कि बेटा तुम पुनः गोरखपुर जाकर अपनी तैयारी प्रारम्भ करो, तुम्हारा और उस रमापति का कोई मेल नहीं है। मैं दोनों परिवारों को बहुत दिनों से जानता हूँ। जो हुआ उसे एक धोखा मानकर भूल जाओ। अब रमापति उस कोचिंग में नही जाएगा यह मैं तुमको वचन दे रहा हूँ, तुम निश्चिंत होकर अपनी तैयारी करो।

पशुपति पाण्डे के इन शब्दों को सुनकर वह लड़की सुबकने लगी थी और धीरे-धीरे बुदबुदा रही थी कि अब मैं उस कोचिंग में तो नहीं ही जाऊँगी।

इस बात पर पशुपति भाई बोले कि तुम जहाँ कहोगी वहीं तुम्हारा नाम लिखवा दिया जाएगा, मैं स्वयं चलूँगा। तुम धैर्य रखो बेटा अपने उज्ज्वल भविष्य की ओर देखो, उन लोफ़रों को भूल जाओ। उसने तुमको मूर्ख बनाया है वह सब अपने बाप को भी मूर्ख ही बनाते रहते है।

इसके बाद पशुपति भाई नेताजी के साथ बाहर चले आए और आज्ञा ले लिये। चलते समय नेताजी ने हाथ जोड़कर विनती किया कि इसी तरह कभी-कभार आते रहा कीजिए, आपके पधारने से आत्म-बल मिलता है। बीस दिन बाद पशुपति भाई को नेताजी ने बताया कि आपके समझाने के बाद मेरी बिटिया पुनः अपनी तैयारी प्रारम्भ कर दी है।

इधर रविन्द्र डॉक्टर का चौथा पुत्र भी पॉलीटेक्निक प्रथम वर्ष उत्तीर्ण हो गया था और वह पाण्डेपुर आ गया था। हालाँकि सभापति के उत्तीर्ण हो जाने से बहुत से लोग अचम्भित भी थे किन्तु रविन्द्र डॉक्टर यह ठीक से समझते थे कि यह सब प्राइवेट कॉलेजों की कार्यशैली का तरीक़ा है क्योंकि चन्द्रभूषण की पढ़ाई के दौरान वह सब झेल चुके थे।

सुलेखा जी पाण्डेपुर में ही थीं और पुत्र के उत्तीर्ण हो जाने से प्रफुल्लित थीं। सभापति भी पूरे दो महीने पाण्डेपुर में रहा और पूरा मौज-मस्ती करता रहा। माता सुलेखा भी उसे भरपूर पैसा देती रहीं यह कहकर कि बेचारा अभी फिर मथुरा चला जाएगा, वहाँ कहाँ इतना पैसा मिलेगा कि घूमेगा, वहाँ तो बाबू को

पढ़ाई से ही फ़ुरसत नहीं मिलती है।

इन्हीं शब्दों की आड़ में वह पाण्डेपुर के सभी लोफ़र और बिगड़ैल बच्चों का सरदार बन गया था। अब तो मदिरापान भी करने लगा था। ख़ैर वह दो महीने बाद मथुरा चला गया। रमापति भी समय-समय पर सुलेखा जी से पैसा लेता रहता। इसी प्रकार से समय निकलता चला गया। रविन्द्र डॉक्टर प्रत्येक हफ़्ते अपना और पत्नी का सुगर, ब्लडप्रेशर नापते रहते। एक वर्ष का समय निकल गया।

सभापति द्वितीय वर्ष में अनुत्तीर्ण हो गया था वह भी पूरा बाईस प्रतिशत अंक ही पाया था। रविन्द्र डॉक्टर कॉलेज प्रबन्धन से फोन पर बात किये परन्तु बात नहीं बनी। तब उन्होंने दिल्ली से चन्द्रभूषण को मथुरा भेजा परन्तु कॉलेज प्रबन्धन ने साफ़ कर दिया कि इस विद्यार्थी को किसी भी प्रकार से उत्तीर्ण नहीं किया जा सकता। हालाँकि चन्द्रभूषण ने पूरे एक लाख रुपया से बात प्रारम्भ किया था।

सभापति पाण्डेपुर आ गया था। रविन्द्र डॉक्टर तो बहुत खिन्न थे, परन्तु सुलेखा जी अभी आशावान थीं और सभापति को प्रतिदिन दुलारते हुए दो सौ रुपया दे देती थीं। सभापति भी अपने बड़े भाइयों से दो हाथ आगे ही चल रहा था और अब पढ़ाई-लिखाई को बेकार की चीज़ कहने लगा था। सिगरेट शराब आदि तमाम ऐसी वस्तुएँ उसके दैनिक जीवन का अभिन्न अंग बन गयी थीं। ये सूचनाएँ रविन्द्र डॉक्टर के कानों में धीरे-धीरे आने भी लगी थीं सो रविन्द्र डॉक्टर उसे प्रतिदिन डाँटते रहते और पुनः मथुरा जाकर पढ़ाई करने के लिए कहते रहते। रविन्द्र डॉक्टर के इस व्यवहार से सुलेखा जी भी प्रतिदिन पति महोदय को भला-बुरा कहती रहतीं। रात्रि में वह पति महोदय को समझाते हुए कहतीं कि केवल आप ही का लड़का फेल हुआ है और किसी के बच्चे फेल नहीं होते हैं? सभी लोग अपने बच्चों से इसी तरह पेश आ रहे हैं जैसे आप! बच्चे बड़े हो गये हैं अभी कुछ ऊँच-नीच हो जाएगा तब जाकर आप शान्त होंगे। रविन्द्र डॉक्टर भी सुलेखा जी के इन प्रवचनों को सुनकर स्वयं के भाग्य को कोसते हुए सोने का प्रयत्न करने लगते।

ख़ैर सभापति पुनः अनमने मन से मथुरा वापस चला गया। जाते समय सुलेखा जी ने उसे ख़ूब समझाया कि इस बार प्रथम श्रेणी में उत्तीर्ण होकर आना ताकि तुम्हारे पापा कि बात रह जाए। सभापति भी इस दरम्यान मुस्कुराता रहा।

रविन्द्र डॉक्टर तो अपने जीवन के प्रति आशाविहीन होते जा रहे थे। उन्हें समझ ही नहीं आ रहा था कि वे अपने लड़कों का जीवन कैसे सुधारें गाँव पर भी बीस एकड़ ज़मीन थी। उसको भी रविन्द्र डॉक्टर ही देखते-समझते थे। उनके लड़के तो खेती-किसानी को तुच्छ काम समझते थे। वे सब तो, अपने खेतों को भी नहीं जानते थे। जब कभी रविन्द्र डॉक्टर ने अपने बच्चों को खेती के लिए कहा भी तो सुलेखा जी ही सबसे पहले हस्तक्षेप करते हुए बोल पड़ी कि अब इतना पढ़ने-लिखने के बाद भला हमारे बच्चे धूल-मिट्टी में जाएँगे खेती करने। हालाँकि रविन्द्र डॉक्टर ने गाँव पर एक ट्रैक्टर ख़रीद रखा था और एक परिवार उनकी खेतों को बोता-काटता था जिससे रविन्द्र डॉक्टर भी प्रत्येक महीने में एक बार अपने सभी खेतों को देखने अवश्य जाते थे।

सुलेखा जी की समस्याएँ अलग ही थीं। वह चाहती थीं कि किसी तरह से रमापति का विवाह हो जाए क्योंकि उसकी भी उम्र सत्ताईस वर्ष की हो चुकी थी सो वह प्रतिदिन इस विषय पर चर्चा करने लगी थी। रविन्द्र डॉक्टर भी झल्लाकर कह देते थे कि भला बेरोज़गार लड़के से कौन शादी करेगा। किसान की लड़की से आप लोग विवाह करेंगे नहीं। रमापति को समझाइए कि बाहर जाकर कुछ कमाए-धमाए नहीं तो कोई पूछेगा नहीं।

इसी बीच एक दिन पशुपति पाण्डे रविन्द्र डॉक्टर के पास आये और बताये कि वो नेताजी की लड़की प्रदेश में अधिकारी पद के लिए चयनित हो गयी है। नेताजी स्वयं ही घर पर आये थे मिठाई के साथ आशीर्वाद लेने। इन वाक्यों को सुनते ही रविन्द्र डॉक्टर पुनः अपने भाग्य को कोसते हुए बड़बड़ाने लगे कि एक हमारे सुपुत्र लोग हैं, किसी काम के नहीं, समाज में नाक कटाकर रख दिये हैं।

सुलेखा जी भी यह सब सुन रही थीं। उन्होंने तुरन्त पर्दे की आड़ से पूछा- उसकी शादी हो गयी?

इस प्रश्न पर पशुपति पाण्डे बोल- अभी तो चयन हुआ है, अब न विवाह होगा।

सुलेखा जी अपनी उत्सुकता को सँभाल नहीं पायीं और पुनः पर्दे की ही आड़ से पूछीं- न हो तो रमापति से ही बात चलवाइए।

इस बार पशुपति भाई तो चुप रहे परन्तु रविन्द्र डॉक्टर भड़क गये और बोले- किस मुँह से आप यह सब कह रही हैं! आपका भी तो लड़का कोचिंग

करने गया था, जेल जाते-जाते बचा। किस लायक है वह जो उसको अधिकारी लड़की मिल जाएगी। रविन्द्र डॉक्टर के इन वाक्यों को सुनते ही सुलेखा जी बड़बड़ाते हुए घर के भीतर चली गयीं कि आपको बस अपने बच्चों में ही दुनिया की सभी बुराई दिखाई देती है।

पशुपति भाई मुस्कुराते हुए रविन्द्र डॉक्टर से पूछ बैठे कि आजकल रमापति क्या कर रहा है?

इस प्रश्न पर रविन्द्र डॉक्टर बोले- शरीर सौष्ठव प्रतियोगिता के लिए कसरत कर रहा है, किताब और क़लम तो आलमारी मे सजाकर रख दिया है। जहाँ तक मैं जानता हूँ आजकल यही सब कर रहा है।

पशुपति भाई पुनः बोले- उसे समझाइए, अभी उमर है, पढ़-लिखकर कही नौकरी खोज ले, नहीं तो जीवन नरक बन जाएगा। आजकल लड़कियाँ पढ़-लिखकर बड़ा ओहदा प्राप्त कर ले रही हैं।

रविन्द्र डॉक्टर पशुपति भाई की ओर एक हारे हुए योद्धा की भाँति निहार रहे थे। उनके पास शब्द नहीं थे। उसके बाद जलपान आ गया और दोनों व्यक्ति जलपान में व्यस्त हो गये। जब पशुपति भाई चलने को हुए तो रविन्द्र डॉक्टर अपने टेबिल के दराज के भीतर से एक टॉनिक निकालकर पशुपति भाई को थमा दिये और यह भी कहे कि यदि कोई ठीक-ठाक लड़की का रिश्ता दिख जाए तो रमापति के लिए प्रयास कीजिएगा। इस बात पर पशुपति पाण्डे केवल अपना हाथ भर उठा दिये परन्तु बोले कुछ नहीं।

समय और आगे बढ़ गया। पशुपति भाई ने एक - दो रिश्ता बताया भी परन्तु सुलेखा जी सभी रिश्तों को नकारती गयीं। उनको कमाऊ लड़की चाहिए थी ताकि बच्चों का भविष्य सुरक्षित हाथों में रहे। इसी बीच सभापति पुनः पॉलीटेक्निक द्वितीय वर्ष की परीक्षा में अनुत्तीर्ण हो गया। इस बार तो पिछली बार से भी दो प्रतिशत कम अंक पाया था सो सभापति ने तो हाथ खड़े कर दिये थे। रविन्द्र डॉक्टर तो कुछ भी निर्णय लेने में असहाय थे। सुलेखा जी ही कुछ कर सकती थीं सो उन्होंने पति महोदय को आदेश दे दिया कि आज से दुकान का सारा-हिसाब सभापति ही सँभालेगा और आप अपनी प्रैक्टिस और ऑपरेशन का हिसाब रखेंगे। रविन्द्र डॉक्टर अपने बेटे के प्रतिभा को ठीक से जानते थे परन्तु इसके बावजूद उन्होंने सुलेखा जी के आदेश का अक्षरशः पालन किया।

अब सभापति दुकान पर बैठने लगा। जो तीन लड़के पहले से दुकान और अस्पताल पर थे अब उनकी क्लास लेने लगा। एक अधेड़ दाई भी थी जिसे उसने तत्काल प्रभाव से हटा दिया और बग़ल के ही गाँव की एक जवान ख़ूबसूरत महिला को दाई के स्थान पर सम्बद्ध कर दिया। रविन्द्र डॉक्टर इस महिला को भलीभाँति जानते थे और वह इसके पक्ष में नहीं थे परन्तु पत्नी और पुत्र के समक्ष बेबस थे।

अब सभापति गल्ले पर क़ाबिज़ हो गया था। दुकान पर पहले से जो लड़के थे, उन सभी को पकौड़ी समोसा आदि खिला-पिलाकर उन सभी को सभापति ने अपने पक्ष में कर लिया। जब सायंकाल सात बजे रविन्द्र डॉक्टर दुकान से उठकर ऊपर आवास में चले जाते और दुकान पर तैनात लड़के भी अपने-अपने घरों को चले जाते, उसके बाद सभापति की नयी मित्र मण्डली पधार जाती और सभापति उसके बाद दुकान बढ़ाकर उन्हीं के साथ चला जाता। सभापति रात्रि नौ साढ़े नौ के पहले घर वापस नहीं आता। इस दरम्यान वह भरपूर पैसा ख़र्च करता। मित्रों के साथ सिगरेट शराब पीना तो जीवन का अपरिहार्य अंग बन गया था। इस बात को सुलेखा जी तो भलीभाँति जानती थीं इसीलिए रात्रि में जब सभापति वापस घर आता तो उसका खाना उसी के कमरे में पहुँचा देतीं, ताकि सभापति का सामना रविन्द्र डॉक्टर से न हो पाये क्योंकि सभापति का मुँह शराब की गन्ध से भरा रहता था। खैर सुलेखा जी के लिए पुत्र मोह में यह भी अपराध क्षम्य था। दिन भर दुकान पर मेहनत करने के बाद वह थक, जो जाता था।

इसी बीच सभापति कभी-कभी रात्रि में अपने कमरे से निकलकर नीचे अस्पताल के वार्ड में आकर सो जाता था। ऐसा वह उसी दिन करता था जिस दिन कोई ऑपरेशन वाला मरीज़ नहीं रहता था। दरअसल रात्रि में वह दाई चली आती थी और सभापति उसी के साथ रात्रि-विश्राम करता था। उस दाई का पति मुम्बई में कमाता था, बच्चे छोटे थे। यह कार्यक्रम चलता रहा, परन्तु एक दिन सुबह चार बजे रविन्द्र डॉक्टर ऊपर की बालकनी में टहल रहे थे तभी एक महिला को उन्होंने अपने आवास के गेट से बाहर निकलते हुए देखा। वे तुरन्त नीचे आए तो देखे कि पूरा अस्पताल ख़ाली है। फिर वह ऊपर सभापति के कमरे में गये। सभापति भी अपने कमरे मे ही सोता मिला। तभी सुलेखा जी भी जाग गयीं और रविन्द्र डॉक्टर से नाराज़गी भरे लहजे में बोलीं कि सुबह-सुबह ही ऊपर से नीचे तक दौड़ लगा दिये हैं, जाइए थोड़ा और सो जाइए अभी साढ़े चार ही बज रहे हैं परन्तु रविन्द्र डॉक्टर का मन तो उस महिला की पहेली बूझने में

व्यस्त था। रविन्द्र डॉक्टर थोड़े सजग रहने लगे। इस महिला वाले प्रकरण पर उन्होंने सुलेखा जी से भी विचार-विमर्श किया परन्तु सुलेखा जी बात का मज़ाक़ उड़ाते हुए बोल दीं कि अब आप भी बुढ़ापे में यही सब देख रहे हैं। रविन्द्र डॉक्टर चुप रहने में ही भलाई समझे और निगरानी में लग गये।

महिला वाला प्रकरण रविन्द्र डॉक्टर ने सुलेखा जी से भी साझा किया था सो माथा तो सुलेखा जी का भी ठनका था और वह सभापति से भी इसकी चर्चा कर दी थीं क्योंकि वह चाहती थीं कि सभापति सचेत हो जाए।

रविन्द्र डॉक्टर सभापति की शराब पीने की लत को तो भलीभाँति जानते थे परन्तु वह और कहाँ तक आगे बढ़ गया है इस बात को भी वे जानने में जुट गये। वह प्रतिदिन रात में उठकर सभापति के आगमन को देखते और डाँटते भी थे कि इतनी रात में कहाँ रहते हो। ख़ैर सुलेखा जी बीच में आकर स्थिति को सँभाल लेती थीं।

इसी क्रम में एक दिन रात्रि दो बजे रविन्द्र डॉक्टर लघुशंका के लिए उठे तो उन्हें नीचे वार्ड की लाइट जलती हुई दिखायी दी, जबकि उनकी जानकारी के अनुसार कोई मरीज़ भर्ती भी नहीं था और वार्ड एवं ओ0टी0 की लाइट वे स्वयं बन्द करके आये थे। सो वे टहलते हुए नीचे वार्ड में चले गये। वहाँ पहुँचकर तो अवाक् ही रह गये। सभापति और दाई प्रेमालाप में व्यस्त थे। रविन्द्र डॉक्टर तुरन्त बिना कुछ बोले ऊपर आये और सुलेखा जी को जगाकर नीचे ले गये। सुलेखा जी तो जब इस कृत्य को देखीं तो आगबबूला हो गयीं और दाई को पीटते हुए बाहर खदेड़ने लगीं। सभापति किनारे सिर नीचे करके खड़ा था। सुलेखा जी दाई को ही अपशब्द बोल रही थीं। दाई भी आज सुलेखा जी पर भड़क गयी थी और बोले जा रही थी कि आपका ही लड़का मेरे घर दौड़-दौड़ कर जाता है वो ही यहाँ बुलाता है। इस पर सुलेखा जी बोलीं- तुम चार बच्चों की माँ हो और यह चार दिन का लड़का, तुमको यह बुलाएगा? इस पर तो दाई आगबबूला होकर बोली- यह चार दिन का लड़का है? चारो ओर के लोफ़र इसके दोस्त हैं अभी तो इसको मैं चौराहे पर चप्पल से पीटूँगी तब तुम लोगों को समझ में आएगा, मेरे ऊपर लांछन मत लगाना।

इसके बाद दाई उसी रात अँधेरे में अपने घर चली गयी। इसके बाद रविन्द्र डॉक्टर सभापति का कान पकड़कर ऊपर आ गये और सभापति से पूछे कि सुने हो न दाई क्या कहकर गयी है। अब यही बचा है कि तुम पाण्डेपुर बाज़ार में पीटे

जाओ, मेरी तो सारी प्रतिष्ठा मिट्टी में मिला दिये।

उसके बाद सुलेखा जी का नम्बर आ गया और रविन्द्र डॉक्टर उनकी ओर मुख़ातिब होते हुए बोले- बाबू को दुकान का मालिक बनवा दी और बाबू गुलछुर्रा उड़ाने लगे। अब बाक़ी यही बचा है कि यह शराब पीकर रोज़ लात खाता फिरेगा।

इसके बाद रविन्द्र डॉक्टर किंकर्त्तव्यविमूढ़ से अपने कमरे में जाकर बैठ गये। उनके नेत्र अश्रु से भरे पड़े थे और वे उनको लगातार सँभालने का प्रयत्न कर रहे थे परन्तु वे दस मिनट के बाद ही नेत्रों से बह निकले। इसके बाद तो रविन्द्र डॉक्टर अपने पिताजी की फोटो के पास जाकर दहाड़-दहाड़कर रोये। वे लगातार अपने पिताजी से पूछ रहे थे कि मैं किस पाप का दण्ड पा रहा हूँ, मेरा तो जीवन ही नरक समान हो गया है किससे अपनी व्यथा कहूँ कुछ समझ....

सुलेखा जी और सभापति एक ही जगह बैठकर दूसरे कमरे में कानाफूँसी कर रहे थे। भोर हो गयी। रविन्द्र डॉक्टर नित्यकर्म से निवृत्त होकर अपने गाँव अहिरौली पशुपति भाई से मिलने पहुँच गये। पशुपति भाई भी द्वार पर ही बैठे थे। रविन्द्र डॉक्टर को देखते पूछ बैठे क्यों डॉक्टर इतना सबेरे, सब कुशल मंगल तो है न!

रविन्द्र डॉक्टर चरण-स्पर्श करते हुए बोले- क्या क्या बताऊँ। इसके बाद तीक्ष्ण बुद्धि के धनी पशुपति भाई ने उन्हें बिठाते हुए दो कप चाय मँगवा लिया और ख़ामोशी से चाय पीने लगे। थोड़ी देर बाद रविन्द्र डॉक्टर पूरे घटनाक्रम का विस्तार से वर्णन करने लगे। इस वर्णन में उन्हें बीस मिनट का समय लगा। अन्त में पशुपति भाई इस निष्कर्ष पर पहुँच गये कि इस सारी फ़साद के पीछे सुलेखा जी ही हैं, सो उन्होंने सलाह दिया कि सभापति को गोरखपुर भेज दीजिए कम से कम यहाँ की संगति तो छूट जाएगी।

इस सलाह को प्राप्त करने के बाद रविन्द्र डॉक्टर पुनः पाण्डेपुर लौट आए और दुकान पर बैठकर मरीज़ देखने लगे। सभापति का कही भी दर्शन नहीं था। थोड़ी देर बाद सुलेखा जी नीचे आयी और रविन्द्र डॉक्टर का चरण-स्पर्श करते हुए बोली कि चलिए ऊपर नाश्ता कर लीजिए। खैर रविन्द्र डॉक्टर नाश्ता कर लिये और पुनः नीचे आकर अपने काम में व्यस्त हो गये।

शाम को जब वे ऊपर आवास में गये तो उन्होंने सुलेखा जी से सभापति के

विषय में पूछा तो पता चला कि सभापति सुबह से ही निकला है और अभी तक लौटा नहीं है। रात्रि में जब रविन्द्र डॉक्टर भोजन पर बैठे तभी कनकलता का फ़ोन आया कि पापाजी सभापति भइया गोरखपुर आए हुए हैं और कह रहे कि अब वे गोरखपुर मे ही रहेंगे।

इस बात पर रविन्द्र डॉक्टर आश्वस्त होते हुए बोले कि उसको वहीं पर रखो, यहाँ से तो नाम कमाकर गया है। इसके बाद फ़ोन कट गया। सुलेखा जी भी सब कुछ सुन रही थीं, किन्तु चुप थीं।

एक सप्ताह का समय व्यतीत हो गया। एक दिन सभापति एक स्कूटी से पाण्डेपुर आया। स्कूटी देखकर सुलेखा जी पूछ बैठीं कि स्कूटी किसकी है?

सुलेखा जी के इस प्रश्न पर सभापति मुस्कुराता हुआ बोला कि कनकलता भाभी अपने पैसे से खरीदी हैं इसी से वह मेडिकल कॉलेज जाती हैं

सो पूछ बैठी कि अब क्या करोगे, पापा तो तुमसे बहुत नाराज़ हैं। तब सभापति बोला- कम्प्यूटर कोर्स में एडमीशन करा रहा हूँ वही कोर्स करूँगा, प्रत्येक महीने तीन हज़ार फीस है छह महीने का कोर्स है।

इसके बाद सभापति भोजन करने बैठ गया। भोजन करने के बाद शाम को वह पाण्डेपुर चौराहे पर अपने मित्रों के साथ खड़ा था तभी वह उसकी पूर्व प्रेमिका दाई आ गयी और सभापति को एक सुर में गाली देना प्रारम्भ कर दी। इसके बाद उसने अपना चप्पल भी निकाल लिया, किन्तु सभापति की मित्र मण्डली ने बीच-बचाव करके मामला शान्त करा दिया। इस दरम्यान भी सभापति दाई से केवल क्षमा-याचना ही करता रहा। खैर इसके बाद सभापति सकुशल घर वापस आ गया हालाँकि आज भी वह शराब पीकर ही घर में घुसा था।

रविन्द्र डॉक्टर तो सभापति से इतना निराश थे कि उन्होंने उसकी ओर देखा तक नहीं। सुबह सभापति सुलेखा जी से चार हज़ार रुपया लेकर गोरखपुर आ गया। दूसरे दिन सुलेखा जी ने पति महोदय से सभापति की प्रगति के विषय में विस्तार से बताया। सुलेखा जी के व्याख्यान पर रविन्द्र डॉक्टर हाथ जोड़ लिए और शयनकक्ष में चले गये। दरअसल सुलेखा जी भी रविन्द्र डॉक्टर से प्रतिदिन हज़ार-पाँच सौ रुपया ले ही लेती थीं। इसको वह धर्म-परायण पत्नी का अधिकार समझती थीं।

बीस दिन व्यतीत हो गये। ठीक इक्कीसवें दिन कनकलता का फ़ोन आया कि सभापति भइया को बहुत चोट आयी है और वह घर पर ही हैं रमापति भइया उनको घायल अवस्था में घर तक लाए हैं। इतना सुनते ही सुलेखा जी तुरन्त रविन्द्र डॉक्टर के साथ गोरखपुर के लिए चल दीं। शाम को जब रविन्द्र डॉक्टर गोरखपुर वाले आवास पर पहुँचे तो देखे कि सभापति के गाल पर कई जगह चोट के निशान थे और पूरा शरीर फूला हुआ लग रहा था। हालाँकि कनकलता ही उसका उपचार कर रही थी परन्तु रविन्द्र डॉक्टर के पहुँचते ही उसने अपना इलाज बन्द कर दिया।

थोड़ी देर बाद रमापति और कुलभूषण भी घर में दाख़िल हो गये। कुलभूषण ने ही रविन्द्र डॉक्टर और सुलेखा जी को पूरा वृत्तान्त सुनाया। हुआ ये था कि सभापति जिस दिन से यहाँ आया था, शायद ही किसी दिन वह बिना शराब पीकर आया हो। हालाँकि रमापति भी शराब पीता है, किन्तु प्रतिदिन नहीं। घटना वाले दिन सभापति ने शराब के नशे में मोहल्ले की ही एक अधेड़ महिला से अश्लील हरकत कर दिया था। उसके बाद उसने अपने पुत्रों की सहायता से उसे ख़ूब पीटा और उठाकर नाले में फेंक दिया। सभापति तो नाले में पड़ा था, तभी उधर से रमापति आ रहा था। वही इसको देख लिया और उठाकर घर लाया। इसके बाद कुलभूषण घटनास्थल पर गया और उस महिला से भी मिला। वह महिला भी आश्चर्य व्यक्त कर रही थी कि कनकलता का देवर भला ऐसा भी हो सकता है। यह सब सुनकर रविन्द्र डॉक्टर तो बस अपने भाग्य का शोक मना रहे थे, परन्तु सुलेखा जी सभापति के पक्ष में खड़ी होकर कह रही थीं कि भला सभापति बुज़ुर्ग महिला से अभद्रता कर सकता है? वह महिला ही झूठ बोल रही है। इसी प्रकरण में वह उस महिला से शिकायत करने पहुँच गयीं।

उस महिला ने धैर्य का प्रदर्शन किया और सुलेखा जी को अपनी बैठक में ले जाकर पूरे घटनाक्रम को विस्तार से समझाया और चाय नाश्ता के बाद यह कहते हुए सुलेखा जी को विदा किया कि अपने बालक को ख़राब संगति से दूर कीजिए आख़िर हम लोग हैं तो पड़ोसी ही।

सुलेखा जी असंतृप्त मन से घर लौट आयीं। उनका व्यग्र मन उस महिला से बदला लेने के लिए मचल उठ रहा था, परन्तु वह जानती थीं कि वहाँ उपस्थित उनके तीनों पुत्र किसी को पीट भी नहीं सकते है क्योंकि वह सब आले दर्जे के डरपोक भी है।

दूसरे दिन रविन्द्र डॉक्टर कनकलता को पूरा इलाज समझाकर अकेले ही वापस पाण्डेपुर चले आये। रविन्द्र डॉक्टर प्रारम्भ से ही अपनी प्रैक्टिस और अर्थोपार्जन के प्रति जागरूक रहे थे। संयोग से उसी दिन पशुपति भाई भी पाण्डेपुर रविन्द्र डॉक्टर से मिलने पहुँच गये। पशुपति भाई की तबियत भी ठीक नहीं थी सो रविन्द्र डॉक्टर ने पशुपति भाई को दवा भी दे दिया। एक ख़ुराक दवा खाने के बाद पशुपति भाई हाल-चाल पूछने की मुद्रा में आ गये। आज रविन्द्र डॉक्टर सभापति का दुखड़ा लेकर बैठ गये और बीते दिनों का पूरा घटनाक्रम विस्तार से बता दिये। पशुपति भाई यह सब सुनकर कुछ देर के लिए ख़ामोश हो गये फिर बोले डॉक्टर! आपकी समस्याएँ बिना वजह की हैं। ईश्वर ने आपको धन-दौलत, खेत-बारी, पत्नी-औलाद सब कुछ दिया है परन्तु आपकी शान्ति को छीन लिया है आपकी समस्या ही बहुत विकट है, जिसका समाधान खोजना भी बहुत कठिन है।

पशुपति भाई के इस कथन पर रविन्द्र डॉक्टर चुप ही रहे और पास में बैठे अन्य दो मरीज़ों को देखने लगे। थोड़ी ही देर में दुकान में बैठा लड़का बर्फी और पानी लेकर आ गया उसके बाद चाय नमकीन। जलपान के बाद पशुपति भाई रविन्द्र डॉक्टर से पूछ बैठे कि सभापति के लिए आगे क्या सोचे हैं?

इस प्रश्न पर रविन्द्र डॉक्टर बोले- मैं तो कुछ भी सोच नहीं पा रहा हूँ। गोरखपुर भी भेजकर देख चुके अब आप ही बताइए कि आगे क्या किया जाए।

इस बार पशुपति भाई कुर्सी से उठते हुए बोले कि अब तो वह वापस पाण्डेपुर आ ही रहा है उसी से पूछा जाएगा। यह कहकर वे विदा लिये।

एक सप्ताह बाद सभापति स्वस्थ होकर माता सुलेखा के साथ पाण्डेपुर चला आया। दो-चार दिन घूमने के बाद सभापति ने माता सुलेखा को बताया कि सर्वोदय विद्यालय के प्रबन्धक अपनी सफारी गाड़ी मात्र साढ़े तीन लाख में बेच रहे हैं, यदि पापा उस गाड़ी को ख़रीद लेते तो मैं उसी को भाड़े पर चलाता। यह बात सुलेखा जी की समझ में आ गयी और उन्होंने इसके लिए रविन्द्र डॉक्टर को मना भी लिया। चूँकि प्रबन्धक महोदय पशुपति पाण्डे के शिष्यवत् थे और रविन्द्र डॉक्टर भी उनसे परिचित थे सो सौदे की बात प्रारम्भ हो गयी। इस कार्य के लिए भी पशुपति भाई से कहा गया। सो एक दिन पशुपति भाई प्रबन्धक महोदय के साथ रविन्द्र डॉक्टर के क्लीनिक पर आये औ रविन्द्र डॉक्टर को निर्देशित करते हुए बोले कि आप प्रबन्धक महोदय को तीन लाख पच्चीस हजार

देकर गाड़ी ट्रान्सफर करा लीजिए। पशुपति भाई की बात को दोनों पक्ष सहर्ष स्वीकार भी कर लिये। सफारी गाड़ी रविन्द्र डॉक्टर के दरवाज़े पर आ गयी। सुलेखा जी ने उसे सिन्दूर से टीक भी दिया। अब सभापति ने अपने मित्र ड्राइवर के साथ गाड़ी की कमान सँभाल लिया था। गाड़ी किराये पर चलने लगी। रविन्द्र डॉक्टर और सुलेखा जी भी सन्तुष्ट थे कि चलो लड़का कम से कम कुछ कर तो रहा है। तभी सहसा एक दिन पता चला कि गाड़ी तीन पेटी अंग्रेजी शराब के साथ बिहार बॉर्डर पर पकड़ गयी है। चूँकि उस समय बिहार में शराब निषेध था सो इसी शराब की तस्करी से सभापति पैसा कमा रहा था।

जब रविन्द्र डॉक्टर को यह बात पता चली तो उनके तो होश ही उड़ गये। वे भागे-भागे अहिरौली गये परन्तु पशुपति भाई से मुलाक़ात नहीं हो सकी। सो रात्रि वहीं रुक गये और दूसरे दिन भोर में पशुपति भाई के दरवाज़े पर पहुँच गये। संयोग था कि पशुपति मिल गये। रविन्द्र डॉक्टर को देखते ही पशुपति भाई समझ गये कि कोई गम्भीर संकट आन पड़ा है सो पूछ बैठे- क्यों डॉक्टर सब कुशल मंगल है न!

पशुपति भाई के इन शब्दों को सुनते ही रविन्द्र डॉक्टर भरभराकर रो पड़े। पशुपति अवाक् से उनके पास जाकर पूछे क्या हो गया डॉक्टर? धैर्य रखो सब ठीक हो जाएगा।

इसके बाद रविन्द्र डॉक्टर ने पूरा वृत्तान्त सुनाया और पशुपति भाई से गुहार लगाते रहे कि किसी भी तरह सभापति और गाड़ी को छुड़वा दीजिए। इसके बाद पशुपति भाई रविन्द्र डॉक्टर से यह कहते रहे कि मैं नहा-धोकर पाण्डेपुर आता हूँ तब तक आप चलिए मैं कोई उपाय करता हूँ और घर के भीतर चले गये। रविन्द्र डॉक्टर भी व्यग्र मन से वापस पाण्डेपुर लौट आए।

ठीक नौ बजे सुबह-पशुपति भाई पाण्डेपुर रविन्द्र डॉक्टर के आवास पर पहुँच गये। आज सुलेखा जी भी उन्हें दूर से ही प्रणाम बोली थीं। पशुपति भाई पहुँचते ही रविन्द्र डॉक्टर से बोले कि बिहार के ही उस क्षेत्र के एक नेताजी से बात हुई हैं, कह रहे थे कि यदि गाड़ी और ड्राइवर का चालान नहीं हुआ होगा तो बात बन जाएगी, नही तो ड्राइवर को जेल जाना होगा। तभी पशुपति भाई का मोबाइल फोन बज उठा। पशुपति भाई फोन कान में लगाते हुए बोले- बोलिए नेताजी क्या ख़बर है? दूसरी ओर से आवाज आई गुरुजी! अभी चालान नहीं हुआ है ड्राइवर के साथ गाड़ी मालिक भी है। मैं स्वयं कोतवाली गया था काम हो

जाएगा... कम से कम एक लेकर आइएगा, मैं आज क्षेत्र में ही रहूँगा।

उसके बाद पशुपति भाई यह कहते हुए फ़ोन काट दिये कि हम लोग अभी पाण्डेपुर से चलने ही वाले हैं आप कहीं जाइएगा नहीं। पाण्डेपुर से बिहार बार्डर की दूरी मात्र सत्तर किलोमीटर ही थी। अब रविन्द्र डॉक्टर पैसों की व्यवस्था के बारे में विचार करने लगे। साठ हज़ार तो उनके पास थे परन्तु बाक़ी का पैसा! सो पशुपति भाई ने रोशन सेठ को फ़ोन मिलाया और पचास हज़ार थोड़ी देर में सेठ का आदमी लेकर पहुँच गया। अब रविन्द्र डॉक्टर और पशुपति भाई जाने की व्यवस्था मे लग गये। सो एक परिचित की ही मारुति गाड़ी मँगायी गयी और दोनों लोग निकल पड़े। आधी दूरी पार करने के बाद पशुपति भाई ने नेताजी को फ़ोन मिलाया तो नेताजी ने उन्हें अपने आवास पर ही आने को कहा। एक घण्टे बाद पशुपति भाई नेताजी के आवास पर पहुँच गये। नेताजी अपनी कोठी के बाहर बरामदे में ही बैठे थे, पशुपति पाण्डे को देखते ही नेताजी हाथ जोड़कर खड़े हो गये और प्रारम्भिक हाल-चाल के बाद मुख्य मुद्दे पर आ गये। इस बीच जलपान का दौर जारी था। नेताजी आत्म-प्रशंसा में बोलना प्रारम्भ किये- यहाँ का कोतवाल बहुत कड़ा आदमी है किसी की नही सुनता है सिवाय मेरे। मेरा तो वह बहुत सम्मान करता है। आपकी गाड़ी तो बस चालान होने ही जा रही थी कि मैं पहुँच गया और सारा मामला ठण्डे बस्ते में डलवा दिया गया। आपकी भी मैं प्रशंसा करूँगा कि आप लोग समय पर आ गये।

इसके बाद नेताजी ने अपने ड्राइवर को गाड़ी निकालने का आदेश देते हुए पशुपति को कमरे के भीतर बुलाया। पशुपति भाई पूरा एक लाख लेकर कमरे में गये और नेताजी ने उनसे पैसा माँगा। पशुपति भाई पूरा एक लााख उनके सामने रख दिये। इसके बाद नेता ने स्वयं उसमें से दस हजार गिनकर निकाला और पशुपति भाई के हाथों में रख दिया। पशुपति भाई भी मुस्कुराते हुए उसे अपने कुर्ते के पॉकेट में रख लिये। इसके बाद दोनों लोग कमरे से बाहर आ गये। नेताजी के आग्रह पर पशुपति भाई और रविन्द्र डॉक्टर उन्हीं की गाड़ी मे बैठ गये। इसी बीच पशुपति भाई मारुति वाले ड्राइवर से कह दिये कि आप गाड़ी लेकर वापस पाण्डेपुर जाइए, हम लोग सफारी गाड़ी से लौट आएँगे और रविन्द्र डॉक्टर से ड्राईवर को दो सौ रुपया भी दिलवा दिये।

जब तीनों लोग कोतवाली पहुँचे तो देखे कि सभापति ओर उसका मित्र टीपू बरामदे में बैठे हैं और गाड़ी बाहर खड़ी है। पशुपति भाई और रविन्द्र डॉक्टर को

देखते ही दोनों खड़े हो गये, परन्तु पशुपति भाई हाथ से बैठने का इशारा करते हुए नेताजी के साथ कोतवाली के कमरे की ओर बढ़ गये। नेताजी ने कोतवाल साहब से दोनों भद्रजन का परिचय कराते हुए गाड़ी सहित दोनों लड़कों को विदा कर दिया।

रास्ते भर पशुपति भाई सभापति और उसके मित्र को डाँटते हुए यही समझाते रहे कि दोबारा यदि ऐसी ग़लती करोगे तो जेल में ही सड़ना पड़ेगा। खैर शाम तक सभी लोग पाण्डेपुर पहुँच गये। सुलेखा जी तो सभापति का ऐसा स्वागत कर रही थीं कि जैसे वह सेना की भर्ती से आ रहा हो। इसके बाद पशुपति भाई भी चलने के लिए उठे तो रविन्द्र डॉक्टर ने उनके पॉकेट में पाँच हजार रुपया डालते हुए चरण-स्पर्श कर लिया।

इधर सफ़ारी की चाबी रविन्द्र डॉक्टर ने अपने पास रख लिया। अब सभापति पाण्डेपुर मे ही घूमता रहता और रमापति गोरखपुर में। दोनों ही बच्चों के आय का स्रोत माता सुलेखा बनी हुई थीं। इसी बीच होली का त्योहार आ गया। चन्द्रभूषण भी दिल्ली से आ गया। रविन्द्र डॉक्टर भी पत्नी सुलेखा के साथ गोरखपुर चले आये। पूरा परिवार इकट्ठा हो गया था। रविन्द्र डॉक्टर ने कुलभूषण को तीन हज़ार रुपया दिया ताकि होली का बाज़ार हो जाए परन्तु शाम को जब कुलभूषण सब सामान लेकर आया तो पापा से बोला कि एक हज़ार और दीजिए ताकि मीट वाले को एडवांस दे आऊँ संयोग से चन्द्रभूषण वहीं पर उपस्थित था सो तुरन्त बोल पड़ा- नहीं भइया, सुबह चार बजे चला जाएगा और सामने कटवाकर लाया जाएगा, नहीं तो साले कुत्ता काटकर थमा देंगे।

चन्द्रभूषण के इस वक्तव्य पर पूरा परिवार ही उसकी ओर स्तब्ध-सा देखता रहा परन्तु किसी सदस्य में उसकी बातों को काटने का साहस नहीं था, क्योंकि चन्द्रभूषण उस परिवार का घोषित सर्वज्ञानी व्यक्ति था। खैर चन्द्रभूषण ने ही इस कार्य की ज़िम्मेदारी भी ले ली। हालाँकि अन्दर जाकर कुलभूषण कनकलता से कह रहा था बाबू दिल्ली से नया-नया ज्ञान लेकर आ जाते हैं भला कहीं ऐसा होगा। होली की शाम को जब पूरा परिवार एक जगह बैठकर टी0वी0 देख रहा था तभी चन्द्रभूषण ने एक ज्ञान की बात और की। वह यह कि यदि गाँव की ज़मीन में यूकेलिप्टस के पेड़ लगवा दिये जाएँ तो पाँच साल बाद भारी मुनाफ़ा होगा, आखिर खेती करवाने कौन जाएगा ही।

रविन्द्र डॉक्टर इस कथन पर तटस्थ थे परन्तु पूरा परिवार चन्द्रभूषण के

समर्थन में था। चन्द्रभूषण के कथन के अनुसार यदि दो लाख पेड़ लगवा दिये जाएँ तो पाँच साल बाद उनका मूल्य कम से कम तीस से चालीस करोड़ के बीच होगा। उसने दो हज़ार प्रति पेड़ के हिसाब जोड़कर बता भी दिया। पूरा परिवार उसके इस ज्ञान के आगे नतमस्तक था। सभापति और रमापति तो बेहद उत्साहित थे। रविन्द्र डॉक्टर भी योजना के क्रियान्वयन की योजना बनाने में व्यस्त हो गये। पाँच लाख का तो गन्ने मिल का ही भुगतान खाते में आने वाला था सो योजना को बल मिलता गया और बरसात के मौसम का बेसब्री से इन्तज़ार होने लगा।

सभापति, रमापति और कुलभूषण प्रत्येक नर्सरी पर जा-जाकर युकेलिप्टस के पौधे का मूल्य पता करने लगे। तीनो ही इस कार्य में हिस्सा बँटाना चाहते थे। दरअसल इतने बड़े प्रोजेक्ट में कुलभूषण, रमापति और सभापति तीनों ही अपनी हिस्सेदारी चाहते थे सो सभी ने अपने-अपने स्तर से किफ़ायती काम कराने का वादा भी कर दिया। सर्वप्रथम कुलभूषण एक लाख रुपया लेकर गया और ट्रैक्टर ट्राली से पच्चीस हज़ार पौधा लेकर आया। पौधों को खेत में रोपने की ज़िम्मेदारी सभापति को दी गयी थी। पौधों की दूसरी खेप रमापति ने पहुँचाया। इस प्रकार एक लाख पौधे खेतों में लग गये। अब खेत भी थोड़ा ही बचा था। कुछ खेत गेहूँ, धान की खेती के लिए छोड़ना भी था सो दो बिगहा ज़मीन छोड़कर शेष तीन बिगहा पर पच्चीस हज़ार और पौधों को लगाने का कार्यक्रम तय हो गया। अबकी बार पौधे ख़रीदने की ज़िम्मेदारी सभापति ने लिया।

सभापति पिताजी से एक लाख रुपया लेकर गया और वापस एक नयी मोटरसाइकिल के साथ आया। यह देखकर रविन्द्र डॉक्टर ग़ुस्से से तमतमा गये और डाँटते हुए पूछ बैठे- तुमको पैसा पौधों के लिए दिये थे और तुम मोटरसाइकिल खरीद लाए।

यह सब सुनकर सभापति, ऊपर माता सुलेखा के पास गया और पापा की बहुत शिकायत किया और यह भी कहा कि हमेशा चार लोगों के सामने डाँटते रहते है। मोटरसाइकिल के बिना मुझे बहुत परेशानी हो रही थी इसीलिए मैंने मोटरसाइकिल ख़रीद लिया इसमें मैंने क्या ग़लती किया है। आखिर मेरी भी तो कुछ इच्छा है। इसके बाद सभापति ज़ोर-ज़ोर से रोने लगा। इस ताण्डव को देखकर रविन्द्र डॉक्टर चुप रहने में ही भलाई समझे और अपने भाग्य को कोसते

हुए अपने शयनकक्ष में चले गये।

दूसरे दिन वे स्वयं एक नर्सरी में गये और तीन रुपये प्रति पौधे के हिसाब से तीस हज़ार पौधों का ऑर्डर दे दिये। इस प्रकार जुलाई मास के अन्त तक दो बिगहा खेत छोड़कर बाक़ी खेतों में एक लाख तीस हज़ार पौधे लग चुके थे। दीपावली में जब चन्द्रभूषण पाण्डेपुर आया तो खेतों में लगे युकेलिप्टस के पौधों को देखने भी गया। वापस लौटकर उसने यह बताया कि लगभग दस प्रतिशत पौधे मर चुके हैं। रविन्द्र डॉक्टर को इस क्षति से आघात तो पहुँचा परन्तु वह कर भी क्या सकते थे सो वह चन्द्रभूषण से साफ़-साफ़ कह दिये कि यह तुम्हारी और तुम्हारे भाइयों की राय थी अब मुझसे कुछ मत कहो मेरा तो छह लाख रुपया भी लग गया और खेती से आमदनी भी बन्द हो गयी। मैं तो अब खेतों की ओर देखने भी नही जाऊँगा। तुम्हीं दिल्ली से आकर यह सब देखो और समझो, अब मेरा जीवन ही कितने दिन बचा है।

रविन्द्र डॉक्टर के इस कथन को सुनते ही सुलेखा जी झुँझलाते हुए बोली कि आपको अभी दो बच्चों की और शादी करनी है उसके बाद मरने-मराने की बात कीजिएगा।

रविन्द्र डॉक्टर भी प्रत्युत्तर में बोल दिये कि इन निकम्मों की शादी के लिए कोई आए तो सही या मैं ही लड़की वालों के घर जाऊँ? पति-पत्नी में काफी देर तक विवाद होता रहा, परन्तु कोई हल नहीं निकला।

दीपावली का त्योहार सम्पन्न हो गया। चन्द्रभूषण भी वापस दिल्ली चला गया। इसके बाद एक दिन रविन्द्र डॉक्टर की बुआ का लड़का पाण्डेपुर आया और रविन्द्र डॉक्टर से एक एम0बी0ए0 एवं एम0सी0ए0 पास लड़की के लिए वर पूछने लगा, साथ ही उसने यह भी बताया कि लड़की ग़ाज़ियाबाद में किसी कम्पनी में चार लाख सालाना पैकेज पर नौकरी भी करती है।

बुआ के लड़के अर्थात् भाई की इन बातों को सुनकर तो रविन्द्र डॉक्टर की बाँछें ही खिल गयीं। सुलेखा जी भी उसे भोजन ग्रहण करके ही जाने का निवेदन करने लगी। सो तुरन्त नीचे दुकान से लड़के को बुलाकर उसे पाँच सौ का नोट देते हुए एक किलो बकरे का मीट लाने के लिए बोल दी। इसके बाद सुलेखा जी रविन्द्र डॉक्टर के बग़ल में बैठकर मन्त्रणा में व्यस्त हो गयी।

थोड़ी ही देर में सुलेखा जी ने अपने तीसरे सुपुत्र रमापति को ही परोस दिया

और साथ में यह भी बता दीं कि रमापति भी दिल्ली में ही एक कम्पनी में नौकरी कर रहा है। रविन्द्र डॉक्टर ने भी पत्नी का समर्थन कर दिया। अब आशा की किरण उग चुकी थी। सुलेखा जी ने बड़े प्रेम से भोजन परोसा और आदर भाव से विदा किया। अब दूसरे दिन से ही फ़ोन पर बातचीत का सिलसिला प्रारम्भ हो गया। एक सप्ताह बाद बुआ का लड़का, लड़की के बाप के साथ पाण्डेपुर आया और विवाह के सम्बन्ध में विस्तार से चर्चा हुई। रविन्द्र डॉक्टर के धन का बखान तो वैसे भी बहुत था, जो कमी थी उसे बुआ के लड़के ने बढ़ा-चढ़ाकर लड़की के बाप के समक्ष प्रस्तुत कर दिया। इस दरम्यान सुलेखा जी और रविन्द्र डॉक्टर मुस्कुराते भर रहे। कुल मिला-जुलाकर लड़की के बाप को अन्त में सहमति देनी पड़ी। अब बात लड़की की फोटो और दान-दहेज़ की करनी थी। फोटो तो लड़की का बाप लाया था सो वह तो एक ही बार में फाइनल हो गयी। अब बात दहेज़ की थी सो इस पर बात नहीं बन पा रही थी। लड़की का बाप किसान था और गाँव के चौराहे पर खाद, बीज की दुकान भी चलाता था। वह तीन लाख के ऊपर नहीं बढ़ रहा था और रविन्द्र डॉक्टर पाँच के नीचे तैयार नहीं थे। वे बार-बार दस लाख ख़र्च का हिसाब बता रहे थे और अब उसका आधा पाँच लाख ही माँग रहे थे। इसी क्रम में सुलेखाजी बुआ के लड़के को इशारे से कमरे में बुलाकर बोलीं कि बाबू बीस तोला सोना तो हमने अपनी दोनों बहुओं को दिया है तो भला इसको नही देंगे? थोड़ा इसको भी बताइए।

खैर इसी ऊहापोह में दोनों पक्ष अगली बैठक तक के लिए विदा लिये। चलते समय रमापति का एक फोटो लड़की का बाप साथ में ले गया। अब प्रतिदिन रविन्द्र डॉक्टर अपने भाई से बात करते रहे। इसी क्रम मे एक दिन बुआ का लड़का, लड़की के बाप साथ पुनः पाण्डेपुर आया। इस बार लड़की का बाप चार लाख तक बढ़ गया था, परन्तु रविन्द्र डॉक्टर अपने ख़र्चों को गिनाते हुए पाँच लाख के नीचे आने को क़तई तैयार नहीं थे सो शादी को सात महीने आगे करना पड़ा ताकि लड़की का बाप पाँच लाख रुपया दहेज दे सके एवं रमापति का विवाह तय हो गया। पूरा परिवार इस कमाऊ लड़की को पाकर बहुत प्रसन्न था और रमापति के भाग्य की सराहना भी कर रहा था।

अब बात रमापति के कमाने की थी सो रमापति को तुरन्त दिल्ली चन्द्रभूषण के पास भेजा गया ताकि कहीं छोटी-मोटी भी नौकरी मिल जाए और लाज बच जाए। इसके बाद चन्द्रभूषण भी प्रयास में लग गया। एक दो जगह रमापति ने साक्षात्कार भी दिया परन्तु असफल ही रहा क्योंकि वह तो अपनी पढ़ाई का

ए0बी0सी0डी0 भी भूल चुका था। सो चन्द्रभूषण ने उसे रविन्द्र डॉक्टर से सहमति लेकर एक कोचिंग में दाख़िला दिला दिया ताकि वह थोड़ी तैयारी करके नौकरी पा सके। यह कोर्स छह महीने का था।

इधर सुलेखा जी का उत्साह हिलोरें मार रहा था और वह अपनी होने वाली बहू से तुरन्त मिलना चाहती थीं। इसके लिए बहू का उपस्थित रहना आवश्यक था सो बहू की कम्पनी से एक महीने बाद ही दो दिन की छुट्टी मिल पायी और दोनों परिवार इस मिलन-समारोह के कार्यक्रम के लिए कुशीनगर नामक स्थान का चुनाव किये। निश्चित दिन सुलेखा जी पूरे परिवार के साथ कुशीनगर पहुँच गयीं। लड़की-पक्ष से मात्र छह लोग ही आये थे। सुलेखा जी होने वाली बहू के लिए एक भारी सोने की अँगूठी भी ले गयी थीं। आपसी मिलन और स्नेहपूर्ण वातावरण के बीच सुलेखा जी ने बहू को अँगूठी पहनाते हुए बताया कि बाबू को ऐन वक्त पर छुट्टी नहीं मिल पायी है इसीलिए रमापति नहीं आ पाये। सुलेखाजी की इन बातों पर लड़की-पक्ष विश्वास भी कर बैठा परन्तु लड़की अपने होने वाले पति से अवश्य मिलना चाहती थी सो लड़की की संतुष्टि के लिए सुलेखा जी ने रमापति को फोन मिलाकर लड़की-पक्ष के सभी सदस्यों से बात भी करा दिया। इसी दौरान लड़की ने रमापति का मोबाइल नम्बर भी अपने स्मार्ट फ़ोन में सुरक्षित कर लिया। यह कार्यक्रम भी बहुत धूमधाम से सम्पन्न हो गया। सुलेखा जी भी अपनी बड़प्पन में कुछ भी उठा नहीं छोड़ीं। इसके बाद सभी लोग अपने-अपने गन्तव्य की ओर चल दिये।

देखते-देखते ही विवाह का समय निकट आने लगा। मैरेज हाल, बैण्डबाजा, हलवाई आदि का कुल मिलाकर अस्सी हज़ार बयाना (एडवांस) दिया जा चुका था।

इसी बीच रविन्द्र डॉक्टर की बुआ का लड़का पाण्डेपुर आया और सुलेखा जी से निवेदन किया कि लड़की रमापति से दिल्ली में ही मिलना चाहती है। इस प्रस्ताव पर एक बार तो सुलेखा जी के हाथ-पाँव फूल गये क्योंकि रमापति तो अभी कोचिंग में ही पढ़ रहा था। सो पति से परामर्श लेने लगीं। रविन्द्र डॉक्टर अपने भाई को आश्वासन देते हुए विदा किये कि आप लड़की से पूछकर दिन निश्चित कीजिए, मैं रमापति को बोल दूँगा।

भाई के चले जाने के बाद सुलेखा जी ने रमापति को और रविन्द्र डॉक्टर ने चन्द्रभूषण को फ़ोन मिलाया और अपने-अपने स्तर से समस्या के निस्तारण में

लग गये। रमापति की भावी पत्नी से मिलने की आतुरता को सुनकर सुलेखा जी आज पहली बार उसे उसके निकम्मेपन पर खरी-खोटी सुनाईं और यह भी बोलीं कि इज़्ज़त ढकते-ढकते हम और तुम्हारे पापा रोगी बन गये हैं दोनों लोगों का सुगर और ब्लडप्रेशर बढ़ा ही रहता है।

अन्त में चन्द्रभूषण ने समझाते हुए बोला कि पापा! आप बीस हज़ार रुपया भेज दीजिए मैं लड़की के लिए एक अँगूठी ख़रीद दूँगा और दोनों के लिए एक-एक सेट कपड़ा। आख़िर पहली बार मुलाक़ात करेंगे, नहीं तो लड़की कहीं यह न समझ ले कि रमापति कुछ करता नहीं है।

चन्द्रभूषण के इस सुझाव पर रविन्द्र डॉक्टर ने दूसरे दिन ही उसके खाते में बीस हज़ार डलवा दिया। एक हफ़्ते बाद लड़की के बाप ने रविन्द्र डॉक्टर को फ़ोन पर अपनी बिटिया का मिलने का कार्यक्रम समझा दिया। निश्चित दिन, निश्चित स्थान पर रमापति अँगूठी और कपड़े आदि के साथ सज-धजकर पहुँच गया। लड़की रमापति को पहचान गयी और रमापति भी उसे पहचान गया क्योंकि पहले ही फोटो का आदान-प्रदान हो चुका था। थोड़ी देर दोनों आपस में बात करते रहे। लड़की केवल अपनी पढ़ाई और जॉब के विषय में ही बात कर रही थी, तभी रमापति उसे लेकर एक रेस्टोरेण्ट में चला गया।

रोस्टोरेण्ट मे बैठने के बाद रमापति ने ही स्नैक्स और कॉफी का ऑर्डर दिया। थोड़ी देर बाद लड़की रमापति से उसकी पढ़ाई और जॉब के विषय में पूछना प्रारम्भ कर दी। अब रमापति की सारी मेधा जवाब देने लगी थी, उसे समझ में ही नहीं आ रहा था कि कहाँ से प्रारम्भ करूँ। सो उसने बहुत संक्षिप्त में बता दिया कि मैं यहीं दिल्ली की एक सॉफ्टवेयर कम्पनी में हूँ लेकिन मै जॉब छोड़ने वाला हूँ क्योंकि कम्पनी सेलरी भी नहीं बढ़ा रही है और मुझे मार्केटिंग डिवीजन में भेजने के लिए कह रही है। भागादौड़ी मेरे बस की बात नहीं है। इसके बाद वह पुनः वेटर को बुलाने लगा, परन्तु लड़की ने मना कर दिया।

चलते समय लड़की ने बताया कि मेरे मामा का लड़का भी बी0टेक0 करके जॉब के लिए परेशान है, परन्तु कहीं कुछ हो नहीं पा रहा है। मैंने उसको ग़ाज़ियाबाद अपने पास ही बुलाया है, यदि कहीं कुछ चान्स बने तो बताइएगा। लड़की इसके बाद बाय कहती हुई चली गयी।

घर पहुँचकर माता सुलेखा को पूरा वृत्तान्त बताया गया कि लड़की से भेंट-मिलन कार्यक्रम सफलतापूर्वक सम्पन्न हो गया। तब जाकर माता सुलेखा जी

शान्ति से बैठ पायीं नहीं तो पूरे समय व्यग्रता के साथ ऊपर-नीचे कर रही थीं। रात्रि नौ बजे उन्होंने रविन्द्र डॉक्टर की उपस्थिति में अपनी होने वाली बहू को फ़ोन मिलायी और शिकायती अन्दाज़ में उलाहना देती हुई बोलीं कि तुम जब मम्मी जी को नहीं याद करोगी तो चलो भाई हम ही मिला देते हैं। उसके बाद लड़की उनसे क्षमा-याचना के बाद सब कुशल मंगल बतियाने लगी। पाँच मिनट के वार्तालाप के बाद सुलेखा जी फ़ोन रख दीं और मुस्कुराते हुए बोलीं कि बड़ी ही होशियार और मिलनसार लड़की है।

सुलेखा जी की इस वार्ता को चन्द्रभूषण की पत्नी भी कान लगाकर सुन रही थी सो उसने भी उसी रात को अपनी छोटी चचेरी बहन को फ़ोन करके सारी स्थिति से अवगत करा दिया और लड़की का फ़ोन नम्बर भी देने का आश्वासन दे दी। दूसरे दिन चन्द्रभूषण की पत्नी, रविन्द्र डॉक्टर के मोबाइल में से ग़ाज़ियाबाद वाली लड़की का मोबाइल नम्बर एक डायरी में लिख ली, उसके बाद उसने अपनी छोटी बहन को नम्बर मैसेज कर दिया।

इसी बीच रमापति की होने वाली पत्नी अपने मामा के लड़के के साथ उसी कोचिंग सेण्टर पर एडमीशन कराने पहुँच गयी जहाँ रमापति भी पढ़ता था। संयोग ऐसा था कि जब लड़की वहाँ से बात करके बाहर निकल रही थी तो रमापति उसे दिखायी दे गया, परन्तु वह नज़र बचाकर चली आयी और वह कुछ बोली नहीं ।

दो दिन बाद जब वह अपने भाई के साथ फीस जमा करने कोचिंग सेण्टर गयी तो देखी कि रमापति क्लास रूम की ओर जा रहा है। खैर वह अपने भाई का दाख़िला कराकर अपने ऑफिस चली आयी। इधर जब से रमापति उससे मिलकर आया था तभी से वह अपनी होने वाली पत्नी को स्मार्टफ़ोन पर अपना फोटो शायरी चुटकुले आदि भेजता रहता। हालाँकि लड़की इस मामले में संजीदा थी और अपनी नौकरी और पढ़ाई आदि में व्यस्त रहती थीं वह अभी भी प्रतियोगी परीक्षाओं की पढ़ाई करती रहती थी। उसका मामा का लड़का कोचिंग के समीप एक हॉस्टल में रहने लगा था। कभी-कभी वह अपनी दीदी से मिलने ग़ाज़ियाबाद आ जाता था। इसी तरह दो महीने का समय और व्यतीत हो गया। तभी एक दिन लड़की के पास चन्द्रभूषण की ससुराल वाली लड़की ने उसे फ़ोन मिलाया और अपना परिचय देते हुए उसे रमापति के प्रति सजग कर दी और यह भी बता दी कि वह दिल्ली में ही नौकरी के लिए कोचिंग कर रहा है।

इसके वार्तालाप के बाद तो लड़की का माथा ठनका। उसने तो स्वयं रमापति को कोचिंग सेण्टर पर देखा था सो फ़ोन काल पर सहसा विश्वास होने लगा। ठीक पन्द्रह दिन बाद पुनः लड़की के पास पुराने नम्बर से फ़ोन आया और उसने साफ़ शब्दों में बताया कि मैं ही रमापति की पहली मंगेतर हूँ, वह मुझसे भी शादी का वादा करके गया था इसलिए तुम बीच में से हट जाओ तो अच्छा होगा। इसके बाद फ़ोन कट गया।

दो दिन बाद लड़की ने रमापति से पुनः मिलने की इच्छा जतायी तो रमापति सहर्ष तैयार हो गया और निश्चित दिन और समय पर लड़की के पास पहुँच गया। आज लड़की रमापति से उसकी सच्चाई जानने का दृढ़निश्चय करके आयी थी सो वह मिलते ही प्रश्नों का बौछार कर दी। इन प्रश्नों के आघात से वह पूरी तरह विचलित हो गया और अपनी बेराज़गारी की बात क़बूल कर लिया, परन्तु इसके बावजूद वह पूर्व के किसी भी प्रेम-सम्बन्ध से इंकार करता रहा। खैर आज रमापति निराशमन से लौट आया। उसी दिन लड़की ने अपने पिताजी से सम्पर्क करके सारा व्याख्यान सुनाया और यह भी कही कि रमापति के विषय में पूर्ण जानकारी प्राप्त कीजिए।

लड़की का पिता अपने स्रोतों से रविन्द्र डॉक्टर के विषय में जानकारी इकट्ठा करने लगा। दस दिनों बाद उसे पाण्डेपुर बाज़ार मे ही एक परिचित के माध्यम से पता चला कि रमापति चरित्र का खराब लड़का है। इसके बाद लड़की का बाप जब अपनी लड़की से ग़ाज़ियाबाद बात किया तो पता चला कि वह पूर्व में किसी लड़की के साथ होटल के कमरे से पकड़ा गया था। अपनी लड़की के इस कथन के बाद उसने निश्चय कर लिया कि अब वह रविन्द्र डॉक्टर के लड़के से अपनी बिटिया का विवाह नहीं करेगा।

तभी एक दिन सुबह-सुबह ही रविन्द्र डॉक्टर अपने यूकेलिप्टस के पेड़ों को देखने के लिए निकले थे, तभी उनका मोबाइल बज गया। दूसरी ओर से रमापति के भावी ससुर जी बोल रहे थे। वे शाम को रविन्द्र डॉक्टर से पाण्डेपुर में मिलना चाहते थे। रविन्द्र डॉक्टर ने भी उन्हें हँसते हुए आश्वस्त किया कि आइए-आइए मैं उपस्थित रहूँगा। दरअसल विवाह में मात्र एक महीने का ही समय बचा था सो वह अनुमान लगा लिये कि दहेज़ का पैसा देने आ रहे होंगे। इधर यूकेलिप्टस के आधे पेड़ मर चुके थे और बाक़ी पौधे भी जीर्ण-शीर्ण अवस्था में थे। इस स्थिति को देखकर उन्होंने अपना माथा ही पकड़ गया। खैर, वह कर भी

क्या सकते थे सो बाकी बचे पौधों के संरक्षण पर मंथन करते हुए पाण्डेपुर लौट आये और समधी जी के आगमन की सूचना से उन्होंने सुलेखा जी को अवगत भी करा दिया। सुलेखा जी इस ख़बर को सुनते ही शाम को बकरे के मीट का प्रसंग छेड़ दीं ताकि समधी जी भोजन करके ही जा सकें।

ख़ैर शाम को पाँच बजे समधी जी पधार गये। आज समधी जी ने स्वयं ही रविन्द्र डॉक्टर से आग्रह किया कि चलिए ऊपर चलकर बात करते हैं। सो भारी दहेज़ की रक़म की उत्कण्ठा पाले रविन्द्र डॉक्टर लड़की के बाप के साथ ऊपर आ गये। सुलेखा जी भी प्रणाम करते हुए कमरे में ही बैठ गयीं और प्रारम्भिक हालचाल के बाद उठकर जलपान लाने के लिए चली गयी।

जब सुलेखा जी जलपान के साथ कमरे में वापस आयीं तो यह देखकर हतप्रभ रह गयीं कि जो सामान उन्होंने लड़की को कुशीनगर में दिया था वह सब मेज पर रखा है और रविन्द्र डॉक्टर शान्त होकर बैठे हैं। सुलेखा जी सहसा लड़की के बाप से पूछ बैठीं कि यह सब सामान क्यों लेकर आये है? इस प्रश्न पर लड़की का बाप बोला कि मेरी लड़की अब विवाह नहीं करना चाहती है इसीलिए मैं सारा सामान वापस करने आया हूँ। इस कथन को सुनते ही सुलेखा जी माथा पकड़कर कुर्सी पर बैठ गयीं और पाँच मिनट तक ख़ामोश रहने के बाद बोलीं कि आपने तो हमारी इज़्ज़त ही मिट्टी में मिला दिया हम समाज को क्या जवाब देंगे?

लड़की का बाप भी यह कहते हुए चला गया कि जब मेरी लड़की ही विवाह करना नहीं चाहती है तो मैं क्या कर सकता हूँ। सुलेखा जी का बकरे का मांस कुकर के भीतर से सीटी मारने लगा था। तब दौड़कर गयीं और कुकर को आँच से उतारते हुए अपने भाग्य को ही कोसने लगीं। रविन्द्र डॉक्टर बुदबुदाते हुए बोले कि लाखों रुपये का नुक़सान हो गया। दोनों पति-पत्नी इस घटना से बहुत आहत थे। दिल्ली से चन्द्रभूषण का लगातार फ़ोन आ रहा था। वह समझा रहा था कि उसी डेट पर दूसरी शादी तय कर दीजिए ताकि मैरेज हाल, हलवाई, बैण्डबाजा का एडवांस भी बच जाएगा और किसी को शादी कटने का पता भी नहीं चलेगा। परन्तु ऐसा हो नहीं पाया और पूरे जवार एवं परिचितों को इस रहस्य का पता चल गया।

ख़ैर आनन-फ़ानन में रमापति का विवाह एक दूसरे ग़रीब परिवार में तय हो गया। चूँकि रमापति का विवाह अब प्रतिष्ठा का विषय बन गया था सो दान-

दहेज़ पर भी ज़्यादा मंथन नहीं हुआ और ठीक दो महीने बाद विवाह की तारीख़ निश्चित हो गयी।

चूँकि चन्द्रभूषण और रमापति दिल्ली में ही थे और सभापति शराब और जुए में ही व्यस्त था सो विवाह की व्यवस्था का ज़िम्मा कुलभूषण को ही सौंप दिया गया। अब कुलभूषण नित रविन्द्र डॉक्टर से पैसा माँगने लगा। हालाँकि कुलभूषण ने मैरेज हाल, हलवाई को पुराने एडवांस पर ही सहमत कर लिया था, परन्तु उसने पिताजी से पूरा पैसा वसूल किया। इसी क्रम में उसकी निगाह रविन्द्र डॉक्टर के अस्पताल पर दवा सप्लाई करने वाले व्यापारियों पर पड़ गयी सो उसने तीन मुख्य व्यापारियों के सामने एक-एक चार पहिया वाहन बरात के लिए भेजने के लिए कह दिया। कुलभूषण के इस मेधा पर रविन्द्र डॉक्टर और सुलेखा जी अवाक़ थे और मन्द-मन्द मुस्कुरा रहे थे। व्यापारी बन्धु भी अवाक़ थे और कह रहे थे कि अब बराती बनने के लिए भी घूस में डॉक्टरों के लिए गाड़ी देना पड़ेगा। रविन्द्र डॉक्टर भी अपने स्वार्थ सिद्धि के लिए किसी भी स्तर पर उतरने से चूकते नहीं थे सो चुपचाप व्यापारियों का मुँह ताकते रहे। ख़ैर अन्त में दो व्यापारियों ने बरात के लिए दो बोलेरो गाड़ी भेज दिया और तीसरे व्यापारी ने गाड़ी के लिए रविन्द्र डॉक्टर को चार हजार रुपया नगद दे दिया। इस प्रकार रमापति के बारात का प्रबन्ध हो गया। दो गाड़ी रविन्द्र डॉक्टर ने स्वयं बुक किया था। रमापति के विवाह के दिन रविन्द्र डॉक्टर दरवाज़े पर बैठकर बरातियों की प्रतिक्षा करते रहे परन्तु कुल बाईस लोग ही आये बाक़ी लोग फ़ोन करके कोई न कोई बहाना बना दिये यहाँ तक कि तीनों व्यापारी बन्धु भी बारात नहीं गये।

पूरे विवाह के आयोजन में कुलभूषण ही मालिक की भूमिका में था और उसने पूरे प्रकरण में रविन्द्र डॉक्टर से पाँच लाख चालीस हज़ार रुपया वसूला था। लड़की का गहना साड़ी, वर-विदाई, बच्चों का कपड़ा आदि ख़र्च रविन्द्र डॉक्टर ने स्वयं किया था। किसी तरह पाँचों गाड़ियों मे पाँच-पाँच लोग बैठकर बरात गये। उसमें से भी चार गाड़ियाँ रात में ही वापस गोरखपुर आ गयीं। सुबह लड़की की विदाई रविन्द्र डॉक्टर स्वयं कराकर, उसी गाड़ी में बैठकर आये। सामान के नाम पर लड़की वालों ने केवल पलँग, टेबल-कुर्सी एवं श्रृंगार-दान भर दिया था जिसे रविन्द्र डॉक्टर ने ट्रैक्टर ट्राली भेजकर मँगाया।

अपनी इस पराजय पर रविन्द्र डॉक्टर विक्षुब्ध थे और अपनी बात किसी से कहने में भी असमर्थ थे। रमापति की उच्छृंखलता को देखकर तो रविन्द्र डॉक्टर

और भी व्यथित हो गये और दूसरे दिन उसे बैठाकर खूब कोसे। जब यह बात सुलेखा जी को पता चली तो उन्होंने घर ही सिर पर उठा लिया और यही कहती फिरने लगीं कि भला कौन अपने विवाह पर प्रसन्न नहीं होता है, इनको तो कुछ समझ में ही नहीं आता है... लड़का है धीरे-धीरे बाल-बच्चेदार हो जाएगा तो गम्भीर हो जाएगा।

सुलेखा जी के इस वक्तव्य पर रविन्द्र डॉक्टर दाँत पीसते हुए पाण्डेपुर के लिए चल दिये। सुलेखा जी गोरखपुर में ही नयी बहू के साथ रुक गयीं।

दो महीने का समय व्यतीत हो गया। रमापति भी पत्नी के सान्निध्य को छोड़ नही पाया। हालाँकि उसकी पत्नी ने कई बार उसकी नौकरी और छुट्टी के विषय में अवगत होना चाहा परन्तु रमापति उसे यही समझा देता था कि मैं पुरानी नौकरी छोड़कर नयी नौकरी ज्वाइन करने वाला हूँ। सुलेखा जी भी रमापति के समर्थन में बहू को समझाने लगतीं और यहाँ तक कह जातीं कि रमापति न भी कमाये तो भी तुम लोगों को इस घर में कोई कष्ट नहीं होगा, कुलभूषण के पापा ही अभी पूरे घर का ख़र्चा चलाने के लिए काफी हैं।

रमापति और सुलेखा जी के इस कथन को सुनकर नयी बहू किंकर्त्तव्यविमूढ़-सी दोनों परिजनों का केवल मुँह भर निहारती रह जाती थी। हालाँकि कनकलता ने अपनी देवरानी को अपने भविष्य के प्रति सचेत रहने का संकेत दे दिया था। दो महीने के बाद सुलेखा जी पाण्डेपुर लौट आयीं और रमापति पत्नी के साथ गोरखपुर में ही रह गया।

कुछ ही दिनों बाद पता चला कि रमापति की पत्नी गर्भवती है सो सुलेखा जी अपनी बहू को पाण्डेपुर ही बुला लीं और रमापति को दिल्ली भेज दीं। इधर रविन्द्र डॉक्टर का घरेलू ख़र्च बढ़ता ही जा रहा था, सो वे पुनः एक बार अपने खेतों को देखने गये। खेतों की हालत बहुत ख़राब थी। जो यूकेलिप्टस के पेड़ लगाये गये थे उनमें सत्तर प्रतिशत मर चुके थे और तीस प्रतिशत पेड़ बचे थे वह भी इक्का-दुक्का कहीं-कहीं जीर्ण-शीर्ण स्थिति में दिखायी दे रहे थे। यह सब देखकर तो रविन्द्र डॉक्टर अपने भाग्य को कोसने लगे। तभी उधर से गाँव के ही दो कृषक भाई जा रहे थे। रविन्द्र डॉक्टर ने उन्हें आवाज़ देकर अपने पास बुला लिया और गाँव-देहात का हाल-चाल पूछने लगे।

बातों ही बातों में बात यूकेलिप्टस के पौधों पर आ गयी। तब दोनों किसान भाई रविन्द्र डॉक्टर से पूछ बैठे कि भइया। आपको यूकेलिप्टस का पौधा

लगवाने का मशविरा किसने दिया था?

इस प्रश्न पर तो रविन्द्र डॉक्टर किंकर्त्तव्यविमूढ़ से उन दोनों किसान भाइयों का मुँह ताकने लगे और शान्त बने रहे। इसके बाद दोनों किसान भाई यह कहते हुए विदा लिये कि इन खेतों को ट्रैक्टर से जुतवा दीजिए और पुनः खेती प्रारम्भर कर दीजिए, इन पेड़ों का कोई भविष्य नहीं है।

इसके बाद रविन्द्र डॉक्टर पाण्डेपुर लौट आये और सुलेखा जी को सारा वृत्तान्त सुनाये। पति की इस पीढ़ा को समझते हुए उन्होंने भी पति का साथ दिया और पौधों का मोह छोड़ देने को कहा। इसके बाद खेत को जुतवा दिया गया और ख़रीफ़ की फसल खेतों में लहलहाने लगी। यह बात जब कुलभूषण और चन्द्रभूषण को पता चली तो फ़ोन पर पिताजी से उलझ गये और उनके इस निर्णय को मूर्खतापूर्ण बताने लगे।

इस बार रविन्द्र डॉक्टर ने सबसे स्पष्ट कह दिया कि मेरे न रहने पर तुम लोग खेतों का जो मन करे वह करना, परन्तु अभी मुझे चैन से जीने दो तुम लोगों का भार ढोते-ढोते मैं ही पागल हो गया हूँ। इस बार सुलेखा जी भी रविन्द्र डॉक्टर के साथ थीं और चन्द्रभूषण से फोन पर स्पष्ट कह दीं कि तुम चारों में से कोई भी कभी खेत देखने भी गया था? आखिर तुम्हारे पापा कब तक तुम लोगों को पाले-पोसेंगे? अब तो रमापति का भी पूरा ख़र्चा आ गया है। यह सब कहते हुए सुलेखा जी ने फ़ोन रख दिया।

अब पाण्डेपुर में ही चन्द्रभूषण की पत्नी और रमापति की पत्नी साथ-साथ रह रही थीं। सभापति भी पाण्डेपुर में ही था, परन्तु वह केवल घर में रात को सोने भर ही आता था। एक व्यथा और भी कि चन्द्रभूषण की पत्नी को गर्भ ही नहीं ठहर रहा था सो सुलेखा जी चाहती थीं कि चन्द्रभूषण अपनी पत्नी को साथ लिवाकर दिल्ली ही रहे परन्तु सबसे बड़ी अड़चन उसकी पत्नी की संविदा वाली नौकरी थी सो यह सम्भव नहीं हो पा रहा था।

इधर रमापति दिल्ली में भी बेकार ही घूम रहा था। सात महीने बाद रमापति की पत्नी ने एक पुत्री को जन्म दिया। इधर रविन्द्र डॉक्टर का स्वास्थ्य भी गिरता जा रहा था। सुलेखा जी भी स्वस्थ नहीं थीं। दोनों ही लोग अपने बच्चों को लेकर सदैव चिन्तित रहते थे। सबसे बड़ी चिन्ता तो सभापति की थी। सुलेखा जी चाहती थीं कि कम से कम सभी बच्चों का विवाह तो हो ही जाए। इसी उधेड़बुन में पति-पत्नी व्यथित रहते थे। अब तो रविन्द्र डॉक्टर ने ऑपरेशन करना भी कम

कर दिया था। दरअसल अब शरीर साथ नहीं दे रहा था। जहाँ तक सभापति के विवाह का प्रश्न था सभी लोग यह मान चुके थे कि उसका विवाह होना ही मुश्किल है, क्योंकि क्षेत्र के सभी लोग उसके आचार-व्यवहार को भलीभाँति जानते थे।

इसी क्रम में दो वर्ष का समय व्यतीत हो गया। रमापति दिल्ली से लौट आया था ओर दो पुत्रियों का पिता बन चुका था। सुलेखा जी के प्रयास से उन्हीं के भाई सभापति के विवाह का प्रस्ताव लाये। लड़की नर्सिंग में डिप्लोमा करके किसी प्राइवेट हॉस्पिटल में नौकरी कर रही थी। इस प्रस्ताव पर पूरा परिवार एक मत से सहमत था। लड़की सभापति के मामा के ससुराल-पक्ष से थी। इसलिए लड़की-पक्ष भी पूरा आश्वस्त था और उन लोगों ने भी सभापति के विषय में जाँच-पड़ताल नहीं किया।

इस बार रविन्द्र डॉक्टर ने विवाह की सारी ज़िम्मेदारी सुलेखा जी और अपने साले साहब के सुपुर्द कर दिया। इस बार सुलेखा जी ने विवाह का आयोजन अपने गाँव अहिरौली से करने का विचार बना लिया था सो गाँव के मकान की सफ़ाई और रंग-रोग़न का कार्य सभापति की देख-रेख में प्रारम्भ हो गया था। अब सभापति अपनी मित्र-मण्डली के साथ वहीं पर पड़ा रहता था। शराब, मीट, मुर्गा, ज़ुँआ का कार्यक्रम गाँव पर ही यथावत् चलता रहा। अब तो रविन्द्र डॉक्टर ने हथियार भी डाल दिया था। वे अब अपने किसी भी लड़के से बात भी नहीं करते थे सो सुलेखा जी ही सब कुछ देख समझ रही थीं।

इसी बीच एक दिन पशुपति भाई घर में मृत पाये गये। सम्भवतः वह रात में ही स्वर्ग सिधार गये थे। घर के लोगों को प्रातःकाल पता चला। जब इसकी सूचना रविन्द्र डॉक्टर को पता चली तो वे सिर पकड़कर बैठ गये और सभापति के साथ उनके दाह-संस्कार में सम्मिलित होने के लिए चले गये। घाट पर रविन्द्र डॉक्टर ने दो हज़ार रुपया निकालकर उनके परिजनों को दे दिया और वापस चले आए।

पशुपति भाई के अकस्मात् स्वर्गवासी हो जाने के कारण रविन्द्र डॉक्टर स्वयं को असुरक्षित महसूस कर रहे थे। श्राद्ध-कर्म के दिन रविन्द्र डॉक्टर पशुपति भाई के दरवाज़े पर ही अपने अश्रु रोक नहीं पाए और फूट-फूटकर रोने लगे। उनके इस व्यवहार से पूरा गाँव हतप्रभ था और उन्हें सान्त्वना देने लगा।

अब रविन्द्र डॉक्टर बेहद गुमसुम रहने लगे थे। उनके इस व्यवहार से

सुलेखा जी भी चिन्तित रहने लगी थीं। सुलेखा जी तो अब अधिकांश समय पति के समीप ही रहने का प्रयास करने लगी थीं, किन्तु रविन्द्र डॉक्टर के व्यवहार में कोई परिवर्तन नहीं हो रहा था।

सभापति के विवाह में भी केवल एक महीने की ही देरी थी। सुलेखा जी ही सारा कार्यक्रम देख रही थीं परन्तु इस बार रविन्द्र डॉक्टर किसी भी प्रकार की भागीदारी निभाने को तैयार नहीं थे। जब कभी सुलेखा जी कोई चर्चा भी करतीं तो वे कह देते कि आपका जो विचार बने कीजिए, मैं थक चुका हूँ, इन निकम्मों की बात मुझसे मत किया कीजिए।

इसके बाद सुलेखा जी माथा पकड़कर घर के भीतर चली जातीं और अपने लड़कों को फ़ोन पर ही घंटों भला-बुरा कहतीं। इसी की चपेट में बहुएँ भी आ जाती थीं। एक दिन रविन्द्र डॉक्टर के बड़े साले भी पाण्डेपुर पहुँचे। (जीजा जी से मिलने आए परन्तु रविन्द्र डॉक्टर ने उनमें कोई भी दिलचस्पी नहीं लिया सो वह भी कुछ देर बैठने के बाद सुलेखा जी से हाल-चाल लेकर चले गये। सभापति के तिलक और विवाह की तैयारी कुलभूषण ही देख रहा था। करते-कराते तिलक का दिन भी आ गया। पूरा परिवार तीन दिन पहले ही अहिरौली पहुँच गया था। हित-नात भी एकत्रित होने लगे थे। रविन्द्र डॉक्टर रात्रि में गाँव पहुँच जाते थे और सुबह पाण्डेपुर आ जाते थे।

तिलक के दिन भी रविन्द्र डॉक्टर अपने दुकान पर ही थे और शाम को पाँच बजे अहिरौली पहुँचे। उनके इस व्यवहार से पूरा परिवार बहुत क्षुब्ध था, किन्तु सभी शान्त बने रहे। जब शाम को रविन्द्र डॉक्टर अपने दरवाज़े पर बैठे थे तभी गाँव के कुछ लोग भी उन्हीं के पास आकर बैठ गये। आज सभापति भी सभी लोगों को जलपान बाँटने में व्यस्त था और उसके ऊपर कड़ी निगरानी भी रखी जा रही थी। इसकी ज़िम्मेदारी चन्द्रभूषण और कुलभूषण को सुलेखा जी ने सौंपी थी। डर यह भी था कि सभापति कहीं आज भी शराब न पी ले।

ख़ैर गाँव के लोगों के बीच बैठे रविन्द्र डॉक्टर अपनी पीड़ा रोक नहीं पा रहे थे और पशुपति भाई के जाने का दुःख कुछ इस प्रकार व्यक्त कर रहे थे- क्या बताऊँ आज पशुपति भाई की कमी कितनी खल रही है आज मैं जो कुछ भी हूँ उन्हीं के आशीर्वाद से हूँ, वह तो मेरे पिता तुल्य रहे हैं। ऐसा लग रहा है जैसे मेरे शरीर की मेरुदण्ड ही नहीं रही। कितनी मुसीबतों से उन्होंने मुझे उबारा है मैं तो बता भी नहीं सकता।

इसके बाद रविन्द्र डॉक्टर शान्त हो गये और आगन्तुकों को जलपान ग्रहण करने का इशारों से आग्रह करने लगे। इसी बीच पता चला कि लड़की-पक्ष के लोग पधार गये हैं। तब सभी लोग उठकर उनकी अगवानी के लिए चल दिये। आज सभापति ने भी एक आदर्श बालक की भाँति सभी आगन्तुकों का चरण-स्पर्श किया। तिलक का कार्यक्रम कुशल पूर्वक सम्पन्न हो गया। अब बारात ले जाने की बात थी सो एक बस किराये पर ली गयी थी और तीन छोटी गाड़ियाँ थीं। विवाह के दिन भी चन्द्रभूषण ने सभापति को बन्द कमरे में बिठाकर एक घण्टे तक समझाया था और कुलभूषण ने उसके मित्रों को स्पष्ट मना किया था कि विवाह के दिन कोई भी सभापति के आसपास भी नहीं रहेगा।

ख़ैर बरात धूमधाम से गयी और सभापति सपत्नी वापस अहिरौली भी आ गया। सुलेखा जी ने बहू का स्वागत किया। इसके बाद सभी लोग दो दिन तक अहिरौली मे ही रहे और तीसरे दिन सुलेखा जी घर में ताला बन्द करके परिवार सहित पाण्डेपुर वापस आ गयीं।

पाण्डेपुर पहुँचते ही सभापति की पत्नी ने घर में विद्रोह कर दिया। रविन्द्र डॉक्टर सुलेखा जी और अन्य परिजन कुछ समझ पाते उसके पहले ही उसने बोलना प्रारम्भ कर दिया। उसका कहना था कि जिस दिन से मैं विदा होकर आयी हूँ उसी दिन से सभापति नित्य मेरे कमरे में शराब पीकर ही आया है और तो और मुझे जो मुँह दिखायी मिला था वह भी पैसा सभापति ने रख लिया है। आप सभी लोगों ने मेरे पिताजी को धोखे मे रखकर अपने लड़के का विवाह मेरे साथ कर दिया है मैं भी आप लोगों को छोड़ूँगी नहीं, सभी लोग जेल जाने के लिए तैयार रहें। नयी बहू की इस कथन को सुनते ही पूरा परिवार अवाक् रह गया। तभी रमापति की पत्नी साहस बटोरकर उसके पास गयी और कमरे मे ले जाकर उसे शान्त करने का प्रयास करने लगी। आनन-फ़ानन में सारा घटनाक्रम सुलेखा जी ने अपने भाई को बताया और तुरन्त पाण्डेपुर आने के लिए भी कहा।

दूसरे दिन लड़की के पिता के साथ मामा जी पाण्डेपुर आये। सभापति की पत्नी ने अपने पिताजी को कमरे में बुलाकर सारा क़िस्सा बयान कर दिया। अपनी लड़की की बात को सुनने के बाद वे बाहर आये और रविन्द्र डॉक्टर एवं सुलेखा जी को उलाहना देने लगे। वे कह रहे थे कि मैं ग़रीब अवश्य हूँ, लेकिन आप लोगों जैसा झूठा, बेईमान नहीं हूँ। मैंने अपने औक़ात से अधिक आपको दिया है, मेरी लड़की भी पढ़ी-लिखी है। मेरे परिवार का संस्कार आप लोगों

जैसा निम्न स्तरीय नहीं है। आप लोगों ने झूठ बोलकर मुझे ठग लिया है। मेरी बिटिया का पूरा जीवन पड़ा है बताइए भला उस पियक्कड़ पति के साथ उसका जीवन कटेगा!

इसके बाद मामा जी खड़े होकर उसको शान्त करने का प्रयास करने लगे। उनके इस प्रयास पर लड़की का बाप उन्हीं को भला-बुरा कहने लगा। सभापति की पत्नी बार-बार अपने पिताजी के साथ वापस जाने की हठ करने लगी, परन्तु सामाजिक प्रतिष्ठा का हवाला देकर सुलेखा जी ने एक सप्ताह का समय ले लिया।

ठीक एक सप्ताह बाद लड़की की विदाई हो गयी। सभापति इस पूरे परिदृश्य से ग़ायब ही रहा। उसकी दिनचर्या में भी कोई बदलाव नहीं था। दो महीने व्यतीत हो गये, तब सुलेखा जी ने सभापति की पत्नी से सम्पर्क साधा। लड़की-पक्ष के लोगों ने स्पष्ट बता दिया कि अब मेरी लड़की आपके घर नहीं जाएगी और हमारा सारा सामान और दहेज़ की रक़म वापस कर दीजिए नहीं तो हम लोग क़ानूनी कार्यवाही करेंगे।

इसके बाद सुलेखा जी ने अपने भाइयों से सम्पर्क साधा, परन्तु उनका भी जवाब सुलेखा जी के प्रतिकूल ही था और वह भी लड़की-पक्ष के साथ ही खड़े दिखाई दे रहे थे। अब सुलेखा जी को कुछ समझ नहीं आ रहा था। रविन्द्र डॉक्टर भी अपना मानसिक सन्तुलन दिन-ब-दिन खोते ही जा रहे थे। ऑपरेशन करना तो उन्होंने लगभग बन्द ही कर दिया था। अब सुलेखा जी अपने लड़कों से परामर्श लेने लगीं किन्तु लड़के भी कोई हल नहीं निकाल सके। तब जाकर कनकलता ने अपनी सासू माँ को समझाया कि सभापति का छुट्टा-छुट्टी करा देने में ही भलाई है क्योंकि इस मामले में लड़की-पक्ष की ही सुनी जाती है।

कनकलता के सुझाव के बाद सुलेखा जी ने अपने भाई को बुलाकर सारा सामान एक ट्रैक्टर ट्राली पर रखवाकर वापस कर दिया। अब बात दहेज की रक़म की थी। इस बात पर सुलेखा जी का तर्क था कि तिलक शादी मिलाकर कुल छह लाख रुपया ख़र्च हुआ है और दहेज़ तो तीन लाख ही मिला था सो इस पर बात न की जाए तो ठीक रहेगा।

खैर सुलेखा जी के भइया चले गये और दस दिन बाद लड़की के पिता के साथ वापस आये। इस बार लड़की के पिता ने स्पष्ट कह दिया कि यदि आप मेरा तीन लाख रुपया वापस नहीं करेंगी तो मैं आप लोगों के ऊपर दहेज़ उत्पीड़न का

केस कर दूँगा उसके बाद आप लोग समझिएगा। इस सभा में रविन्द्र डॉक्टर भी उपस्थित थे और इन वाक्यों को सुनते ही बाहर टहलने चले गये। पूरा घर सन्नाटे से भर गया जैसे घोर विपत्ति आ गयी हो।

इसके बावजूद सुलेखा जी साहस बटोरकर लड़की के बाप से बोलीं- देखिए हम लोग बहुत प्रतिष्ठित परिवार के हैं क्षेत्र जवार में मेरे ही परिवार के पास सबसे अधिक खेती है शहर मे भी मकान ज़मीन है; यदि आपकी लड़की हमारी बहू बनकर रहेगी तो वह भी इस सम्पत्ति में एक चौथाई की मालकिन बनेगी, यदि सभापति को प्यार-दुलार सम्मान देगी तो वह भी पीना छोड़ देगा।

इतना सुनते ही लड़की का बाप आगबबूला हो गया और सचेत करते हुए बोला- आप मुझे प्रलोभन दे रही हैं। मैं ग़रीब अवश्य हूँ, परन्तु लालची नहीं। मैंने अपने बच्चों को अच्छी शिक्षा और अच्छा संस्कार दिया है और आप समझ रही हैं कि मैं बिक जाऊँगा; आप समय से मेरा रुपया वापस कर दीजिए इसी में आपकी भलाई है।

इसके बाद दोनों भद्रजन वापस चले गये। अब सुलेखा जी बेचैन-सी घर में घूम रही थीं। उनकी समझ में नहीं आ रहा था कि वह तीन लाख की व्यवस्था कहाँ से करें। इस पूरे प्रकरण मे वह अब केवल कनकलता पर ही भरोसा कर पा रही थीं सो कनकलता ने ही उन्हें सर्वप्रथम पूर्व में ख़रीदी गयी चार पहिया गाड़ी को बेच देने का सुझाव दिया। सुलेखा जी ने ऐसा ही किया और गाड़ी दो लाख मे बिक गयी। पचास हज़ार उनके स्वयं के खाते में था और पचास हज़ार कनकलता ने सहयोग कर दिया। इस प्रकार सुलेखा जी तीन लाख नगद धनराशि अपने भइया को पाण्डेपुर बुलाकर सौंप दीं।

इस घटना के बाद रविन्द्र डॉक्टर तो घोर निराशा में रहने लगे। वे रात में नींद की गोली भी खाकर सोना प्रारम्भ कर दिये थे। दिनों दिन रविन्द्र डॉक्टर का सन्ताप बढ़ता गया। तभी एक दिन उनका रक्तचाप बहुत बढ़ गया। शाम के छह बज रहे थे घर में सुलेखा जी और दोनों बहुएँ भर थीं। सभापति को फोन मिलाया गया, परन्तु उसका फोन ही नहीं उठा। सुलेखा जी ने साहस का परिचय देते हुए एक ऑटो को बुलाया और स्वयं रविन्द्र डॉक्टर को लेकर गोरखपुर के लिए चल दीं। रास्ते में ही उन्होंने कनकलता और कुलभूषण को फ़ोन कर दिया था। कनकलता के कहने पर सुलेखा जी टेम्पो लेकर सीधे मेडिकल कॉलेज पहुँच गयीं।

कनकलता ने स्ट्रेचर का इन्तज़ाम पहले से ही कर रखा था, परन्तु जब रविन्द्र डॉक्टर को टेम्पो से उतारा जा रहा था तो सुलेखा जी ने देखा कि उनका बायाँ हाथ बिलकुल काम नहीं कर रहा था। सुलेखा जी तो वहाँ से हट गयीं। कनकलता ने ही दो वार्डब्वाय की सहायता से रविन्द्र डॉक्टर को वार्ड के बेड तक पहुँचाया।

इसके बाद तुरन्त डॉक्टर साहब भी आ गये और उन्होंने थोड़ी देर बाद कनकलता को बता दिया कि लेफ्ट साइड में पैरालाइसिस का अटैक है। वहाँ खड़े लोग सभी इस बात को पहले से ही समझ चुके थे। तब तक कुलभूषण और रमापति भी आ चुके थे।

रविन्द्र डॉक्टर पन्द्रह दिन अस्पताल में भर्ती रहे परन्तु कोई विशेष सुधार नहीं हुआ। इसके बाद सुलेखा जी रविन्द्र डॉक्टर को लेकर गोरखपुर वाले आवास पर आ गयीं। पाण्डेपुर से भी दोनों बहुएँ बच्चों समेत गोरखपुर आ गयीं। सभापति दुकान खोलने के नाम पर पाण्डेपुर में ही पड़ा रहा।

रविन्द्र डॉक्टर के बिस्तर पकड़ लेने से पुरा घर अस्त-व्यस्त हो गया था, आर्थिक स्वतन्त्रता भी समाप्त हो गयी थी। अब रविन्द्र डॉक्टर के पेन्शन से ही सभी का ख़र्च चल रहा था। किसी तरह छह महीने का समय निकल पाया और रविन्द्र डॉक्टर स्वर्ग सिधार गये। सुलेखा जी पर तो जैसे विपत्ति का पहाड़ टूट पड़ा था। चारों लड़कों में केवल चन्द्रभूषण ही कुछ कमा लेता था बाक़ी तो सब बेकार ही थे।

किसी प्रकार रविन्द्र डॉक्टर का श्राद्ध-कर्म हो गया। इसके बाद चारों भाई इस निष्कर्ष पर पहुँचे कि पाण्डेपुर का मकान बेच दिया जाए। सुलेखा जी भी कुछ समझ नहीं पा रही थीं सो उन्होंने भी मूक समर्थन दे दिया। कुलभूषण ने दौड़ा-भागी करके गाँव के खेत को भी पाँच हिस्से में नामांकित करा दिया, जिसमें पाँचवाँ हिस्सा माता सुलेखा के नाम था।

इस बीच सभपति ने पाण्डेपुर की दुकान की सारी दवाएँ और ऑपरेशन कक्ष का सामान बेचकर खा-पी लिया था। सभापति के इस कृत्य पर भी घर के किसी सदस्य ने उससे कुछ बोला नहीं। अब कुलभूषण पाण्डेपुर वाले भवन का दाम आँकने में लग गया था। पाण्डेपुर बाज़ार में ही उसे अनुमान लग गया कि उसका मकान चालीस लाख के ऊपर का है सो उसने उसका रेट पैंतालीस लाख लगाकर एक दो परिचितों के कान में बात डाल दिया।

इधर सुलेखा जी के नाम से फेमिली पेन्शन आने लगी थी। हालाँकि उसकी राशि पहले से कम थी। अब घर में पैसे के कारण नित नये विवाद पैदा होने लगे। चन्द्रभूषण की पत्नी तो अपने मायके चली गयी और वहीं से अपने विद्यालय जाने लगी। रमापति का परिवार और सभापति अभी भी सुलेखा जी के पेन्शन पर जी रहा था। कनकलता के तेवर अपने देवरों के प्रति बेहद तल्ख़ होते जा रहे थे। वह उन्हें नित प्रातःकाल से ही निकम्मे, आवारा, लोफ़र जैसे शब्दों से सुशोभित करती रहती। सुलेखा जी को यह सब अच्छा तो नही लगता किन्तु वह चुप रहने में ही भलाई समझ रही थीं। कुलभूषण भी कनकलता के आदेशानुसार ही चलता था। रमापति की पत्नी अपनी दोनों बेटियों के साथ दिनभर परिवार की सेवा में ही व्यस्त रहती। रमापति और सभापति के पास तो कोई काम ही नहीं था।

तीन महीने बाद पाण्डेपुर का मकान बयालीस लाख में बिक गया। दस-दस लाख चार लड़कों के खाते में जमा करा दिया गया और दो लाख सुलेखा जी के खाते में जमा हो गया।

बात यहीं तक नहीं रुकी। चन्द्रभूषण गोरखपुर वाले मकान से आने वाले किराये को लेकर भी व्यग्र था। चूँकि उसमें भी पहले वाले चार कमरे किराये पर थे और उनका किराया दस हजार आता था, जिसे आज तक कुलभूषण ही रखता आया था। चन्द्रभूषण की इच्छा थी कि गोरखपुर वाले मकान का भी चार हिस्सा लग जाए जिससे सभी लोग अपना-अपना देखें समझें। सो यह बात सुलेखा जी के समक्ष रख दी गयी। सुलेखा इस बात के लिए सहमत थीं और उन्होंने बँटवारे की आज्ञा दे दी। इस बात से सबसे अधिक बेचैन कनकलता थी। वह बार-बार स्वयं द्वारा किये गये पुरुषार्थ का हवाला दे रही थी और कह रही थी कि मौक़े पर कोई खड़ा नहीं होता है किन्तु बाँटने के लिए सब तैयार हैं।

ख़ैर, येन-केन प्रकारेण भवन चार हिस्सों में बँट गया। सुलेखा जी भी कनकलता के कोप का शिकार बनने लगी थीं। गोरखपुर में उनका निवास करना कठिन होता जा रहा था इसलिए वह सभापति के साथ अहिरौली चली आयीं रमापति परिवार सहित गोरखपुर में ही था, परन्तु उसके भी ससुराल-पक्ष के लोग उसे अपने पास बुला रहे थे। दरअसल रमापति के ससुराल में कई प्रकार का व्यापार होता था और सम्मिलित परिवार भी था।

कुछ ही दिनों बाद रमापति भी अपने परिवार के साथ अपनी ससुराल चला

गया और ससुरजी के निर्देशानुसार अपने साले की बिल्डिंग मैटेरियल की दुकान पर समय देने लगा और वहीं पर रहने लगा।

गोरखपुर वाले मकान के एक हिस्से में कुलभूषण सपरिवार रह रहा था बाक़ी तीनों हिस्सों को किराये पर दिया गया था, जिसका किराया अब चन्द्रभूषण, रमापति और सभापति के खाते में जा रहा था। इसी प्रकार अहिरौली की खेती भी बटाई और हुण्डा (एक प्रकार का किराया) पर दे दिया गया, जिसका लाभ चारों भाई उठा रहे थे। एक हिस्सा सुलेखा जी गाँव में रहकर जोतवा बो रही थीं। थोड़े दिनों बाद ही चन्द्रभूषण ने गोरखपुर में विकास प्राधिकरण वाली ज़मीन को बेचने का प्रस्ताव रख दिया, जिसका मूक समर्थन रमापति और सभापति भी कर रहे थे। सो वह ज़मीन भी बिक गयी और चारो लड़कों ने बराबर रक़म भी प्राप्त कर लिया।

कुल मिला-जुलाकर चन्द्रभूषण दिल्ली और रमापति अपनी ससुराल की ओर गमन कर दिये थे। सभापति माता सुलेखा के साथ गाँव में उन्हीं की ज़िम्मेदारी पर था। सभापति पूर्णरूपेण शराबी बन चुका था। वह अविवाहित भी था सो सुलेखा जी उसका विवाह देखना चाहती थीं परन्तु कोई लड़की वाला उनके दरवाज़े पर आता ही नहीं था। तीनों लड़के भी अपनी पत्नियों, बच्चों के साथ अपनी-अपनी गृहस्थी में आनन्दित थे।

सभापति के कार्य-कलाप से पूरा गाँव परेशान था। वह शराब पीकर किसी भी व्यक्ति से उलझ जाता था या किसी औरत या लड़की पर छींटाकशी कर बैठता। वह कई बार पिट भी चुका था। सुलेखा जी उसे सहेजते-सहेजते स्वयं बीमार रहने लगीं। वह प्रत्येक महीने गोरखपुर जाकर अपना स्वास्थ्य-परीक्षण कराती रहतीं। समय विपरीत दिशा की ओर चल पड़ा था। एक दिन तो सभापति ने सुलेखा जी के ऊपर हाथ भी उठा दिया। उसके इस कृत्य पर सुलेखा जी तो घोर सन्ताप में चली गयीं। वह गाँव भर में घूम-घूम कर सभापति के इस कृत्य को बतायीं, परन्तु पूरे गाँव का एक भी व्यक्ति उनके साथ सहानुभूति के दो शब्द भी नहीं बोला। असहाय सुलेखा अपने घर की चौखट पर अपने भाग्य को कोसती रहीं।

लक्ष्मी चलायमान है। रविन्द्र डॉक्टर का परताप ही था जो पूरे जीवन भर सुलेखा जी रानी बनकर रहीं, परन्तु उनके जाते ही सब कुछ जैसे अपने अस्तांचल की ओर चल पड़ा हो। अपने पाले-पोसे बच्चे भी छोड़ चले थे।

स्वार्थ की धरा अपने स्वाभाविक रूप को सँवार रही थी। मोह-माया की झूठी परिभाषा साकार रूप में आन पड़ी थी। पृथ्वी के सभी रिश्ते-स्वार्थ पर ही आधारित हैं इस सत्य से जिसने भी आँख मूँदा वही पछताया। प्रेम झूठा शब्द है, स्वार्थ सत्य शब्द है। माताओं की इच्छा पुत्र के लिए प्रबल होती है क्योंकि बुढ़ापे की लाठी बनेगा। पुत्र रूपी लाठी स्वार्थपूर्ण होते ही स्वयं को माता-पिता से विरत कर लेगा। बहुएँ पुत्र न दे सकें तो तिरस्कृत जीवन की भागी बन जाएँगी। पत्नी पति की कामेच्छाओं पर खरी नहीं उतरी तो तिरस्कार। विकट समस्या। शब्द झूठे हैं स्वार्थ बड़ा है। अट्ठहास, रुदन, तिरस्कार, अहंकार सब झूठे हैं स्वार्थ सत्य है।

समय आगे चल पड़ा। रविन्द्र डॉक्टर की सम्पत्तियाँ बिकती चली जा रही थीं। अब तो गाँव का खेत भी बिकना प्रारम्भ हो गया था। सुलेखा जी यह सब अपने सामने देख रही थीं और प्रतिदिन रविन्द्र डॉक्टर के फोटो के समक्ष खड़ी होकर कहतीं कि क्यों मुझे अकेले छोड़कर चले गये मेरे भाग्य में यही सब देखने को बचा है। इसके बाद वह फफककर रो पड़तीं।

अब सुलेखा जी नित्य शिव मंदिर भी जाती थीं। सभापति का प्रकोप बढ़ता ही जा रहा था। वह नित्य सुलेखा जी से पैसा माँगता और वह देती भी थीं। नहीं कहने पर वह सुलेखा जी को मार भी देता था। इसके बावजूद सुलेखा जी इस आस में उसका विवाह दोबारा कर देना चाहती थीं कि शायद पत्नी के आ जाने पर वह सुधर जाए।

अब तो सुलेखा जी मांस-मछली भी खाना बन्द कर दी थीं। शायद इस आस में कि भगवान सुन ले और सभापति सुधर जाए... परन्तु सभापति तो दिन-ब-दिन अन्धकार की ओर ही बढ़ता जा रहा था। सुलेखा जी का भी स्वास्थ्य गिरता जा रहा था। सभापति का तो हाल और भी बुरा था। वह दस-दस दिनों तक स्नान नहीं करता सुबह उठते ही शराब पी लेता। उसका वज़न भी केवल चालीस किलो ही रह गया था। इसी क्रम में एक वर्ष का समय निकल गया। सुलेखा जी तो जैसे बिस्तर ही पकड़ ली थीं, घर का काम भी पड़ोस के लोगों द्वारा ही कर दिया जाता था।

एक दिन सभापति को खून की उल्टी होने लगी। आनन-फ़ानन में कुलभूषण को बुलाया गया। सभापति को गोरखपुर के एक अस्पताल में भर्ती कर दिया गया। पता चला कि उसका लीवर समाप्त हो चुका है। डॉक्टर ने भी

हाथ खड़े कर दिये थे सो सभापति को पुनः अहिरौली पहुँचा दिया गया। दो सप्ताह बाद सभापति ने माता सुलेखा के सामने ही दम तोड़ दिया। सुलेखा जी जोर से चिल्लायीं तो किन्तु मुख से स्वर नहीं निकल पाया, अश्रु भी नहीं निकले बस हाथों से अपना माथा पीटती रहीं। गाँव के लोगों ने ही सारा क्रिया-कर्म कर दिया। सुलेखा जी बरामदे में बैठकर अवाक्-सी रविन्द्र डॉक्टर के चित्र को निहारती रहीं।

जैसे एक अध्याय का अन्त हो गया हो। झूठ, फ़रेब, बेईमानी, ईर्ष्या के बीज से तैयार अहंकार रूपी वृक्ष जड़ समेत उखड़कर ज़मीन पर गिर गया था। ठीक दो महीने बाद ही सुलेखा जी ने भी प्राण त्याग दिये। तीनों लड़कों ने मिलकर उनका श्राद्ध भी कर दिया और अहिरौली की ज़मीन का सौदा भी।

धीरे-धीरे करके गाँव के लोगों ने रविन्द्र डॉक्टर की सारी ज़मीन अपनी कीमत पर हथिया लिया। निकम्मे लड़के तो बस इसे बेचने पर आमादा थे।

बरामदे में कौशिल्या देवी, रामसजीवन और रविन्द्र डॉक्टर के फोटो टँगे हुए थे। आज ऐसा प्रतीत हो रहा था कि जैसे तीनों एक-दूसरे से प्रश्न कर रहे हों कि झूठ-फ़रेब व्यभिचार के धरातल पर जन्मे साम्राज्य का अन्त ऐसा ही होता है।

ईश्वर ने न्याय कर दिया था। अहिरौली गाँव के लोग एक बार पुनः अपनी ज़मीन पा गये थे।

www.ingramcontent.com/pod-product-compliance
Ingram Content Group UK Ltd.
Pitfield, Milton Keynes, MK11 3LW, UK
UKHW041824200726
13854UKWH00002BA/534